한국문학과 창조적 여성성

한국문학과 창조적 여성성

교·양·총·서 8

한국문학과 창조적 여성성

김 원 희

Korean Literature and Creative Femininity

푸른사상
PRUNSASANG

이 책은 지난 십여 년 동안 지속적으로 발표하여온 한국문학 연구 논문들 중 창조적 여성성에 관계된 글들을 뽑아 엮은 것이다. 미래학자 존 나이스빗이 그의 저서 『메가트렌드(Megatrends)』에서 예견하였듯 21세기는 여성성(female), 감성(feeling), 상상(fiction)이 대세를 이룬다. 그 시발점의 중심에 대한민국의 사회·문화·교육적 변혁이 자리하고 있다. 앞으로도 대한민국의 역사는 과거와는 다른 가치로 혁신을 기록해야 할 것이다. 이러한 맥락에서 필자는 21세기 대한민국의 사회·문화·교육적 변혁을 예견하는 다양한 목소리가 한국문학의 창조적 여성성으로 읽혀질 수 있음에 주목하여 '지금-여기' 공생공영(共生共榮)의 화합과 조화를 구현하는 미래 지향적 가치를 조명하고자 하였다. 창조적 여성성은 다양한 시각에서 통용되고 있지만 이 책에서는 한국문학과 관련지여 작가가 작품세계로 구현한 여성성의 가치로 구명함으로써 21세기 사회·문화·교육 등에 두루 걸친 창조적 생산에 노움이 되고자 한다.

필자는 여성성(女性性, Femininity)이라는 용어를 단지 여자다운 사람의 행동이나 태도, 역할이 여성다운 성질에 있다는 사전적 의미로만 국한하지 않았다. 문학적 맥락으로 적용하기 위하여 여성성의 개념을 은유적으로 확장한 것이다. 여성성과 남성성이 가장 차별화되는 점은 아기를 잉태, 출산, 양육시키는 기능에 있다. 물론 페미니즘의 관점에서 이러한 여성성의 규정은 또 다른 의견을 불러일으킬 수도 있을 것이다. 그러나 이 책은 생명 탄생과 양육의 기능을 단지 그 의미 자체로만 고착시키지 않고 하나님이 세상과 인간을 창조했다는 성서의 관점으로 확장하여 보고자 한다. 이런 면으로 볼 때 여성성은 여성만의 기능은 아니며 남성들이 창조성을 보여주면 그것 또한 여성성으로 간주할 수 있을 것이다. 이러한 관점에서 한국문학을 바라보면 여성성의 의미는 여성 작가들의 작품에서뿐만 아니라 남성 작가들의 작품에서도 얼마든지 발견될 수 있다. 거시적으로 바라보면 남녀 작가 공히 추구한 창조정신은 여성성을 기반으로 한다고 볼 수도 있을 것이다.

제1부 '신화적 상상력과 창조적 여성성'에서는 「난생신화와 창조적 여성성」, 「『님의 침묵』, 그 구조적 기능의 역동성–여성성과 아이러니의 실현을 중심으로」 두 편의 논문을 묶었다. 「난생신화와 창조적 여성성」에서는 생명 기원의 욕망을 통해 양성평등을 전망할 수 있었고, 「『님의 침묵』, 그 구조적 기능의 역동성–여성성과 아이러니의 실현을 중심으로」에서는 한용운의 창조적 생명 생성으로서 여성성을 전망하였다. 제2부에서는 「『지하촌』의 표현 양식과 의미 생성」, 「『인간문제』의 인지론적 연구」, 「「소금」의 개념적 은유 접근방법」 등을 읽어가면서 '강경애의 창조적 여성성'을 살펴보았다. 제3부 '백신애의 창조적 여성성'에서는 백신애의 주요 작품을 텍스트로 삼은 「백신애 소설세계의 인지론적 연구」를 수록했다. 제4부 '박화성의 창조적 여성성'에서는 「일제 식민지 박화성 소설의 장소 시학」,

「1930년대 박화성 단편소설의 관계 시학과 역동성」을 담았다. 제5부 **'정미경의 창조적 여성성'**에서는 「『밤이여, 나뉘어라』의 인지론적 연구」, 제6부 **'전경린의 창조적 여성성'**에서는 「『천사는 여기 머문다』에 나타난 기호 읽기」를 실었다.

　장르와 시간을 해체하여 한국문학의 창조적 여성성을 읽어내는 접근은 대상으로서 작품 텍스트에 어울리는 방법론을 적용하였다. 물론 문학에서 여성성은 작가의 창조적 세계관 외에도 시에서는 화자, 소설에서는 서술자 그리고 작중인물들의 타자성에 의하여 발현된다. 그렇다면 한국문학에 투영된 타자성의 차이를 읽어내는 방법이야말로 역사의 질곡을 넘어 미래지향적 희망을 작품 창작으로 꽃피었던 작가들의 창조적 여성성의 의미를 풀 수 있는 단초가 될 것이다. 이와 같이 다양한 타자성이 확장, 수용되어 주체적인 삶의 가치와 역사적 의미로 승화되게끔 하는 작가들의 창작열과 헌신이야말로 창조적 여성성이라는 가치를 부여할만하다.

　물론 문학작품을 비롯한 모든 예술 작품은 여성성의 산물일 수 있다. 남성의 작품이든 여성의 작품이든 간에 그것이 완성되기까지는 여성성의 사랑과 헌신의 시간이 있었던 것이다. 이러한 차원에서 앞으로는 한국문학의 다양한 여성성 읽기뿐만 아니라 예술문화 방면에서 폭넓은 여성성 읽기가 시도되었으면 한다. 한국문학에 드러난 창조적 여성성을 해명하는 이 기회가 21세기 미래 지향적인 문학의 창조성뿐만 아니라 예술문화에도 창조성을 활성화하는 기폭제가 되기를 바란다.

이 책을 펴면서 많이 감사한 마음이다. 내 존재의 창조자이신 하나님의 은총과 부모님의 기도 그리고 가족들의 사랑에 깊이 감사하며, 따뜻한 정을 나눈 모든 분들께도 감사의 마음을 나누고 싶다. 이 책이 나오기까지 학문의 길에 빛을 주신 은사님들과 국문학 연구에 정진하신 교수님, 선후배 동료 연구자님들께도 감사한다. 한국문학 창작에 창조적 열정을 불살랐던 작가님들의 인내와 헌신 덕분에 필자 또한 창조적 읽기를 시도할 수 있었음을 고백한다. 마지막으로 흔쾌히 출판을 수락하신 푸른사상과 편집부 직원들께 감사를 전한다.

2013년 11월
저 자 김 원 희

제4부 박화성의 창조적 여성성

제5부 정미경의 창조적 여성성

제6부 전경린의 창조적 여성성

제1부
신화적 상상력과 창조적 여성성

난생신화와 창조적 여성성

『님의 침묵』, 그 구조적 기능의 역동싱

난생신화와 창조적 여성성

1. 난생신화의 지평

龜何龜何 (구하구하)

거북아 거북아

首基現也 (수기현야)

머리를 내놓아라

若不現也 (약불현야)

만약 내놓지 않으면

煩灼而喫也 (번작이끽야)

구워서 먹으리

—「龜旨歌」

한국문학의 원류로 한역되어 전해오는 세 개의 고대가요[1] 중 하나인

---

1 「구지가(龜旨歌)」, 「공후인(箜篌引)」, 「황조가(黃鳥歌)」는 한역되어 전해지는 고대가요
다. 고대가요 중 한역되어 전하는 「구지가」는 분명한 주가(呪歌)로서 제의의 일부분이
지만, 「공후인」은 작품의 내용과 부대설화를 액면대로 해석할 때 절실한 비탄을 담은
서정시로 볼 수 있다. 고구려의 둘째 임금인 유리왕이 노래했다는 「황조가」는 간결하
고 직절힌 표헌력을 깆춘 서징시다. 김흥규, 『한국문학의 이해』, 민음사, 1986, 36면.

「구지가(龜旨歌)」는 협의적으로 주가(呪歌)로서 제의의 일부분이 드러나지만 광의적으로는 제의의 일부분에 내포된 근원적 생명을 향한 여성성의 열망이 읽혀진다. 이러한 까닭에 필자는 「구지가」에서 감지되는 창조적 여성성을 한국인의 원초적 생명력의 뿌리로 본다.[2] 물론 학자들에 따라 이견이 있을 수도 있지만 그동안 「구지가」에 대한 연구는 주로 '거북이'와 '머리(首)'에 집중되어 그것을 '우두머리'나 '왕'으로 해석[3]하는 방식으로 주술적인 '영신군가'의 주제적인 측면에서 논의가 활발하게 전개되어 왔다.

한편, '머리'를 남성성의 상징으로 해석하는 논의는 은유를 통하여 주제를 해석하는 방법론적 관점에서 관심을 끈다. 서정범과 정병욱은 '귀두(龜頭)'를 남성 성기(penis)의 은유[4]로 보았다. 필자 또한 이러한 은유의 접근방법으로 이 작품의 의미구조를 역동적으로 바라보고자 한다. 이러한 관점에서 필자는 논의의 초점을 「구지가」에서 화자가 염원하는 대상으로

---

2 현대문학 전공자인 필자가 「구지가」 연구를 본격적으로 진척하는 것은 다소 무리이다. 그렇지만 현대를 살아가는 독자의 입장에서 한국 고전시가로서 「구지가」가 갖는 의미를 '지금-여기' 사회문화적 가치로 읽는 방법도 한국문학을 통한 한국문화의 다양한 가치 창출의 측면에서 필요하리라는 생각이다.

3 '영신군가'의 주술적인 측면에서 '머리'를 '우두머리'나 '왕'으로 읽는 논의는 대략 다음과 같다. 황패강, 「구지가고」, 『국어국문학』 29호, 국어국문학회, 1965; 김승찬, 「수로탄강설화에 관한 한 관건」, 『어문학』 제33호, 한국어문학회, 1975; 김승찬, 「구지가고」, 『한국상고문학연구』, 제일출판사, 1978; 성기옥, 「구지가의 작품적 성격과 그 해석 (2)」, 『배달말』 12, 배달말학회, 1987; 김영봉, 「가락국기의 분석과 구지가의 해석」, 『연민학지』 5, 연민학회, 1997; 김양동, 「구지가의 해석에 대한 일고찰」, 『어문논총』 제36호, 경북대 국어국문학과, 2002; 설중환, 「「구지가」의 〈수〉에 대한 연구」, 『우리어문연구』 제39집, 우리어문학회, 2011.

4 서정범, 「고전문학에 대한 정신분석학적 시론」, 『현대문학』 75호, 1961; 정병욱, 「한국시가문학사상」, 『한국문화사대계』 5, 고려대 민족문화연구소, 1967.

서 해석의 각을 '거북이'와 '머리'에만 국한시키는 것이 아니라, '거북이'
를 부르면서 "구워서 먹으리"라고 협박하는 목소리의 은유 내지는 상징으
로서 욕망의 주체를 파악하고자 한다. '거북이'와 '머리'에 대한 역동적인
해석을 발판으로 난생신화(卵生神話, oviparity)의 창조적 여성성을 해석할
것이다.

「구지가」를 불렀던 주체는 물론 역사적 기록에서는 구간으로 상정되었
다. 그러나 문학적인 관점에서 역사적 기록의 목소리 뒤편에 숨은 상징적
욕망을 역동적으로 파악할 때 「구지가」를 다각적으로 볼 수 있을 것이다.
이러한 입장에서 볼 때, 「구지가」를 부르는 욕망의 주체적 목소리에는 근
원적 생명의 생산을 바라는 여성성의 원초적인 생명력[5]이 반영되어 있다
고 보는 것이 필자의 생각이다. 한국문학의 대표적인 서정적 갈래에 속하
는 고대가요 「구지가」와 연관되는 난생신화의 상징이야말로 창조적 여
성성을 '지금―여기' 우리의 삶으로 확장하여 새롭게 적용할 수 있는 은
유다.

이러한 입장에서 살펴보면 『삼국유사』 권2 「가락국기」 편[6]을 배경으로

---

5 "首"는 우두머리로서 지도자 내지는 남성의 남근을 상징한다면, "燔灼而喫也(번직이
끽야)", 즉 구워서 먹겠다는 주체는 따뜻한 용기로서 여성의 자궁을 상징하는 측면으
로 볼 때 이 노래를 부르는 목소리에서는 여성성이 읽혀진다. 즉 이 작품의 상징성을
통하여 필자는 '지금―여기' 여성과 남성의 관점으로 근원적인 생명을 생산하기 위
하여 남성의 사랑을 강렬하게 열망하는 에로틱한 여성성의 욕망으로서 창조적인 생
명력을 본다.

6 한국의 역사뿐만 아니라 문학의 보고(寶庫)라 할 수 있는 일연의 『삼국유사』에는 김
부식의 『삼국사기』에서 배제된 가락국의 역사가 조명된 점에서 그 의미가 크다. 뿐만
아니라 단군신화와 향가가 수록된 점에서도 소중한 국문학적 가치를 제공한다. 일
연, 『삼국유사』 권2 「가락국기」 편, 국학자료원, 2002 참조.

한 「구지가」는 난생신화 읽기의 해석과 밀접하게 관련된다. 「구지가」의 배경 서사는 대략 다음과 같다. 후한의 세조 광무제 건무 구지봉에서 이상한 소리가 들려 2, 3백 명의 사람들이 모여들었는데, 사람은 없고 "하늘이 내게 명하여 이곳에 나라를 세우고 임금이 되라 하시므로 여기에 왔으니, 너희는 이 봉우리의 흙을 파서 모으면서 노래하여라." 하는 소리만 들렸다. 이에 따라 구간들은 "거북아 거북아(龜也龜也)/머리를 내놓아라(首其現也)/내놓지 않으면(若不現也)/구워서 먹으리(燔灼而喫也)"라고 노래를 부르며 춤을 추면서 기뻐 뛰며 대왕을 맞이할 준비를 하였다. 얼마 후 하늘에서 자주색 줄이 늘어져 땅에까지 닿았는데 그 끝에는 붉은 보자기에 싸인 금합이 있었다. 합 안에는 황금빛 알 여섯 개가 태양처럼 빛났다. 여러 사람들이 모두 놀라 기뻐하며 백 번 절하고 12일쯤 지나보니 알 여섯 개가 모두 용모가 거룩한 남자로 변하였다.

「구지가」를 불렀던 구간들이 남성인지 여성인지 문헌상에서 구체적으로 밝혀지지는 않았다. 그런데 문학적 관점으로 「구지가」의 목소리를 해석하면 남성의 근원적 생명을 열망하며 갈구하는 에로틱한 여성성을 맞닥뜨리게 된다.

물론 구지봉의 알에서 남자들만 나왔다는 데 대하여 난생의 의미를, 남성 탄생의 의미로만 국한시킬 수도 있다. 김수로왕뿐만 아니라 박혁거세, 김알지, 동명왕이 모두 알에서 나온 남성들이다. 또한 구지봉의 수로왕 탄강설화는 가부장권이 강화되는 철기시대에 어머니이자 여사제로서 여성들의 영향력이 남성에 비해 약해지기 시작하던 사회상을 보여주는 역사적 상징성도 반영되어 있다. 남성에 비하여 여성은 임신과 분만으로 인해 육체적 힘이 약할 수밖에 없고, 여성의 세계사적 패배는 철기시대 철을 다루면서 더욱 강한 힘이 필요해졌던 가야(伽倻, AD42~562)의 여성

권력의 약화에서도 드러난다.[7]

그러나 문학적 상징으로서 은유의 시각으로 바라보면 난생신화에서 알의 의미는 남성의 탄생에 국한되기보다는 생명을 잉태하여 출산하는 여성성의 의미로 확대되어 읽혀진다. 특히, 알이 하나가 아닌 여섯 개로 탄강한 부분에서뿐만 아니라 가야를 민주적으로 다스린[8] 김수로왕의 지도력[9]에는 21세기 창조적 여성성의 리더십을 해석할 수 있다.

이러한 맥락에서 필자는 「가락국기」 신화를 배경으로 한 난생의 의미로 난생신화를 읽고자 한다. 「가락국기」 난생신화의 은유는 미래를 향한 창조적 생명에 대한 여성성의 오래된 미래를 내포하고 있다는 것이 필자의 관점이다. 난세(亂世)를 뚫고자 하는 열망이 난생(卵生)의 기호로 표현된 점을 감안할 때, 난생신화는 창조적 탄생을 열망하는 집단적 믿음과

---

7 (사)김해여성복지회, 『가야여왕 허황옥을 만나다』, 2007성인지 김해투어&워크숍 자료집, 2007, 19면 참조.

8 가야 연맹체에 속해 있던 소국들은 각기 정치적인 독자성을 유지하고 문화적으로도 지역마다 다른 특성을 갖고 있었다. 어찌 보면 오늘날의 지방자치처럼 지역 중심적이고 참여 민주주의가 가능했던 가야는 멸망할 때까지 연맹형태로 존재하였다. 그래서 무력 중심의 시대에 멸망할 수밖에 없었지만 문화적인 왕비, 지혜롭고 페미니스트인 앙, 민주적인 수장 선출, 공주 맞이의 축제가 이루어지던 평등하고 자유롭던 작은 왕국 가야는 우리들의 오래된 미래라 할 수 있을 것이다. (사)김해여성복지회, 위의 책, 8면.

9 당대 김수로왕의 업적은 민주주의의 실천뿐만 아니라 양성평등의 실천에서 여러 가지 시사적 의미를 제공한다. 첫째, 가야 연맹체를 다스린 왕으로서 최초의 풀뿌리 민주정치의 모범을 보였다. 둘째, 아유타의 공주 허황옥을 왕비로 맞이하여 최초의 다문화 가정을 이룬 선례를 남겼다. 셋째, 허왕옥과 금슬이 매우 좋아 국사를 의논하는 동반자로서 양성평등의 정치를 펼쳤을 뿐만 아니라 일부 왕자와 공주에게 왕비의 허씨 성을 물려줌으로써 완강한 남성 위주의 가부장제 제도를 파격적으로 해체해 가정에서부터 진정성 있는 양성평등의 문화를 실현하였다.

소망으로 하늘 문이 열리고 그 꿈이 마침내 이루어진다는 점에서 거부할 수 없는 생명에의 매혹으로 여성성을 함의한다.

「가락국기」 난생신화의 내용을 살펴보면, 우선 거기에는 창조적 생명 탄생을 향한 고대인의 환상과 믿음이 잘 투영되어 있다. 고대인의 집단적 염원이 난생의 신비로 마침내 그 꿈을 이루는 신화적 상상은 '지금—여기'의 창조적 발상에도 풍부한 시사점을 제공한다. 난생신화에 투영된 생명 탄생에 대한 믿음은 시공을 달리하여 "믿음은 바라는 것의 실상이며 보지 못한 것에 증거"라는 성서적 원리에 비춰보더라도 미래 지향적 여성성의 창의적 발상과 새로운 역사 창조의 밑그림이 될 만하다.

다음으로 주목되는 것은 한낱 알의 내려앉음에서 사람이 태어나는 낯선 출생 방식의 의미이다. 난생의 출생 방식은 위대하고 신성하기보다는 범속하고 비정상적이다. 교만한 자세보다는 헌신적인 자세로서 생명 탄생의 의미를 보여주는 것이다. 달리 표현하면 인간성의 생명보다는 자연성의 생명으로서 여성성의 의미가 강조된다. 한편 창조적 생명의 탄생을 향한 인간 본연의 욕망과 꿈이 알의 형태로 이루어지는 것은 사실적인 면에서는 황당무계한, 그래서 평범하지 않은, 지극히 보잘것없는 탄생의 상징이다. 이렇듯 새 역사 창조와 위대한 지도자의 탄생이 하찮고, 지저분한 곳과 맞닿는 지점에서 시작되는 것은 그 어떤 하늘의 섭리로서 비밀을 뜻한다. 전통적 민간신앙에 비춰보더라도 난생으로 인한 왕의 출현은 시공을 초월하여 인간의 역사를 주관하는 조물주의 크고 은밀한 뜻이다.

이러한 측면에서 「가락국기」 난생신화에서 성취하고자 했던 고대인들의 믿음과 열망은, 현대인의 진정한 삶의 가치와도 상응된다. 그래서인지 난생의 모티프는 유구한 인류 역사에서 모방과 재생을 반복되어

왔다. 이러한 맥락에서 살펴볼 때, 그 의미는 고대인의 관점으로 파악하는 것도 필요하지만, '지금-여기' 우리가 살아가는 역사적 관점에서 파악하는 작업 또한 중요하다. 전자에서는 그 의미가 고대인의 잠재의식을 규명하는 데 그치지만, 후자에서는 미래 지향적인 역사를 추구하여할 21세기 대한민국의 정치, 사회, 문화적 의미의 통찰로 확대되기 때문이다.

동서고금을 막론하고 탄생의 신비를 보여주는 난생의 상징적 해석은 사실 여부를 밝히는 서사적 질서보다는 상징의 의미를 밝히는 서정적 은유에 근거할 필요가 있다. 아이러니하게도 난생은 상서롭지 못한 모양에서 가장 비범한 인물의 탄생을 고지하는 기호체계이다.

인간의 출생은 태생이 정상적이지만, 건국신화와 관련된 난생모티프는 범상치 않은 지도자의 출생을 알의 기호로 신비화한다. 「가락국기」의 난생신화 역시 정상적인 인간 태생과의 차이로서 난생을 부각시킨다. 그 차이는 기본적으로 생명 생성의 공간구조의 차이로 드러난다. 생명을 생성시키는 공간이 태생에서는 유기체의 내부에 숨겨져 있는 기관이라면, 난생에서는 밖으로 드러나는 독립적인 기관인 것이다.

이렇듯 난생의 기호체계는 역설적인 의미로서 새로운 생명 탄생을 정상적인 방식과 구별되는 낯선 방식으로 읽게끔 하는 은유이다. 야산이나 마구간에 버려질 만한 하찮은 모양의 알에서 신성에 가까운 비범한 인물이 탄생하는 것은 상식에 어긋나기 때문에 오히려 상식이 아닌 낯설게 바라보기로 난생의 의미를 새롭게 해석할 수 있다.

낯선 출생 방식으로 역설적 의미를 강조하여 드러내고자 하였던 난생의 기호는 신화와 근대를 넘어 탈근대를 지향하는 오늘의 관점에서도 여전히 새로운 욕망을 생성시키는 여성성의 지표이다. 분리된 기관 자체로서 알의 기호는 형태 변이, 생성, 리좀, 기관 없는 신체, 탈영토화, 동물—
되기 등의 들뢰즈와 가타리 식[10]의 기호체계를 떠올리게 한다. '지금—
여기'의 관점에서 볼 때 난생은 불안한 현실의 억압을 해체시키면서 생
산적인 변혁으로 창조적 생성과 통합을 추동해야 하는 21세기 미래 지향
적 정치, 사회, 역사의 생산적 욕망으로 읽혀지기 때문이다. 이러한 취지
에서 필자는 난생신화의 지평을 생산적이면서도 창조적인 욕망으로서 미
래 지향적 여성성을 읽어내는 열린 상상의 세계, 즉 오늘의 지평으로 새
롭게 조명하고자 한다.

2. 알의 상징과 생성이미지

주지하다시피 「가락국기」의 난생신화는 건국신화와 결부되어 있는데,
거기에 투영된 고대인의 집단 무의식적 욕망은 21세기 역동적인 여성성
의 생명력과 닮아 있다. 물론 여기에서 여성성이란 단지 성적인 의미로서
여성성을 뜻하는 게 아니라 젠더로서 여성성으로 확대된다. 더불어 창조
적 생산으로서 여성성의 의미는 남성과 여성의 창조성을 아우르는 측면
으로 확장된다. 이렇듯 난생신화의 은유로서 창조성은 시공을 초월한 인
류의 보편적인 내면의식과 잠재적인 욕망으로서 생명력의 역동성을 반영

10 「가락국기」의 난생에서 탐색되는 '알—되기'에서 파생되는 '동물—되기'의 상징적
　　정치구조는 기존의 가족과 국가의 질서나 배치와는 전혀 다른, 이질성으로 인하여
　　그 영향력이 더욱 정교해진다. 난생의 의미작용으로 상정된 알의 기호는 요컨대 기
　　존의 정치적 권력을 해체하고 출현한 특이한 집단들의 표현일 수 있다. 질 들뢰즈·
　　펠릭스 가타리, 「천개의 고원』, 김재인 역, 새물결, 2001; 고미숙 외, 『들뢰즈와 문학
　　기계』, 소명출판, 2002 참조.

한다. 이 점에서 난생의 기호는 과거 신화의 끝을 보여주는 게 아니라 인류 근원의 오래된 욕망을 통해 '지금-여기' 우리의 삶을 반성하게 하는 미래를 향한 성찰의 기원으로 읽혀진다.

난생의 기호에서 고대인의 다산과 생명력 번성의 욕망을 읽어내는 것은 그리 어렵지 않다. 새 시대, 새 생명을 열망하였던 고대인의 원초적 세계관과 현대인의 창조적 세계관은 그렇게 닮아 있다. 그렇다면 신화적 상상과 환상을 환기시키는 난생의 기호에서 하늘의 축복을 한낱 알 모양으로 내려앉게 하였던 인류의 오래된 잠재의식은 무엇일까.

난생의 기호와 낯설게 연결되어 생명을 얻고 탄생한 영웅은 신적이기보다는 지극히 인간적 모습을 보인다. 어쩌면 권위적인 남성의 태도보다는 헌신적인 여성의 태도를 반영하는 타자적 모습이다. 지극히 낮은 인간적 면모의 창조적 지도력의 역량을 밝히기 위하여서는 난생의 상징적 의미를 먼저 규명할 필요가 있다.

난생의 의미를 해명하기 위하여 알의 개념을 우선 정리하면 다음과 같다. 먼저 알의 사전적 의미를 파악하면[11] 체내수정을 하는 동물의 알 외에도, 알의 의미는 작고 둥근 것, 씨앗으로 열매 낱알, 양배추와 같은 채소의 머리 등으로 그 뜻이 다양하다.

---

11 사전적 의미 개념으로서 '알'은 ① 작고 둥근 것 ② 곤충류·파충류·조류 등과 같이 체내수정을 하는 동물의 알(an egg) ③ 씨앗으로 작은 열매 낱알(a nut) ④ 양배추와 같은 채소의 머리(a head) 등으로 정리된다. 다음으로, 동음이의어나 파생어로서 '알'의 의미는 ① 아래(down, under, below) ② 알로 떨어지다(fall down, go to the ground) ③ 알몸(bare, naked) ④ 알다(know) ⑤ 이해하다(understand, see, get) 등으로 정리된다. 여기에서 '알'은 아래로 떨어지는 내려앉음의 공간이동, 거듭남으로서 생명의 진수, 알고 깨닫고 이해하는 관지능력과 순수한 정신 등으로 그 의미 해석이 확장된다.

알의 기본적인 뜻은 생명의 근원이다. 그런데 간과할 수 없는 것은 또 다른 파생의 의미들이다. '작고 둥근' 알의 속성은 우주적 가치를 지향하는 인간의 자세에 대한 깊은 성찰을 반성하게끔 한다. 생명의 신비를 보여주는 알에서 작은 모양이 겸허함이라면 둥근 모양은 원만함이다. '알몸'에서 드러나듯 알은 온전한 순수함을 드러내기도 한다. 생명력의 순수함이야말로 여성성의 본질이다.

그리고 알은 아래라는 의미 파생으로 위에서 아래로 떨어지는 수직적 하강을, '알알이'에서 드러나다시피 결실의 풍요로움을 내포한다. 고대로부터 여성은 하늘로 상징되는 남성에 비하여 상대적으로 아래인 땅으로 상징되었으며, 풍요로움을 내포하는 측면에서도 땅의 생산성으로 상징되었다.

또한 알의 의미는 '앎'의 파생적 의미에서 환기되듯이 알고, 깨닫고, 통찰하는 지각능력으로서 총체적인 감각을 함의한다. 총체적인 감각 또한 남성성의 이성보다는 여성성의 감성이 의미가 크다.

한편으로 민중들의 삶과 희망을 보여주는 민요의 측면에서 〈아리랑〉을 해산의 노래[12]로 인정하면 알은 '아리랑'의 여음으로 출산의 고통과 아픔을 풀어내는 주술적인 기능과 다산의 염원을 반영한다.

이러한 예에 비추어볼 때, 알의 다양한 파생적 의미는 우주적 생명의

---

12 조태영은 「한국난생신화와 한국문학의 원형」에서 아리랑의 후렴의 풀이(아리랑아리랑 아라리요; 알이라 알이라 알알이요/아리 아리랑 아리리가 났네; 알 알이라. 알 알이 났네/아리랑 고개로 넘어간다; 알 고개로 넘어간다/ 아리랑 고개로 날 넘겨주소; 알고개로 나를 넘겨주오)를 통해 '아리랑'을 알 풀이 노래 즉 새 생명을 해산하기 위한 노래로 해석한 바 있다. 조태영, 「한국 난생신화와 한국문학의 원형―아리랑의 기원 및 근원적 성격과 관련하여」, 『한신인문학연구』 제2집, 한신인문학연구소, 2001. 12.

신비를 다양한 각도에서 깨달을 수 있는 동기가 된다. 알은 땅 아래로 내려지는 하늘의 축복으로서 생명의 신비를 겸허하고 원만한, 그리고 순수하고 풍요한 모양으로 품고 있다. 달리 말하면 하늘의 축복은 마치 작고 둥근 알과 같이 겸허하고 원만하면서도 순수하고 풍요로운 생명을 통해 이 땅의 역사를 새롭게 한다.

요컨대 생명 생성과 탄생으로서 알의 의미는 여성성의 다른 이름이다. 이러한 측면에서 살펴보면 「가락국기」 난생신화에서 알의 기호는 시각적 이미지를 환기하는 방식으로 여성성을 부각시키고 있다. "붉은 보자기에 싸여 붉은 끈에 달려 내려온 금 상자에는 황금색 알들이 담겨 있었는데 그 상자를 열었을 때 황금 알들이 해와 같았다"는 묘사에서 황금빛 태양과 알이 생명의 축복과 생명을 상징한다면 붉은 보자기는 자궁이며 붉은 끈 또한 피 묻은 탯줄을 연상시킨다. 이와 같이 「가락국기」의 난생신화는 기존 사회의 체계를 해체하고 새로운 역사를 창조하는 시작으로서 생명 탄생의 여성성을 시적 이미지로 특별하게 강조한다.

여기에서 간과할 수 없는 것은 하늘과 땅의 소통적 의미이다. 이는 카오스의 혼돈이며, 하늘과 땅이 하나라는 혼연일체의 믿음이다. 고대인의 믿음은 코스모스로서 기존 질서를 해체하고 카오스로서 생성을 추구한다. 여기에서 '알-되기'는 합리적 구조의 질서를 타파하고 창조적 변혁이 생성되는 욕망의 탈영토화이다.

고대인의 생명과 역사 창조에 대한 '동물-되기'의 열망은 새로운 권력체계의 혁명으로서 '알-되기', 곧 '자궁-되기'의 생성을 추동한다. '자궁-되기'로서 알의 공간은 생명의 집이자 생명의 자체라는 이중적 기능으로 아이러니하다. 알의 형태 또한 이중적이다. 그 내면에는 액체의 유연함이, 외면에는 고체의 견고함이 공존하여 스스로 생명체를 이루는 점을 감안할 때, 알의 기호적 상징은 기관 없는 신체인 여성성으로 생성을 추구하는 탈영토화의 의미이다. 알의 기호야말로 여성성의 쌍태아의 모양으로 긍정적인 생성을 상징하는 역동 그 자체라 할 수 있다.

3. 난생의 시공간성과 여성성

위와 같이 난생은 생명 생성에 대한 인류 본연의 경외로서 여성성을 함축한다. 난생의 의미작용으로서 '자궁—되기'는 과거와 현재라는 이분법적 시간의 질서를 해체하여 '지금—여기' 정치, 사회, 문화와 연관되는 실존적 의미로 그 파장이 확대된다. 이러한 측면에서 난생신화는 시적 은유이자 시적 혁명으로 21세기 한국사회의 국민이 바라는 여성성의 가치로서 리더십을 제공한다.

「가락국기」의 난생 모티프는 여섯 개의 알의 부활이 단일한 권력으로 드러나는 것이 아니라 여섯 가야의 평등한 통치를 실현시켰음을 보여준다. 이는 대단히 민주적인 발상이다. 새 시대를 열망하는 정치적 욕망의 탈영토화이다. 분열과 갈등을 극복하고 화해와 통합의 정신으로 새 역사를 열어야 하는 '지금—여기' 한국사회에도 귀감이 될 만하다.

여섯 개의 알에서 생산적이고 창조적인 욕망을 실현하는 새 생명이 태어나 연대적 통합주의로 역사를 변혁하는 방식은 하나의 권력만이 신성시되지 않고 여섯 모두가 평등하다는 범우주적 생명의 가치를 구현한다. 이러한 생명 평등의 구체적 실현은 물질만능과 권력의 편중으로 인하여 생명이 폄하되는 이 시대에 생명이 있는 모든 것을 존중하며 열망하는 여성성의 중요성을 환기시키는 성찰의 계기가 될 수 있다.

한편으로 「가락국기」의 난생신화는 천신의 하강에서만 그 의미를 모색하기보다는 「구지가」에서 상기되듯, 거북이의 수신 난생의 형태를 마치 하늘과 바다의 혼연일체의 결합인 우주 조화의 양상처럼 통합적으로 보여준다. 그래서인지 가야국은 양성평등을 이 땅의 역사에서 최초로 구현하는 모범을 보여준다. 그렇다면 '지금-여기' 한국사회를 이끌어갈 지도자 또한 양성평등을 넘어 동서와 남북의 갈등을 여성성의 창조성으로 통합하고 봉합하여야 할 것이다.

난생의 해석에 있어 그 출발은 하늘의 축복을 기원하는 인간들의 믿음과 열망이라면 그 착종은 하늘의 축복이 다름 아닌 땅의 조화와 평등에 있음을 환기한다. 새로운 생명과 역사에 대한 집단적인 열망이 「가락국기」의 난생신화에서 알의 기호로 투영됨으로써 양성평등의 여성성이 부각된다. 작고 하찮은 알에서 시원적인 세상의 평화와 조화를 모색하는 창조적 지도자의 출현은 새 시대 새 역사를 염원하는 절대적인 믿음을 토대로 마침내 그 꿈을 이룰 수 있음을 시사한다. 이러한 맥락에서 국민의 화합을 끌어내는 일은 새로운 역사 창조의 실행이다.

한편, 우주적 생명의 근원이 알의 원형으로 환기되듯이, 생명을 생성하는 여성성, 곧 자궁의 이미지 또한 둥근 원형의 상징적 공간[13]이다. 그 원형이미지는 가스통 바슐라르의 표현처럼 궁극적으로 하늘과 땅이 융합된 원초성의 흔적을 지니고 있는 순수함이다.

평범한 알에서 비상한 역사가 시작되는 신비는 동서고금 인류의 오래된 열망으로 하늘과 땅, 신과 인간, 남자와 여자가 결합되는 사랑의 조화를 보여주는 상징적 은유이다. 하늘과 땅, 고체와 액체라는 차이가 하나로 결합된 알의 형태로부터 새로운 생명이 태동하고 새로운 역사가 개벽

---

13 가스통 바슐라르, 「공간의 시학」, 곽광수 옮김, 민음사, 1990, 403면.

하게 된다. 이런 맥락에서 알의 상징, 그 기호의 심층 의미로서 여성성을 규명하면 다음과 같다.

첫째, 알의 공간구조는 생명 생성이자 생명 자체의 여성성이다. 생명의 생성과 보호의 기능으로서 알은 스스로 존재한다. 난생(卵生)과 난자(卵子)의 난(卵)은 같다. 그러므로 난생과 난자는 쌍생아로서 여성성의 공통성을 입증한다. 이 점에서 들뢰즈 식의 생성을 엿보게 하는 난생의 욕망은 여성성의 생명 자체이면서도 그 생명으로 또 다른 생명을 창출하는 형태 변이의 생명 기능인 셈이다.

난생의 이중적 기능의 조화로움은 하늘과 땅의 시간이 알의 형태로 내려앉은 시공간성에서도 드러난다. 원형구조는 우주적 조화의 양상이다. 하늘에서 내려오는 수직이미지와 땅의 수평적 이미지의 교차에서 생명 생성으로서 원형 공간이 확보된다. 이렇듯 알의 공간구조는 수직과 수평이 교호함으로써 이루어진 우주적 합일의 원형이다.

스스로 존재하는 생명 가운데 또 다른 생명을 살리며 존재적 사랑을 안으로 체험하는 원형의 생성은 하늘과 땅의 기운이 끊임없이 교류함으로써 가득 차게 되는 알의 시공간성이다. 그것은 원초적인 생명의 고향, 그 근원으로서 생명의 집이다. 원형 공간으로서 알의 여성성은 아이러니로 그 의미의 해석을 열어놓고 있다. 이에 따라 사랑을 영원한 생명으로 완성시키는 여성성의 꿈과 믿음은 고대뿐만 아니라 '지금-여기' 언제든지 재창조가 가능하고 재해석이 가능한 생성 원형이다.

그러므로 '지금-여기' 창조적 여성성의 지도력은 모든 인간 생명을 소중히 여기는 사랑의 정치를 실천하여야 할 것이다.

둘째, 알의 내적 순환은 침묵으로 순수와 풍요를 환기시키는 여성성이다. 알의 기관 없는 신체는 신성한 존재가 알의 시간을 견디고 연단되는 과정으로서 유연함을 액체의 순환성으로 보여준다. 알의 내면은 무에서 유를 생성하면서 그 생명을 보호하는 헌신적 침묵이 꽉 찬 시공간이다.

순환하는 침묵은 준비하는 시간이다. 인간의 존재 이유가 하늘의 비상이 아니라 땅의 혼돈을 조화시키는 데 있듯이, 내면화된 시공간은 새로운 미래를 기다리며 생성을 추동한다. 알의 속이 액체로 채워졌다는 점을 상기할 때 그 내면의 기운은 순환하며 유동하는 기운이다. 침묵에 내포된 순환성은 시공간의 이분법적 경계를 허물고 마치 생명의 영겁을 지향하는 보호막과 흡사하다.

알 내부의 액체성은 태아를 스스로, 저절로 감싸고 도는 양수와 흡사하다. 생명을 감싸는 액체성은 생명을 생성하기 위한 침묵과 같다. 사랑의 순수함과 풍요로움으로 생성을 지향하는 침묵은 하늘/땅, 과거/현재의 질서를 해체하고 우주적인 조화를 카오스의 혼돈으로 재편성한다. 침묵은 정지가 아니다. 생성을 위한 순환의 시간이요, 기도의 시간이요, 사랑의 시간, 희망의 시간이다. 그것은 생명을 싸고 도는 양수 기능처럼 새로운 생명의 생성과 보호에 묵묵히 기여하며 마침내 헌신하는 시간이다.

그러므로 '지금―여기' 창조적 여성성의 지도력은 미래 지향적 역사를 새롭게 열어가는 희망으로서 헌신을 실천하여야 할 것이다.

셋째, 알의 생명 생성의 경험은 우주적 조화와 통찰로서 여성성이다. 생명 생성을 통한 앎의 각성은 침묵의 자기 연단과정을 거쳐 비로소 생명의 소중한 가치를 알고, 깨닫고, 통찰하는 방식으로 드러난다. 알이 생명을 품고 그 생명의 가치를 온전히 깨치듯, 여성성의 자각은 생명 생성의 경험으로 체득된다. 그것은 온전한 고통과 환희의 체험을 통해 우주적 조화를 통찰할 수 있는 여성성의 지각이다. 생명에의 진정한 깨달음은 실천적 행동이며 행복을 추구하는 자기 실현이다. 생명을 생성하는 고통과 환희는 다름 아닌 인생의 가치를 깨닫게 하는 우주적 경험이기 때문이다.

앎의 단순한 위치에서 역사와 생명 탄생의 통찰이 시작된 것이다. 희비와 고락으로서 생성의 의미를 깨닫는 것은 실천하는 행동이며 진정한 자기 실현으로 생명의 존엄성을 우주적 가치로 반성하게끔 한다. 생명을 체득하며 수용하는 생명 생성의 경험은 우주적 질서를 다채롭게 통찰하게 하는 긍정적인 여성성이다.

생명의 신비와 축복이 땅의 가장 낮고 작은 곳으로 이루어진다는 삶의 위치를 깨닫는 것은 다름 아닌 여성성의 깨달음이다. 그로 인해 편견을 극복하고 조화를 추구하는 원만함으로 땅의 화합과 평화를 이룸으로써 세상은 아름답고 조화로울 수 있다. 하늘의 축복이 높고 존귀하기보다는 낮고 하찮은 모양으로 비춰지는 알의 상징 즉 여성성으로 내려앉음은 현재의 척박한 현실에도 진정한 평화와 평등의 유토피아에 대한 꿈이 실현 가능함을 시인의 영감처럼 밝혀준다.

그러므로 '지금-여기' 창조적인 여성성의 지도력은 평화와 평등으로 조화로운 세상을 가꾸어야 할 것이다.

넷째, 알의 깨트림의 자기 변혁은 창조적 혁명으로서 여성성이다. 알에서 깨어남은 앎으로의 각성을 추구한 생명에의 믿음과 희망이다. 새 생명의 거듭남은 형태 변이를 통해 얻게 된다. 난생과 태생의 차이에 비추어 볼 때, 난생은 알을 깨고 거듭나야 하는 이중성을 드러낸다. 깬다는 것은 기존의 틀을 해체하고 새로워지는 행동이다.

침묵의 혼돈을 거두는 혁신은 새로운 역사 창조의 변혁을 생명의 거듭남을 통해 실천한 것이다. 껍질을 깨고 스스로 세상에 나오는 알의 역동성은 인간과 세계의 조화를 이루는 창조적 혁명이다. 그것은 액체와 고체의 개념을 해체하여 유기적 생명체-되기로 환골탈태함을 의미한다. 세상 가장 흔한 것에서 가장 위대한 것이 탄생되는 알 깨트림의 역동성은 새로운 세계로 도전하는 혁명이다.

알의 껍데기가 깨어지듯 창조하고 헌신하는 여성성은 자기 변혁이다. 생명의 소중함에 대한 깨달음의 자기 혁신을 리좀[14]의 방식으로 실천하며 확장하는 생명에의 욕망이다. 끊임없는 연단을 거쳐 기존 질서를 스스로 깨고 마침내 세상에 나오는 거듭남의 혁신은 여성성이 모든 생명의 근원이듯 모든 혁명의 출발임을 승인하는 결정이다.

그러므로 '지금-여기' 창조적 여성성의 지도력은 변혁으로서 미래 지향적인 변혁과 혁신을 꾀하여야 할 것이다.

이상에서 살펴본 바와 같이 알의 상징성의 심층적 의미작용은 다각적인 측면에서 역동적인 여성성을 읽게 한다. 그 의미를 요약하자면 난생의 주체는 신이 아니라 알로 겸허하게 내려앉은 인간, 더 정확하게 지적하면 여성성이다. 난생신화의 희망은 오늘의 꿈이자 미래를 보여주는 시적 영감이다. 생성을 향한 하늘과 땅의 조화는 카오스적 믿음으로 인하여 실현된다.

정리하자면, 난생신화가 은유하는 여성성의 궁극적인 지향은 모든 생명을 존엄하게 여기며 진정한 사랑으로 창조성을 실천함으로써 아름다운 세상을 구현하는 데 있다. 난생의 상징에서 드러나듯, 보이지 않는 것을 꿈꾸고 믿었던 고대인들의 환상과 열망은 오늘을 살아가는 우리들에게도 여전히 유효한 새로운 가치 창출에 대한 도전이다. 이렇듯 난생신화는 현

---

14 들뢰즈에 의하면 리좀은 시작하지도 않고 끝나지도 않고 언제나 중간에 있으며 사이에 있다. 나무는 혈통관계이지만 리좀은 결연관계이다. 이 점에서 살펴볼 때 난생신화에서 알의 깨트리는 시간은 새로운 세상으로 나가는 사이이며 새로운 결연이다. 질 들뢰즈·펠릭스 가타리, 앞의 책 참조.

재진행형이다. 21세기 '지금—여기' 한국사회에도 난생의 심층적 의미로서 여성성의 생성과 조화의 창조성이 새로운 역사로 실현되는 구원이기 때문이다. 난생신화에서 읽혀지는 양성평등뿐만 아니라 동서와 남북의 갈등과 분열을 넘어 21세기 화해와 통합을 이루는 새로운 역사 실현의 창조적 여성성은 이 시대 우리에게도 절박한 희망이자 기도이다.

4. 양성평등의 전망

이상에서 살펴본 바와 같이 난생신화의 주역으로서 생명의 창조적 실현을 추구한 역동적인 여성성은 '지금—여기' 삶의 성찰과 가치를 제공한다. 난생의 은유는 생명 탄생과 새 역사 창조를 추동하는 여성성의 완성이다. 땅으로 내려앉은 지극히 평범한 알에서 하늘과 땅의 조화가 이루어지는 역사 창조는 하늘의 축복이 낮은 곳으로 흐르는 것과 인간 자세의 겸허함, 그리고 원만함을 돌아보게 한다.

「가락국기」의 난생신화는 단일성의 강력한 권위체계보다 다중성의 조화로 21세기 민주적 연대의식을 모색하게끔 한다는 점에서 평화와 평등을 지향하는 여성성을 환기시킨다. 또한 난생 기호에서 부각되는 여성성의 실현은 "오래 참고 온유하며 모든 것을 참으며 모든 것을 바라며 모든 것을 견디는" 식의 성서적 사랑과도 일맥상통한다. 이렇듯 난생의 상징으로서 동서고금을 초월하여 생명 생성의 가치를 실현하는 여성성의 의미는 다음과 같다.

첫째, 인간의 가장 큰 축복은 생명을 생성하며 스스로 존재하는 여성성에 있다. 신성하리만큼 위대한 생명의 비밀은 높고 존귀하기보다는 낮고 하찮은 모양으로 땅의 역사를 구원하며 믿음의 실체를 보여준다.

둘째, 자기 연단으로서 침묵은 생명 생성의 풍요하고 순수한 사랑으로 여성성을 강화한다. 여성성의 내적 유연함은 생명을 지키고 보호하는 헌신으로서 적극적이며 능동적인 사랑의 실천이다.

셋째, 생명 생성으로 경험한 자각은 우주적 조화로서 여성성의 통찰을 실현한다. 여성성으로 경험하는 생명 존엄의 각성은 이분법적 질서체계의 갈등을 해체하고 우주적 조화를 추구하는 깨달음의 통찰이다.

넷째, 창조적 변혁으로 자신과 세계를 혁신하는 힘은 여성성의 거듭남이다. 역사 창조의 근원적 힘으로서 여성성의 혁신은 외유내강의 힘으로 창조적 혁명을 완성할 수 있는 원동력이다.

이상과 같이 난생신화에서 필자는 21세기 삶의 창조적 변혁으로 양성평등뿐만 아니라 동서, 남북의 갈등과 분열을 극복하고 미래 지향적인 역사의 화해와 통합을 실천하는 창조적 여성성의 미래를 읽게 되었다. 고대인의 오래된 욕망을 통해 미래 지향적인 현재를 모색하는 난생의 욕망은 21세기 현재의 관점에서 하늘/땅, 남/여, 서사/서정, 주체/객체, 세계/자아, 과거/미래, 동/서, 남/북 등의 온갖 이분법적 갈등에서 벗어나 새로운 화합을 지향하는 우주적 생명의 조화이자 상생의 원리이다. 이렇듯 창조적 여성성은 생성의 원동력으로서 양성 모두가 합하여 공생공영(共生共榮)의 조화를 추구하는 생명 존엄의 가치이다. 21세기 '지금-여기' 한국사회에서 난생의 은유로서 창조적 여성성의 실천이야말로 범우주적 사랑으로 조화와 합일을 추구하는 사랑의 역사를 역동적으로 완성시킬 수 있는 길이다.

『님의 침묵』, 그 구조적 기능의 역동성
— 여성성과 아이러니의 실현을 중심으로

1. 머리말

본 연구는 한용운의 시집 『님의 침묵』[1]에 수록된 88편 시들의 담화구조와 그 기능을 조명하기 위하여 이 시집의 대표시라 할 수 있는 「님의 침묵」에 대한 내재적 분석을 통해 독자 반응의 해석으로서 창조적 여성성을 해명하려고 한다. 시가 어떠한 구조에서 심미성을 확보하여 그 의미를 다양하게 파생시키는가를 탐색하는 분석적 텍스트 읽기야말로 독자의 능동적 독서 경험과 그에 따른 해석을 다채롭게 끌어낸다. 한용운의 시에 대한 담화구조에 대한 연구 또한, 독자의 다각적인 상상력의 변별성만큼 그 해석에 다양한 차이를 보일 수 있다. 이에 근거하여 필자는 『님의 침묵』의 담화[2]구조체계에서 특별히 여성 화자와 아이러니가 어떻게 기능

---

1 한용운, 『님의 침묵』, 회동서관, 1926.

2 discourse에 대한 역어로서 '담화'와 '담론'의 차이는 텍스트로부터 콘텍스트로 방향이 잡히면 '담화', 그 역이면 '담론'으로 구분된다. 이러한 입장에서 필자는 서정 형식의 표현적 국면은 담화, 텍스트를 구성하는 데 동원된 작가의 의도로서 발화적 국면은 담론으로 지칭하며 담화에 입각해서 담론의 요소를 해석할 것이다.

하는가를 밝히게 될 것이다.

한용운의 시집 『님의 침묵』 텍스트 전반에 걸친 담화 방식은, 프롤로그 형식의 「군말」과 에필로그 형식의 「독자에게」에서는 저자로서 한용운의 목소리가 직설적인 말하기 방식으로 전달된다면, 88편 시세계에서는 여성 화자의 시적 체험이 간접적인 보여주기 방식으로 나타난다.

그런데 『님의 침묵』의 88편 시 중에 가장 먼저 수록된 「님의 침묵」은 텍스트와 제목이 동일할 뿐만 아니라, 전체 시들의 일관된 성격과 원리를 함축하고 있어 이 시집을 대표하는 서시로 간주되며 『님의 침묵』의 메타 텍스트[3]로 주목받는다. 따라서 「님의 침묵」의 구조를 분석하는 작업은 『님의 침묵』에 수록된 전체의 시를 관통하는 메타구조를 밝힌다는 것과 동일한 의미를 확보하게 될 것이다.

특히 텍스트의 표층적인 담화체계에서 주목되는 것은 「님의 침묵」으로 시작되어 「사랑의 끝판」으로 끝맺는 88편의 시세계를 관류하는 여성 페르소나[4]의 목소리와 아이러니의 담화 기능이다. 그러므로 텍스트 전체의 담화체계에서 시적 담화의 변별성을 확보하는 여성 페르소나의 목소리와 아이러니의 기능은 「님의 침묵」 전편의 구조적 기능과 상징적 의미를 새

---

3 작품 제목과 텍스트의 상관성을 검증하는 작업의 중요성은 한용운의 텍스트 읽기에서 더욱 증폭되고 있다. 한용운론의 쟁점은 그의 시집 제목인 "님의 침묵"이라는 말에 집약되어 왔기 때문이다. 이어령, 『詩 다시 읽기』, 문학사상사, 1995, 249면 참조.

4 persona(화자인물)는 고전시대의 연극에서 배우들이 사용한 "가면(mask)"을 뜻하는 라틴어였다. 여기에서 연극의 "등장인물"을 뜻하는 "dramatis persona"라는 용어가 나오고, 특정한 개인을 가리키는 영어단어 "person"이 나왔다. 문학적 논의에서 "persona"는 흔히, 서사적 시나 소설에서의 일인칭−화자인 '나'나, 서정시에서 우리가 그 목소리에 귀를 기울이게 되는 서정적 발언자를 가리킨다. M. H. Abrams, 『문학용어사전』, 최상규 역, 예림기획, 1997, 263~264면 참조.

롭게 풀어가는 데 체계적이고 구체적인 근거로서 창조적 여성성의 의미를 제공하게 된다.

이러한 맥락에서 「님의 침묵」에 대한 분석적 읽기의 시도는 여성성과 아이러니의 기능을 탐구하는 방식으로 텍스트 전체를 관류하는 담화구조의 메타적 특성을 밝히고 그 의미를 '지금－여기' 우리의 삶을 반성할 수 있는 창조적 여성성으로 해석하는 길이다. 궁극적으로 이러한 작업은 한용운 시세계의 독창성과 작가의 세계관을 합리적으로 해석하게 하는 내재적 근거를 통하여 우리의 삶을 성찰한다는 점에서 의의를 갖게 된다.

본 연구의 구체적 지향은 다음과 같다. 첫째, 이 텍스트를 관류하는 담화의 구조를 분석한다. 둘째, 담화의 표층적 특성을 규명한다. 셋째, 독자 반응의 다르게 읽기를 통해 심층구조의 상징을 이해한다. 넷째, 여성 화자와 아이러니 기능의 상관성을 창조적 여성성으로 전략한 한용운의 시세계를 해석한다.

논의의 과정은 다음과 같이 전개될 것이다. 2절에서는 전체 텍스트에서의 담화체계를 파악하고 88편 시세계가 구축해보이는 담화기능의 특성을 밝히며 「님의 침묵」에 드러난 표층구조의 특징을 분석한다. 3절에서는 심층 해석의 차원에서 다르게 읽기를 시도하며, 여성성과 아이러니 기능의 역동성을 통해 창조적 여성성을 실현한 한용운의 세계관을 복합적으로 전망할 것이다.

2. 담화체계와 메타구조

『님의 침묵』의 전체 담화체계를 살펴보는 것은 한 편의 시를 해석하는 데 있어 우선 거시적인 안목을 갖게 한다는 점에서 유효하다. 따라서 『님의 침묵』의 전체 담화의 구조 분석을 토대로 「님의 침묵」의 기능과 의미를 해석하는 것은 88편의 시를 관통하는 체계적인 담화 질서로서 메타구조를 규명하는 작업이 될 것이다.

『님의 침묵』의 담화체계에서 우선 주목되는 것은 담론의 변별성이다. 전체의 담화 방식은 두 가지의 표층구조로 대비된다. 프롤로그에 해당하는 「군말」과 에필로그에 해당하는 「독자에게」의 경우에서는 작가로서 한용운의 목소리가 직설적으로 드러난다면, 88편의 시들의 경우에는 여성 페르소나의 목소리가 간접적으로 드러나기 때문이다.

담화구조에서 드러나는 작가와 페르소나의 이중적 목소리의 전략을 분석하기 위하여 먼저 「군말」과 「독자에게」에서 살펴지는 담화체계와 88편의 시들의 메타구조로서 「님의 침묵」의 담화체계를 변별하게 하는 특성을 분석하는 작업이 필요하다. 특히 88편 시들의 연작성[5]을 고려할 때, 메타시로서 「님의 침묵」의 여성 페르소나의 담화 기능은 심층 담화 해석에도 특별한 의미를 제공하게 될 것이다.

1) 담화의 해체와 각성

「군말」

님만 님이 아니라 긔룬 것은 다님이다 衆生이 釋迦의님이라면 哲學은 칸트

---

5 『님의 침묵』의 연작성에 대하여 논의를 진척시킨 김재홍은 이 시집의 88편의 시가 극적 구성을 지니고 있음을 주목한다. 그는 맨 앞에 나오는 「군말」을 집필동기로 파악하고 맨 뒤에 나오는 「독자에게」를 탈고 소감으로 파악한다. 그리고 이들 사이 88편의 시들이 연작 시적인 시적 플롯을 지니고 있음을 분석한다. 김재홍, 『한용운 문학 연구』, 일지사, 1982, 99~107면 참조.

의 님이다 薔薇花의 님이 봄비라면 마시니의 님은 伊太利다 님은 내가 사랑
할 쑨 아니라 나를 사랑하나니라

戀愛가자유라면 님도自由일 것이다 그러나 너희는 이름조은 自由에 알뜰한
拘束을 밧지안너냐 너에게도 님이잇너냐 잇다면 님이 아니라 너의 그림자니라.

나는 해저문벌판에서 도러가는길을일코 헤매는 어린 羊이 긔루어서 이 詩
를 쓴다

— 著者

「讀者에게」

讀者여 나는 詩人으로 여러분의압헤 보이는 것을 부끄러함니다
여러분이 나의詩를읽을째에 나를슯어하고 스스로슯어할줄을 암니다
나는 나의시를 讀者의子孫에게까지 읽히고십흔 마음은 업슴니다
그째에는 나의詩를읽는것이 느진봄의꼿숩풀에 안저서 마른菊花를비벼서
코에대히는것과 가틀는지 모르것슴니다

밤은얼마나되얏는지 모르것슴니다
雪嶽山의 무거은 그림자는 엷어감니다
새벽종을 기다리면서 붓을던짐니다

— (乙丑八月二十九日밤 씃)

“저자(著者)”와 “(乙丑八月二十九日밤 씃)” 등의 부기에서 명시되듯이,
「군말」과 「독자에게」에서 표면화된 담화는 독자에게 직접적으로 메시지
를 전달하는 저자 한용운의 사실적인 목소리이다. 이들의 담화는 시적 정
서를 보여주기보다는 프롤로그와 에필로그로 시적 담화를 이해시키고 전
망하는 차원에서 88편의 시적 담화와 구별된다.

프롤로그 형식의 「군말」과 에필로그 형식의 「독자에게」의 담화체계는
88편의 시를 독자에게 이해시키기 위한 작가의 지침과 탈고 후의 소감 내
지 전망을 전달한다. 전자에서는 시의 해석과 적용에 있어 ‘님’에 대한

유연성이 강조된다. 반면, 후자에서는 실제 시인으로서 저자 자신의 모습을 부끄러워하며 자신의 시와 자신을 슬퍼하며 미래를 전망하고 추측하는 당대 작가의 바람과 탈고의 입장이 투영되어 있다.

이렇듯 「군말」과 「독자에게」는 작가의 입장이 강조되는 말하기 방식이라는 점에서 서로 상통하지만, 두 담화체계에서 해석되는 작가의 어조나 태도는 사뭇 대비적이다. 「군말」에서 '어린 양이 기루어서 이 시를 쓴다'는 권위적인 태도는 「독자에게」에서 '여러분이 나의 시를 읽을 때에, 나를 슬퍼하고 스스로 슬퍼할 줄을 압니다' 라는 겸허한 태도로 담론상황의 반전을 보여준다.[6]

한편으로 위의 담화체계와는 달리 88편의 시들은 여성 페르소나로서 상정된 화자에 의해 시적 경험을 직접적으로 보여준다. 저자의 목소리와 대비된 88편의 시에 관류하는 여성 페르소나의 목소리는 독자들의 경험을 불확정하게 매혹하는 기능으로 장치된 것이다.

독자에게 시적 체험에 대한 강한 호기심과 매혹을 갖게 하는 여성 페르소나의 기능은 우선 시적 체험을 극화시킨다. 이러한 기능은 기존의 전통 서정시에서 보편화되었던 말하는 방식이 보여주는 방식으로 바뀌어졌다는 점에서 낯설게 표현하기이다. 낯설게 표현된 경험에서 독자는 시적 화자의 고백을 마치 자신의 것처럼 공유하게 된다.

이에 따라 저자 한용운이 '기리운 어린 양'으로서의 님이 되어버린 각성을 유발시킨 태도의 변화는 88편 시적 경험으로서 페르소나 기능의 역동성에서 연유된다. 이는 시적 담화가 실현시킨 아이러니의 결과이다. 그 과정을 살펴보면 시인은 자신이 추구하였던 시적 경험을 여성 페르소나

---

6 허탁, 「만해시의 기호학적 연구」, 부산대 대학원 박사논문, 1991, 9~28면 참조.

의 목소리로 보여주었기 때문에, 그 결과로서 독자와 세계를 향한 시인의 태도가 바뀌는 창조적 여성성의 가치가 실현된 것이다.

작가의 권위적 태도가 반성적 깨달음의 태도로 변화되기까지의 경로에 88편 시적 경험이 자리한다. 그 공간이 시적 세계의 아이러니라면 여성 페르소나의 기능이야말로 텍스트의 담화체계에서 그 의미를 창조적 여성성으로 실현하는 가치 생산의 맥락에서 특별히 부각될 수밖에 없다. 또한 작가의 각성 동기와 인식의 전환으로서 88편의 시적 경험에서 여성 페르소나가 실현시킨 아이러니의 방식은 담화 분석과 해석에 있어 대단히 중요한 의미를 제공한다. 따라서 텍스트의 심미성은 당연히 독자가 시적 정서를 공감하고 경험하는 시적 담화의 여성 페르소나와 아이러니의 기능에 집중되어야 할 것이다.

이렇듯 여성 페르소나와 아이러니의 구조체계는 『님의 침묵』의 담화 특징을 밝히는 관건이다. 여성 페르소나와 아이러니의 연계적 구조에서 이 텍스트의 시들은 시인이 자신의 시를 '독자의 자손에게까지 읽히고 싶은 마음은 없'다는 바람을 해체시켜 강조할 뿐만 아니라, '그때에는 나의 시를 읽는 것이 늦은 봄의 꽃수풀에 앉아서 마른 국화를 비벼서 코에 대이는 것과 같을는지 모르겠'다는 작가의 담화를 전복시키는 시적 혁명으로서 작가적 세계관의 변화를 보여주게 된다. 이 시집 전체 담화체계에서 시적 경험의 여성 페르소나의 목소리는 실제 작가의 전망을 역설[7]적

---

7 역설(paradox)은 외면상으로는 모순되고 불합리한 것 같지만, 사리에 합당한 의미를 가지고 있음이 밝혀지는 진술을 말한다. 역설은 거의 모든 시인들이 사용하고 있지만, 종교적 형식에서나 세속적 형식에서나, 형이상학적 시들의 중요한 수법이다. 역설적 발언이 일상적 용도에서는 서로 모순되는 두 용어를 결합할 때에는 모순어법이라고 한다. M. H. Abrams, 앞의 책, 255~257면 참조.

인 경험으로 해체시키며 시공을 초월한 시의 생명을 아이러니로 실현시킨다.

결과적으로 『님의 침묵』의 담화적 특징은 「군말」에서의 작가가 독자에게 건네는 해석의 담화 방식이 88편의 시세계의 시작에 자리하는 「님의 침묵」에서는 시적 화자가 여성 페르소나로 바뀌는 구조체계로 88편 시의 마지막인 「사랑의 끝판」에까지 일관된다. 페르소나의 기능이 부각되는 곳은 당연히 88편의 시세계이다. 따라서 88편의 시들의 동일한 기호와 구조를 파악하며 페르소나의 기능을 살피는 것은 텍스트의 이중적 담화구조의 전략을 밝히는 동력으로 작용한다.

시적 페르소나의 기능이야말로 당대 한용운이라는 작가의 전망을 전복시켜 새로운 경험으로 시대를 초월한 공감을 끌어내어 시적 혁명의 아이러니를 구현한다. 한용운의 시세계에서 특징적인 아이러니의 공간구조는 단순히 「님의 침묵」 한 편에만 국한되는 것이 아니라 88편의 시 전체를 관통하는 가장 중요한 핵심요소이다.[8] 이러한 관점으로 필자는 88편의

---

8 88편의 시에서 부각되는 아이러니는 아래의 몇 가지 예에서 다음과 같이 나타날 뿐만 아니라 더 다양하지만 이에 대한 논의는 연구 특성상 메타구조로서 「님의 침묵」에 국한시킨다.

"이별은 미의 창조입니다." 「이별은 미이 창조」

"복종하고 싶은데 복종하는 것은 아름다운 자유보다도 달금합니다. 그것이 나의 행복입니다" "그러나 당신이 나더러 다른 사람을 복종하라면 그것만은 복종할 수가 없습니다. 다른 사람을 복종하라면 당신에게 복종할 수 없는 까닭입니다." 「복종」

"나는 곧 당신이어요." 「당신이 아니더면」

"나의 '기다림' 은 나를 찾다가 못 찾고 저의 자신까지 잊어버렸습니다." 「苦待」

"그래서 당신과의 거리가 멀면 사랑의 양이 많고 거리가 가까우면 사랑의 양이 적을 것입니다. 그런데 적은 사랑은 나를 웃기더니 많은 사랑은 나를 울립니다." 「사랑의 측량」

"사랑을 '사랑' 이라고 하면 벌써 사랑은 아닙니다." 「사랑의 존재」

시를 관류하는 여성 페르소나의 기능과 시적 아이러니가 구조적으로 결합하는 역동적인 담화 방식을 분석함으로써 한용운의 시세계에 대한 다면적인 해석의 한 각을 조명하려고 한다.

2) 변이와 역설의 메타구조

「님의 沈默」[9]

① 님은갓슴니다 아아 사랑하는 나의님은 갓슴니다

② 푸른산빗을깨치고 단풍나무숩을향하야난 적은길을 거러서 참어썰치고 갓슴니다

③ 黃金의꽂가티 굿고빗나든 옛盟誓는 차듸찬쯧끌이되야서 한숨의微風에 나라갓슴니다

④ 날카로운 첫키쓰의追憶은 나의運命의指針을 돌너노코 뒤ㅅ거름처서 사러젓슴니다

⑤ 나는 향긔로은 님의말소리에 귀먹고 꼿다은 님의얼골에 눈머럿슴니다

⑥ 사랑도 사람의일이라 맛날째에 미리 써날 것을 염녀하고경계하지아니한것은아니지만 리별은 쯧밧긔일이되고 놀란가슴은 새로은슯음에 터짐니다

⑦ 그러나 리별을 쓸데업는 눈물의源泉을만들고 마는 것은 스스로 사랑을깨치는것인줄 아는 까달에 것잡을수업는 슯음의힘을 옴겨서 새希望

의 정수박이에 드러부엇습니다

⑧ 우리는 맛날째에 써날것을염녀하는것과가티 써날째에 다시맛날 것을
   밋습니다

⑨ 아아 님은갓지마는 나는 님을보내지 아니하얏습니다

⑩ 제곡조를못이기는 사랑의노래는 님의沈默을 휩싸고돔니다

이 시는 비련시(非聯詩)이지만 분석상의 필요에 따라 시의 전문을 ⑩행으로 나뉘었다. ①행을 제외하고는 모든 문장이 복문으로 이루어져 있지만, 간단치 않은 복문 문장의 구조에는 화자의 의식이 그에 어울리게 투영되어 있다. 화자의 의식은 과거와 현재, 그리고 미래가 혼용되었을 뿐만 아니라, '만남'과 '이별' 그리고 '희망'을 통한 사랑의 긴장감이 복합적으로 얽혀 있다. 사랑의 속성을 마치 대변이라도 하듯, 복잡한 시적 화자의 의식을 적절하게 보여주는 문장구조는 당연히 단문보다는 복문이 적합하였을 것이다. 복문에 투영된 상반된 시간성은 순차적인 것 같지만 결국은 화자의 의식과 결합되는 시공간성의 아이러니로 '지금-여기' 시공간성의 현존을 입체화한다. 따라서 복문으로 실현되는 이별의 슬픔은 사랑의 현존성이라는 아이러니의 구조 속에 복합적인 시적 경험을 생성하게 된다.

다음으로 여성 페르소나의 특징에 주목하게 된다. 김재홍은 여성운(femine rhyme)과 존칭보조어간, 여성 주체가 구체적으로 표현된 것, 어성적 상관물, 여성적 정감 혹은 태도, 마조히즘 등으로 열거되는 여성주의는 유교적인 전통에서 지켜져온 남성과 여성의 수직적 관계를 보여준다는 근거를 통해 이 시집의 여성주의가 한국의 전통에서 연원된 것으로 규명한다.[10]

---

10 김재홍, 앞의 책, 94면.

물론 표층적인 담화구조에서 액면 그대로 드러난 여성주의 요소들은 소극적이며 수동적인 기다림을 드러낸다. 그렇지만 이 시의 복문의 문장구조에서 살펴지듯이, 심층구조적인 측면에서 페르소나의 기능은 단순히 여성의 순종적 기다림이거나 '님'에 대한 수동적 찬미라고 평가하기에는 그 함의된 속성이 대단히 복합적이며 심오하다. 따라서 담화의 심층에서 페르소나가 추구하는 여성성은 단순히 에로스로서 파생되는 소극적인 기다림이 아니라 에로스를 승화시킨 생명에의 긴장과 초월적인 의미[11]로 진척된다는 점을 간과할 수 없다.

그러므로 이 시에 구현된 여성 페르소나의 특징은 보다 더 깊이 있는 논의를 끌어내야 할 것이다. 심도 있는 논의의 타당성을 확보하기 위하여 시의 전문을 파악할 필요가 있다. 우선 이 시를 순차적으로 읽었을 때, 시의 전문은 편의상 세 개의 구성으로 나누어진다. 그 의미구조는 다음과 같다.

처 음 : ①갔습니다.→②떨치고갔습니다.→③날아갔습니다. → ④사라졌습니다.($-$) : 이별의 인식

중 간 : ⑤ 귀먹고 눈멀었습니다.($\downarrow$I) → ⑥ 슬픔에 터집니다. ($\downarrow$I) − ⑦들어부었습니다.($\uparrow$I) → ⑧그러나 믿습니다.($\uparrow$I) : 각성의 전환

---

11 여성적인 기다림의 의미, 혹은 여성적인 관능의 의미는 형이상학적 진리의 움직임으로서의 의미를 갖는다. 에로스의 구현으로서의 여성 화자가 갖는 결핍으로서의 존재라고 하는 삶의 보편적·근원적 역할을 단적으로 대변해주고, 그 욕망 자체가 단순한 에로스의 의미를 넘어서는 삶의 일반적인 긴장관계에 대한 비유로 해석될 가능성을 지니기 때문이다. 서준섭, 「한용운의 상상세계와 수의 비밀」, 김열규·신동욱 편, 『한용운 연구』, 새문사, 1982, 131~132면.

끝 : ⑨(나는)보내지아니하였습니다.(+)→⑩(사랑의노래는)침묵을휩싸고
돕니다. (O) : 공존의 전망

　이 시의 표면구조는 '처음', '중간', '끝'의 플롯구조를 보여준다. 서정의 플롯은 서사의 플롯과는 그 성격이 분명히 달라질 수밖에 없다. 서사의 세계에서 플롯은 서사를 추동하는 힘으로서 세계와 자아 간의 갈등과 긴장관계를 극단으로 끌고 가지만, 서정의 세계에서 플롯은 세계와 자아 간의 벌어진 간극에서 새로운 화해와 평화를 이끌어내기 때문에 필경은 하나의 조화로운 이미지 즉, 은유체계로서의 공간성이 환기되기 때문이다. 서정이 추구하는 극단을 조화시키는 근원으로부터 이 시를 감상하면 처음 부분에서는 '님'과 '나', '이별'과 '만남'의 대립적 관계가 부각된다. 이는 결국 궁극적인 조화를 모색하기 위한 시련의 단초이다. 이 시에서 표면화되는 시간적 순서를 따라 그 의미를 파악하면 다음과 같은 변이과정이 노정된다.

　처음의 ①~④에서는 '님'이 떠나간 이별의 상황이 제시되며 경험화자의 슬픔이 표현되기 때문에 '님'과 페르소나 '나'의 별리가 수평의 거리(−)를 드러낸다. 중간의 ⑤~⑧에서는 이별의 부정적 상황에서도 슬픔의 하강(↓I)을 '희망'으로 상승(↑I)시키며 사랑의 각성을 새롭게 인식하는 페르소나의 의지가 복합적으로 드러난다. '님'과의 만남으로서 추억은 '님'과 '나'를 분리시킨 이별을 초래하였다. 그렇지만 이별에 대한 인식의 전환과 '님'에 대한 진정성이 플롯으로 장치된다. 플롯은 '님'과 화자의 이별이 오히려 깊은 사랑으로 각성되는 과정이다. 끝의 ⑨~⑩에서는 이별에도 불구하고 실천적 노력을 저버리지 않았던 화자의 승화된 사랑이 실현된다. 특히 ⑨행에서 사랑을 추구하는 역설적인 의지로 인하여 마

침내 ⑩행에서는 "님의沈默을 휩싸고" 도는 노래(o)가 영원한 사랑으로
생성되는 것이다.

　이러한 분석을 토대로 이 시의 의미를 압축적으로 제시하면, '님'과의
이별에도 불구하고 '님'과의 사랑을 새롭게 생성시키는 시적 화자 '나'의
의지와 믿음에 시 해석의 초점이 맞춰지게 된다. 이렇듯 시의 순차적 읽
기에서 '님'과 '나', '과거'와 '현재', '이별'과 '만남'이라는 이분법의
관계상황이 대립되며 반전된다는 점에서 시의 구조는 경직되었다기보다
는 열린 구조의 공간이미지이다. 이러한 열린 공간이미지의 결정체는 무
수한 다면성을 내포함으로써 독자 경험들을 다각적으로 반추하고 새로운
상징적 해석을 가능하게 한다. 표층적 구조에서 밝혀지는 몇 가지의 이분
법적 대립체계는 변이와 해체과정을 거쳐 그 의미를 다음과 같이 새롭게
생성시킨다.

　첫째, 페르소나의 입장 변이다. 담화구조의 표층에서 페르소나의 수동
성이 능동성으로 변한다. 처음 부분에서는 이별을 단행한 '님'이 행동의
주체이지만, 중간 부분의 플롯에서는 '나'와 '님', 즉 우리라는 인식으로
페르소나의 입장이 전개되기 때문이다. 마침내 끝 부분에서 페르소나의
입장은 '님'이 떠난 원인으로 인해 오히려 영원한 사랑을 완성시키는 능
동적 자세를 역설적으로 드러낸다.

　둘째, 이분법의 해체와 생성구조다. '님'의 언어는 '만남'의 공간에서
'맹서'였지만, '이별'의 공간에서는 '침묵'이다. 그런데 '침묵'에서 "사
랑의 노래"가 생성된다는 것 역시, '해체'에서 '생성'을 보여준 셈이다.
'슬픔'과 '기쁨', '과거'와 '현재', '절망'과 '희망', '이별'과 '만남'의
이분법적 구조가 해체된 자리에 새로운 "사랑의 노래"가 생성되기 때문
이다.

셋째, 역설과 아이러니의 실현이다. 이 시에서 강조되는 역설의 힘은 결국 '절망'을 '희망'으로, 침묵을 노래로 바꾸는 동력으로 이별에서 사랑을 완성하기 때문이다. '침묵'은 만남의 시간축을 대표하는 '옛 맹서'(과거)와 이별의 축을 상징하는 '침묵'(현재) 그리고 '희망'(창조)축을 예기하는 '노래'(미래)의 삼항구조의 공간화에 의해 해독될 수 있다. 이러한 '침묵'의 해독장치로서 '맹서'와 '노래'는 양극적 의미일 뿐이다.[12]

그렇다면 "님은 갔지마는 님을 보내지 않은" 역설을 보다 설득적으로 이해시킬 수 있는 동기는 무엇으로 구체화할까. '맹서'와 '침묵'을 해체하여 '노래'를 생성하는 페르소나의 역동적 기능은 '님'과의 이별이 '절망'이 아닌 '희망'이 되고 '침묵'이 "사랑의 노래"를 낳는 아이러니의 완결[13]을 추구하는 창조적 여성성에서 찾게 된다. 그러므로 역설과 아이러니가 실현되는 구조체계에 타당성을 부여하는 보다 구체적인 근거를 시 전문에서 탐색해야 할 것이다. 이에 따라 이 시의 심층적 해석을 위한 논의의 설득력을 확보하기 위하여 필자는 창조적 여성성의 생성을 위한 해체적 읽기를 통해 「님의 침묵」의 담화의 상징성을 역동적으로 해석하고자 한다.

3. 시공가성의 역동과 은유

『님의 침묵』의 88편의 시들을 유기적으로 관통하는 메타구조는 「님의 침묵」에서 구축된다. 「군말」과 「독자에게」는 시적 경험의 담화구조라기

---

12 이어령, 앞의 책, 271~282면 참조.
13 시인 한용운은 시 「님의 침묵」을 아이러니의 완결을 위해 쓴 것이다. 김열규, 「한용운 시의 아이러니」, 김열규·신동욱 편, 앞의 책, Ⅱ~53면.

보다는 작가적 해석과 전망을 드러낸다. 이렇듯 작가의 담론과는 구분된 시의 공간에서 맨 처음 시적 경험으로 생성된 「님의 침묵」의 표층구조체계는 시간성으로 전개되는 것 같지만, 궁극적으로는 시간적 질서가 역설과 아이러니의 실현 양상에 따라 해체된다.

88편의 시적 담화체계는 마침내 독자 상상력에 의하여 재구성되는 시 공간의 현존성에 의해 「님의 침묵」을 관통한다. 이와 같이 시적 플롯이 보여주는 시간과 공간의 차이는 그 질서와 체계마저 시적 자아가 추구하는 서정성으로 해체된 지점에서 새로운 경험의 공간으로 거듭나며 자아와 세계와의 화해를 실현하게 된다. 이러한 서정의 힘은 곧 아이러니이다. 아이러니로 구축된 시공간의 현존성이야말로 서정의 세계가 시간과 공간의 질서체계를 전복시키는 상징이라는 점에서 서사의 플롯과는 변별된 특성을 추구하게 된다.

시적 혁명이라는, 어쩌면 지극히 당연한 서정의 힘을 긍정하는 지점에서 필자는 「님의 침묵」의 전문을 해체적으로 감상하며 여성 페르소나로 전략된 시적 화자의 서정적 담화 기능으로 생성된 심층적 의미로서 창조적 여성성을 천착하려고 한다. 해체적 시 읽기는 이 시에 함의된 심층구조의 상징성을 파악하고 텍스트의 담화 전략으로서 수사학적 담론을 해석할 수 있는 다각적인 이해를 가능하게 할 것이다.

1) 여성성과 아이러니의 실현

한용운의 「님의 침묵」에서 여성 페르소나의 목소리의 간절함은 무엇보다 사랑의 진정성을 추구한다는 데 있다. 여성 페르소나가 그리워하는 '님'이라는 존재를 진정성의 대상으로 상정할 때, 그 진정성이 어디에 적용되느냐에 따라 '님'의 정체성은 천차만별 달라진다.

이와 같이 '님'의 은유체계는 복합적이며 유동적으로 열려진 의미망으로 여성 페르소나의 기능에 따라 그 정체가 해명된다. 이 시에서 구축되는 아이러니의 의미 또한 여성 페르소나의 기능과 긴밀한 관계 속에 유연한 방식의 해석을 열어놓고 있다. 그러므로 이 시를 감상하고 해석하는 데 있어 독자들은, 자신의 시적 경험과 자신이 추구하는 사랑의 진정성에 따라 그 변용의 깊이와 진폭을 달리하는 다채로운 해석의 각도에서 독서와 재창작의 경험을 독창적으로 변주하게 된다.

그런데 이별이라는 상실의 공간에서 영원한 만남을 생성시키는 여성 페르소나의 기능에 대한 해석은 표면상 드러나는 어조나 태도로만 제한시킬 만큼 간단치가 않다. 그 기능의 심층 해석은 시적 경험에 있어 일반론적인 인식을 전복하는 의식으로 '과거'와 '현재'라는 시간성이 해체되어 현존성이라는 복합적 시공간구조로 발전되기 때문이다. '님'과 '나', '만남'과 '이별'의 대립이 반전되고 해체되며 새로운 의미로 재구성되기까지 페르소나의 기능과 아이러니의 실현과정은 보다 체계적으로 해석될 필요가 있다.

그러므로 필자는 독자 반응을 접목시킨 다르게 읽기와 시의 분석을 통해 시의 전문에서 삼행의 축을 선택하는 산가형으로서 트라이앵글 구조를 변용시키려고 한다. 트라이앵글 축을 형성하는 '중심축', '강조축', '완성축' 등의 시행은 시적 경험과 울림을 새롭게 변주하는 독자 반응에 따라 다채롭게 선택되어 변주될 수 있다.

트라이앵글 구조는 시를 감상하고 해석하는 독자의 창조성을 울림과 반향으로 공명하게 끌어낸다는 점에서 유익하다. 자칫 따분하고 고루하게 치부해버리기 쉬운 감성의 시를 감상하는 디지털시대의 독자들에게 있어 트라이앵글 구조의 접근은 아날로그적 분위기의 시를 디지털적인 논리로 새롭게 재구성하며 그 의미를 개성적으로 전망하게 하는 방식으로 독자 경험을 적극적으로 끌어낼 수 있다. 이러한 연유에서 트라이앵글 구조적 감상은 디지로그[14] 정신을 반영한 접근방법이다.

이 시를 다르게 읽고 해석하는 방식으로 트라이앵글의 구조를 접근하는 필자의 입장 또한, 다양한 독자 반응 중의 한 시각일 따름이다. 다음은 「님의 침묵」의 해석을 위하여 독자 경험으로서 필자가 시도하는 트라이앵글 구조의 구체적인 분석 예이다.

⑨ 아아 님은갓지마는 나는 님을보내지 아니하얏슴니다

⑤ 나는 향긔로은 님의말소리에 귀먹고 옷다은 님의얼골에 눈머럿슴니다

(① 님은갓슴니다 아아 사랑하는 나의님은 갓슴니다 ② 푸른산빗을쌔치고 단풍나무숩을향하야난 적은길을 거러서 참어썰치고 갓슴니다 ⑥ 사랑도 사람의일이라 맛날쌔에 미리 쩌날 것을 염녀하고경계하지아니한 것은아니지만 리별은 쑷밧긔일이되고 놀란가슴은 새로은슯음에 터짐니다 ③ 黃金의옷가티 굿고빗나든 옛盟誓는 차듸찬씻쓸이되야서 한숨

한국문학과 창조적 여성성

14 이어령이 제안한 "디지로그"라는 용어는 디지털(digital)과 아날로그(analog)를 결합시킨 신조어이다. 이어령은 바로 21세기 정보화시대의 새 패러다임으로 디지로그를 제시하여 디지털적인 삶에서 우러나온 발전적 통찰을 행복을 추구해가는 인간적인 삶으로 제시하였다. 이러한 디지로그의 정신에서 독자들은 시인의 '그때-거기'를 시공간 순으로 읽어가며 전기나 사상으로 시적 체험을 박제시키며 주제를 찾아가는 시 감상이 아닌 독자 자신의 경험과 반성을 적극적으로 끌어내는 창의적 해석으로 '지금-여기' 순간의 삶의 현장에서 생동하는 시적 경험을 통해 행복을 반성할 수 있을 것이다. 이러한 취지에서 트라이앵글 구조를 차용한 시 감상과 해석은 디지털 시대의 독자층에게 자칫 식상하기 쉬운 아날로그 방식의 시적 분위기를 디지털적 전망으로 새롭게 체험하는 적극적인 태도로 독자의 작가성을 경험하게 한다는 점에서 디지로그의 정신을 접목한 것이다. 이어령, 「디지로그 시대가 온다」, 『중앙일보』 2006년 신년에세이, 2006; 『디지로그』, 생각의 나무, 2006 참조.

의微風에 나라갓슴니다 ⑦ 그러나 리별을 쓸데업는 눈물의源泉을만들
고 마는 것은 스스로 사랑을깨치는것인줄 아는 까닭에 것잡을수업는
슯음의힘을 옴겨서 새希望의 정수박이에 드러부엇슴니다 ④ 날카로운
첫키쓰의追憶은 나의運命의指針을 돌너노코 뒤ㅅ거름처서 사러젓슴니
다 ⑧ 우리는 맛날째에 써날것을염녀하는것과가티 써날째에 다시맛날
것을 밋슴니다)
⑩ 제곡조를 못이기는 사랑의노래는 님의沈默을 휩싸고 돔니다

이 시의 핵심은 '님'이 가버린 부정적 상황이지만, 그럼에도 불구하고
'님'을 보내지 않겠다는 화자의 의지 표명이다. 이와 같은 역설적 의지가
드러나는 ⑨행은 이별의 공간에서 내적 현존성의 사랑을 추동하는 '중심
축'이다. 그렇다면 이러한 역설적 의미에 구체적인 동기를 부여할 수 있
는 '강조축'이 필요하다.

이러한 맥락에서 살필 때 ⑤행은 역설적 의지에 대한 동기 부여의 행으
로 '중심축'을 강조하게 된다. 사랑에 빠진 순간의 경험이 영원한 사랑을
순환시키는 필연으로 굳혀진다. '님'의 말소리에 귀먹고, '님'의 얼굴에
눈먼 상황은 '님'과의 만남에 대한 '그때–거기'의 기억으로 한정되기 보
다는 그 경험이 '지금–여기'의 현존적인 순간의 상태로 지속된다. 사랑
에 빠져 귀먹고 눈멀어버린 상태는 화자 스스로의 진단이자 고백이다. 사
랑에 빠진 상황이기에 '님은 갔지마는 나는 님을 보내지 않'는 역설적 상
황은 강력한 동기를 부여받게 된다. 그러므로 '님'에게 귀먹고 눈먼 사랑
의 상태의 지속성으로 인해 화자는 '지금–여기'의 현존의 순환하는 아
이러니를 실현하는 우주적 사랑을 경험한다.

'님'은 푸른 만남을 차마 떨치고 가을의 외로운 숲으로 떠나 이별하였
다. '님'과의 이별은 자연의 섭리처럼 불가항력이지만, 사랑을 상실한 화

자는 '님'의 존재 자체를 반추하는 뒷모습을 여전히 간직한다. 가슴으로 간직하기 때문에 이별의 슬픔은 오히려 새로운 사랑의 동력이 된다. 이별의 슬픔에서 화자는 줄기차게 자신의 진정을 가다듬어 사랑의 믿음을 키운다.

만남에서 떠남을 염려하고 경계하였던 화자의 의식은 이별의 슬픔에서 오히려 '님'과 '나'의 경계 없는 '사랑'을 경험한다. '새롭게 터지는 슬픔'은 '놀란 가슴'에서 새로운 '사랑'을 분출시킨다. '님'과의 추억은 찬란하고 견고했던 '만남'의 '맹서'마저 '미풍'에 날아가게 했지만 화자는 지난 순간의 추억만으로 '님'을 사랑하는 것이 아니다. '눈물의 원천'인 이별의 '슬픔'을 '새 희망'으로 바꿔버리는 현실적 의지로써 화자는 '님'과의 사랑을 깨닫고 실천한다. 이별의 허무함에서도 스스로 사랑을 깨칠 수 있는 것은 '님'과의 "날카로운 첫키쓰"의 순간이 "나의 運命"의 영원한 지침으로 고정되었기 때문에 화자는 '님'과의 사랑을 통해서만 실존적 순간의 의미를 확인하게 된다. 그리고 이별은 영원한 '사랑의 노래'로 승화된다.

따라서 '제 곡조를 못 이기는 사랑의 노래는 님의 침묵을 휩싸고 돕니다.'라는 ⑩행은 완성축이 된다. 이별에서 생성되는 사랑의 경험은 가히, 혁명적인 완성이다. 그렇다면 이별에서 사랑의 믿음을 실천하는 화자의 의지는 어떻게 가능할까. 사랑의 혁명이 가능하게 된 동기는 화자가 사랑에 빠져 '님의 말소리에 귀먹고', '꽃다운 님의 얼굴에 눈' 먼 순간의 상태가 여전히 지속되는 현존이기에 가능한 것이다. '님'과의 이별에서 오히려 사랑에 대한 믿음을 단련시킨 지속적인 맹목의 상태를 경험하기에 '나'의 사랑은 영원한 사랑의 생명력을 획득하게 된다.

이러한 경로를 거쳐 심층 의미망을 형성하는 세 개 축의 트라이앵글 구조가 완결된다. 먼저 ⑨행을 '중심축'으로 선택한다. 다음으로 그에 대한 동기 부여가 되는 ⑤행을 '강조축'으로 삼고 마지막으로 ⑩행의 '완성축'으로 삼각형구조를 완결한다.

이를 구체화하여 정리하면, 먼저 '갔지만 보내지 않았다'는 여성 페르소나로서 화자의 입장을 강력한 의지로 표명하기 때문에 중심축이 된다. 이렇듯 서정의 '중심축'은 부정을 부정하는 역설적 태도에서 시작된다.

물론 이러한 화자의 역설은 '나는 향기로운 님의 말소리에 귀먹고, 꽃다운 님의 얼굴에 눈멀었습니다'는 순간의 고백이 영원을 지향하는 '강조축'으로 존재하기에 가능하다. '님'에게 매혹되어 순간의 사랑을 영원으로 포착하는 '나'의 의지는 또한 '님'의 존재에 완전히 귀먹고 눈멀었던 상태를 지속시킬 수 있기 때문에 결국은 '님'이 남긴 이별의 침묵과 소통하는 어둠에서 마침내 사랑의 노래를 생성시킬 수 있는 것이다.

그러므로 이 시의 순환성은 제 곡조를 못 이기는 노래를 생성하여 님의 침묵을 휩싸고 도는 '완성축'으로 완결된다. 궁극적으로 "제곡조를 못이기는 사랑의노래는 님의沈默을 휩싸고 돕니다"는 완결된 사랑에 이르기까지 여성 페르소나의 맹목적인 사랑으로 인해 모든 추억과 이별의 상황은 '지금—여기' 공존하는 사랑의 의미망을 형성하게 된다. 이러한 완성의 시작으로서 '아아 님은 갔지마는 나는 님을 보내지 아니하였습니다'는 역설적인 실천적 의지야말로 침묵에서 영원한 사랑의 노래를 생성하는 핵심이다. 이렇듯 현존하는 '사랑의 노래'의 순환을 추구하는 아이러니의 실현은, 이별에서 사랑을 완성하는 시적 경험에 타당성을 제공하며 영원의 사랑을 지향하는 혁명성으로 구축된다.

그러므로 이 시에서 여성 페르소나의 기능과 아이러니의 실현구조는 트라이앵글의 메타구조로 압축되어 침묵을 해체시킨 현존성의 시공간에 순환하는 영원한 사랑의 노래를 생성시킨다.[15] 트라이앵글 구조의 적용과 해석은 아날로그적인 감성과 디지털적인 기능을 결합하여 디지로그의 정신으로서 시적 체험을 생성하는 것과 흡사하다. 이러한 원리로 필자가 선택한 메타구조는 다음과 같이 압축된다.

> 아아 님은갓지마는 나는 님을보내지 아니하얏습니다
> 나는 향긔로은 님의말소리에 귀먹고 꽃다은 님의얼골에 눈머럿습니다
> 제곡조를 못이기는 사랑의노래는 님의沈默을 휩싸고 돕니다

물론 필자의 관점에 따른 ⑨-⑤-⑩의 메타구조의 압축은 시어의 기능에 따라 ⑨-⑩-⑤, ⑤-⑨-⑩, ⑤-⑩-⑨, ⑩-⑨-⑤, ⑩-⑤-⑨ 등으로 재구성되며 그 의미를 다양한 각도에서 변용시켜 재해석할 수도 있다. 이 시를 다양한 측면에서 이해하고 감상하는 데 있어 시도된 해체적 읽기는 '님'과 '나', '이별'과 '만남', '시간'과 '공간', '침묵'과 '노래'라는 이분법적인 구조를 영원한 사랑의 현존을 부각시키는 경로로서 선택할 수 있다는 점에서 독서 경험의 창조성을 더해준다.

이러한 창의적 해석을 바탕으로 하였을 때, 한용운의 시세계가 구축해

---

15 물론 독자 경험에 따라 이 시의 삼각형구조는 전경화의 축을 달리하는 독자의 관점에 따라 720개의 삼각형구조를 다양하게 변형될 수 있다. 물론 시의 반복성을 강조하여 음악의 되돌이표를 어느 한 축 또는 두 축, 심지어 세 개의 축에 모두 적용시킨다면 이보다 훨씬 다채로운 경우의 수의 해석과 창작이 가능할 것이다. 무엇보다 이러한 방식의 시적 해석의 경험은 시를 삼각형의 메타구조로 재구성하는 과정에서 독자의 작가성을 독창적으로 경험하는 의의를 제공한다.

보인 창조적 여성주의는 단순하게 소극적이며 수동적인 기다림의 정서라기보다는 역동적인 기능을 복합적으로 실현하여 보인다. 이에 따른 여성 페르소나의 역동적인 기능의 특성은 다음과 같다.

첫째, 능동적이며 적극적이다. '님'과 사랑에 빠졌던 우연한 순간을 필연으로 지속시키는 여성 페르소나의 고백은 '님'과 '나', '이별'과 '만남', '과거'와 '현재'의 대립적 의미가 해체되고 새롭게 재구성되는 역동성을 보여준다. '나는 향기로운 님의 말소리에 귀먹고 꽃다운 님의 얼굴에 눈멀었습니다'는 페르소나의 고백에서 사랑에 빠진 순간은 '침묵'에서 '사랑의 노래'를 생성하는 동력이 되어 '이별'마저 초월하는 영원한 사랑을 실현시키기 때문이다.

둘째, 온유하지만 강직한 태도로 진정성과 실천성을 드러낸다. 여성 페르소나의 어법이 모두 겸양의 서술어로 종결되는 점은 공손하고 온유한 태도를 보여주지만 행동 지향적이다. 겸양어로 각 행이 끝을 맺는 방식은 '님'에 대한 여성 화자의 공경과 사랑에 대한 진정한 태도를 파악하게 할 뿐만 아니라 화자의 진정성과 실천성이 엿보인다. 특히, '님'의 상징적 위치를 파악할 수 있는 대안은 여성 페르소나의 태도에서 추정되기 때문에 겸양어법에서 독자는 '님'에 대한 여성성의 지극한 경외와 흠모의 깊이를 가늠하게 된다.

셋째, 순정적이면서도 의지적인 사랑을 추구한다. '님'의 목소리에 귀먹고 '님'의 모습에 눈먼 상태를 영원하게 지속시키는 여성의 태도는 이별의 아픔마저 '사랑의 노래'로 승화시킨다는 점에서 지고지순한 사랑의 순정을 보여준다. 여기에서 순정성은 복종의 유약함이 아니라 사랑에 빠진 순간을 영원으로 지속시키면서 어떠한 절망에서도 희망의 강인한 의지력으로 순전한 사랑을 추구한다.

넷째, 구조적 아이러니[16]의 실현한다. '님'과 '나', '이별'과 '만남', '침묵'과 '노래' 등의 이분법적 구조를 해체하는 페르소나의 기능은 특히 가버린 님을 보내지 않은 역설적 의지를 강인한 여성성으로 실천하는 아이러니적 사랑의 주체이다. '이별'과 '만남', '침묵'과 '노래'의 갈등 상황의 대립을 뛰어넘어 사랑의 완성을 추구하는 역설에 의해 침묵에서 '사랑의 노래'를 생성시키는 아이러니의 공간이 구축된다.

다섯째, 외유내강을 구현하는 아이러니의 주체이다. 기다림과 복종으로 유약하게 비춰질 수 있는 피상적인 페르소나의 이면에는 '무'에서 '유'를 생성하는 적극적이며 당찬 힘이 자리하기 때문이다. 이러한 페르소나의 여성성은 결국 시적 혁명으로서 아이러니를 실현시키는 주체로 기능함을 증명한다.

이상에서 살펴지는 페르소나 기능의 역동성은 이분법적 대립의 갈등을 해체하는 지점에서 새로운 시적 경험으로서 창조적 여성성을 생성시킨다. 이별의 슬픔을 극복하여 영원한 사랑을 승화시키는 여성 페르소나 기능의 역동성은 시공을 달리하여 미래 지향적인 행복한 삶을 추구한다는 점에서

---

16 언어적 아이러니(verbal irony)는 옛날부터 비유(trope)의 한 종류로 분류되어 왔는데, 화자가 외면상으로는 명백히 단정하는 것과 은연중에 의도하고 있는 의미는 다른 진술을 말한다. 그러한 아이러니적인 진술은 어떤 태도나 평가를 명백히 표현하지만 그것과는 매우 다른 태도나 평가를 함축하는 것을 포함한다. 어떤 문학작품은 구조적 아이러니(structural irony)를 나타내 보이는데 이것은 지속적 아이러니다. 그러한 작품에서는 작자는 가끔 한 번씩 언어적 아이러니를 사용하는 것이 아니라, 의미의 이중성을 지속화하는 구조적 특성을 도입한다. 그리스 희곡에서 아이런(eiron)이라고 불리우는 작중 인물은 "시치미 떼는 사람"으로서 자신을 낮추어 말하고 실제보다 똑똑치 못한 사람인 척하는 것이 특징이었으나 자기 기만적 허풍쟁이인 알라존(alazon)을 이겨내는 인물이었다. 다양한 의미로 비평에서 사용되지만 시치미를 뗀다든가, 실제와 주장과의 차이라든가 하는 원래의 뜻을 잃지는 않는다. M. H. Abrams, 앞의 책, 182~189면 참조.

'디지로그'의 창조적 삶의 가치가 오래된 미래의 신화처럼 읽혀진다. 그 기능은 '그때-거기'의 시공간을 해체시켜 '지금-여기'의 영원한 행복의 순간으로서 시적 경험의 아이러니를 미래 지향적이며 긍정적인 좌표로 제시하며 시대를 초극하여 실현할 수 있다는 점에서 창조적이며 역동적이다.

2) 생성, 그리고 양수이미지

이 시에서 여성 페르소나가 실현하는 여성성의 이미지[17]는 둥근 원형의 상징적 공간으로 발현된다. 페르소나가 여성성의 아이러니로 기능하는 은유의 공간은 만남과 헤어짐이라는, '과거'와 '현재'라는 이분법적 시간의 질서를 해체하여 현존하는 순간의 시공간성으로 구축된다. 사랑의 노래는 둥근 원형의 이미지로서 '님의 침묵'을 휩싸고 돈다는 점에서 현존하는 순환성을 환기시킨다. 그러므로 원형의 이미지는 이 시의 구조를 지탱하게 하는 메타포의 원리[18]로 작용한다.

원형이미지에 근거한 아이러니의 공간구조는 과거의 '만남'과 현재의 '이별'이라는 시간의 질서를 해체하고 '영원한 만남'의 순간이라는 우주론적인 사랑의 시공간으로 재구성된다. 순환되는 원의 상징성으로 형상화되는 '님의 침묵'이야말로 사랑의 노래로서 압권[19]을 보여준다. 그 사

---

17 그것은 원초성의 흔적을 지니고 있는 것이다. 그것들은 단번에 태어나고, 그러자마자 완성되어 있다. 그 이미지들은, 그것들은 세계를 지워 버리고, 과거를 가지지 않는다. 가스통 바슐라르, 『공간의 시학』, 곽광수 옮김, 민음사, 1990, 403면.

18 조숙희, 「이별과 만남의 변증법」, 『백록어문』 제7집, 제주대 국어교육과 국어교육학회, 1990, 106면.

19 사랑의 기도요, 기도의 사랑이다. 그 사랑은 이별로써 미화한 사랑이요, 이별에도 희망을 가지는 사랑이다. 주요한, 「애의 기도, 기도의 애」, 『한용운 사상연구』, 민족사, 1980, 11면.

랑의 완결은 다름 아닌 여성 페르소나의 역동적 기능에 의해 실현되는 아이러니의 완결[20]이다.

원의 순환구조를 생성시키는 욕망을 조정하는 페르소나의 기능과 아이러니구조의 역동성은 '만남'과 '이별'이라는 이분법적 의미를 해체하며 그 경계를 허무는 '사랑의 순환성'으로 극화된다. 여기에서 필자는 시간의 거리를 변형시켜 원의 공간을 생성시킨 페르소나 기능의 역동성을 해석하고 그 해석에서 또 다른 상징을 환기시키기 위하여 르네 지라르의 모방이론을 「님의 침묵」의 분석에 적용시킨 양영길의 연구에 주목하였다.[21]

양영길은 지라르의 삼각형 욕망의 모방을 서정의 세계에 적용하는 데 있어 감성적 화자가 주체가 되어 대상인 '님'을 모방하는 과정에서 중개자로서의 '이성적 화자'를 개입시킨다. 서정의 세계에서 화자의 이분법 구조는 '주체'와 '대상' 간의 거리는 좁혀지지 않은 채, '주체'로서의 '감성적 화자'와 제2의 중개자로서의 '이성적 화자'의 거리의 중첩과 진폭에 초점이 맞춰진다. 그런데 여기에서 '주체'와 '대상'의 거리는 하나로 좁혀지지 않은 분열을 드러낸다. 뿐만 아니라 서정적 주체를 '이성적 화자'와 '감성적 화자'로 분리시킴으로써 화자와 세계 간의 갈등 양상은 해소되지 않은 미완성의 사랑을 보여주게 된다.

---

20 김열규·신동욱 편, 앞의 책, Ⅱ~52면.

21 일반적으로 현대의 모든 담화는 사건 자체의 시간과 화자가 사건을 진술하는 시간이 각각 다르게 나타난다. 따라서 순서상의 전도가 따르게 되는데, 이를 시간착오(anachronies)라고 한다. 이러한 시간 착오는 먼저 일어난 일을 나중에 이야기하는 추상(eetrospections)과 나중에 일어날 일을 미리 이야기하는 예측(prospections)으로 나눌 수 있다. 양영길, 「님의 침묵의 구조 연구」, 『국어교육논총』 5권, 제주대 교육대학원, 1991, 8~28면 참조.

　이러한 해석은 서정적 세계와 서사적 세계를 구분하지 않고 서사적 세계에서 표출되는 갈등 양상을 서정적 세계에 그대로 재현시킨 데에서 드러나는 한계로 간주된다. 왜냐하면 서사세계에 있어 욕망이라는 갈등구조는 서정적 세계의 모방하는 욕망을 그대로 차용하기보다는, 시적 자아의 진정성이라는 중개성에 따라 초점을 맞추는 방식으로 변용하는 것이 더 합당하다. 서정세계의 욕망의 결과는 '그럼에도 불구하고'의 태도에서 시작되기 때문이다. 극복해야 할 지점에서 긍정성을 추구하기에 당연히 세계와 자아의 '조화'와 '합일'의 구조를 드러낸다. 따라서 서정세계의 욕망은 서사세계의 갈등구조의 욕망과는 변별될 수밖에 없다.

　이러한 입장에서 필자는 서정과 서사의 각기 다른 세계를 인정하는 차원에서 서사와는 변별된 서정적 욕망의 특성을 해석하려는 도구로 '욕망의 삼각형구조'를 변용하려고 한다. 궁극적으로 서정의 본령은 시적 화자의 관점이 세계와의 갈등보다는 합일을 추구하는 진정성에 비추어 삼각형의 모방이론을 한용운의 시에 적용할 수 있다. 여기에서 욕망의 주체는 물론 여성 페르소나이다. 그 대상을 '님'이라고 상정한다면, 중개자는 대상과의 사랑을 추구하는 페르소나의 진정성의 태도가 된다. 이러한 페르소나의 욕망의 실천 방식은 다음과 같이 도표화된다.

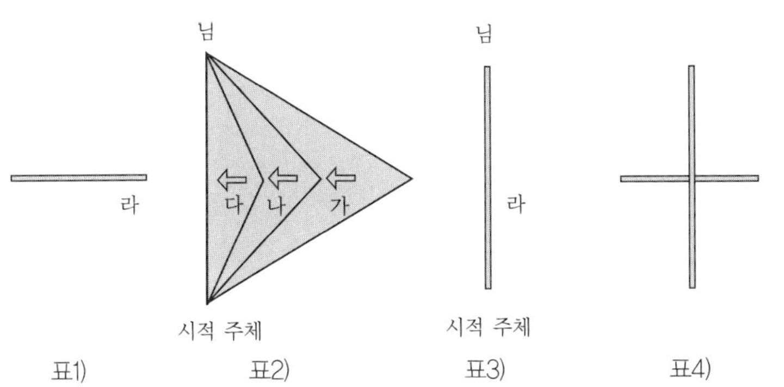

표1)에서 '님'과의 이별이 수평적인 분리의 상황이라면, 표3)은 영원한 사랑을 추구하는 페르소나의 진정성이 '님'과의 합일을 지향한다는 점에서 수직적이다. 따라서 표1)은 '님'과 '나'의 이별 상태이고 표2)는 중개자로서 페르소나의 진정성이 '님'과의 사랑을 추구하는 방식에 따라 점차 그 거리를 좁혀가게 된다.

님에 대한 인식으로 중개자로서 진정성을 (가)에서 '길', '맹서', '키스', '한숨'이라 한다면 (나)에서는 '슬픔', '눈물'로 전환되다가 급기야 (다)에서는 '희망'으로 추동된다. '님'에 대한 인식과 사랑의 경험에 의해 (가)→(나)→(다)로 변이시키는 삼각형의 간격은 그 폭을 좁혀오다 마지막 '희망'의 믿음을 거쳐 필경은 '사랑의 노래'가 생성되게 된 것이다.

이와 같이 여성 페르소나의 욕망으로서 사랑을 추구하는 진정성은 '님'에 대한 인식이라는 중개를 통해 부재하는 '님'과의 거리를 점점 좁혀가기 때문에 마침내는 표4)에서 서정적 자아가 욕망하는 세계로서 '님'과 '나'가 합일되는 조화로서 '사랑의 노래'를 완성하게 된다. 욕망과 대상 간의 합일이라는 이상의 실현은 물론 서정의 세계이기에 가능하다. 이러한 가능은 시적 혁명으로 이해해도 무방할 것이다. 이러한 시적 혁명이야말로, 서사세계에서 '주체'와 '대상'의 합일점을 도무지 찾지 못하였던 모방하는 '욕망이론'에 대한 서정적 세계가 구현하는 진정성의 반증으로서 아이러니를 보여준 셈이다.

아이러니의 궁극적 의미가 곧 시적 혁명이라면, 한용운의 시에서 구축되는 여성성과 아이러니의 기능은 주체와 대상이 하나 되는 서정의 깨달음[22]

---

22 깨달음은 행(行)이자 진정한 기다림의 자기실현이라는 점에서 시집 『님의 침묵』의 세계는 분명 동감에 의한 환상에 있다. 그리고 그 환상은 경험을 뚜렷하게 유기체화

을 탁월하게 형상화한 것이다. 이렇듯 여성 페르소나의 진정성은 궁극적
으로 '대상'과 '주체'의 갈등 양상으로 부각되는 서사적 세계와 대비되
면서 '대상'과 '주체'의 '화해' 내지 '합일'을 지향한다. '대상'과 '주체'
의 '합일'이라는 서정적 이상향으로서 아이러니의 공간은 원의 순환성으
로 다음과 같이 생성되어 영원한 사랑을 환기시키게 된다.

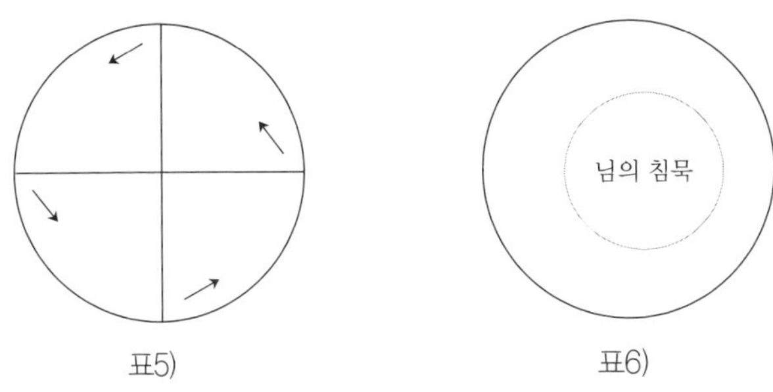

표5)   표6)

「님의 침묵」에 나타나는 아이러니의 공간구조는 '님'의 떠남이 수평이
라면, '주체'의 '대상'을 향한 진정성의 변이는 '삼각형의 욕망'을 점차
수직으로 변환시킨다. 이 과정을 거쳐 마침내 부재하는 '님'과 서정적 자
아 '나'가 합일하는 형국은 십자가 형상의 결합을 보여준다. 이별이 사랑
으로 전복되는 역설적 공간은 표5)와 같이 십자가를 내포하는 원형을 생
성한다. 이러한 원형구조는 수평적 이별과 수직적 진정성이 교호하여
'원형적 합일'이라는 심상을 구현한다. 그 결과 ⑩행의 "제곡조를 못이기

하고 하나의 조직을 부여하는 것이다. 시집 『님의 침묵』이 제공하는 여성적이기까
지 한 감각적이고 구상화된 경험을 우리가 직관함으로써 동감적인 구체 속에 일종
의 생명을 깨닫게 되는 것이다. 생명을 깨닫는다는 것은 서로의 생명을 동정과 공감
(서정적 긴장)에 의해서 공유하는 것을 의미한다. 박철희, 「한용운 시 작품의 정체」,
김열규·신동욱 편, 앞의 책, Ⅱ~32면.

는 사랑의노래는 님의沈默을 휩싸고 돕니다”에서 환기되는 영원한 사랑은 표6)에서 원형구조를 끊임없이 싸고도는 순환성의 이미지를 구축하게 된다.

이와 같이 순환하는 원형 공간의 이미지는 마치 생명의 영겁을 지향하는 보호막과 흡사하다. ‘님의 침묵’에 조응하는 ‘사랑의 노래’라는 외관의 이중 상태는 현존하는 여성성을 미래의 생명 창조로 연장하는 보호막으로 해석된다. 끊임없이 순환함으로써 가득 차게 되는 둥근 이미지로서 원은 단순히 존재를 관조하는 것이 아니라 존재를 그의 직접성 가운데 살게 하는 것, 곧 존재적 사랑을 안으로 체험[23]한다는 점에서 원초적인 생명의 고향과 같은 근원이다. 여기에서 ‘밝음’과 ‘어둠’, ‘만남’과 ‘이별’, ‘절망’과 ‘희망’ 등의 대립적 갈등은 그 경계를 허문 채 해체되고 단지 순전한 사랑의 생성이 영원으로 지속된다.

이러한 원형 공간의 여성성은 아이러니라는 은유구조로 기능하기 때문에 그 누구도 온전히 해석할 수 없는 심연으로서 독자의 무수한 경험을 반추시키게 된다. 그러므로 독자의 해석은 각기 다른 각도의 경험에서 아이러니의 공간을 채우려고 노력하게 될 뿐이다. 따라서 필자 역시 독자 반응의 한 각도에서 ‘님의 침묵’을 휩싸고 도는 ‘사랑의 노래’의 순환을 자유로운 상상의 한 각으로 반성하게 된다.

이러한 관점에서 아이러니의 원형구조는 생명을 싸고도는 ‘양수이미지’를 환기시킨다. 필자에게 ‘님의 침묵’을 싸고도는 ‘사랑의 노래’는 마치 태아를 싸고도는 양수와 동일한 이미지로 연상되기 때문이다. ‘제 곡조를 못 이기는 사랑의 노래’는 ‘님의 침묵’을 휩싸고 도는 영원한 진정

---

23 가스통 바슐라르, 앞의 책, 404면 참조.

성으로 새로운 생명을 보호하는 모양의 헌신성과 흡사하다. 헌신성이라는 가치를 환기하는 아이러니의 원형구조는 '무'에서 '유'를 생성하는 여성 페르소나의 역동적 기능으로 실현된다. '슬픔'을 극복한 '희망'으로 '님의 침묵'에 대한 진정성을 추동하였던 여성성이 결국은, 영원한 사랑의 아이러니를 완성시킨 것이다.

'침묵'으로 해체된 '이별'과 동일한 공간에서 '사랑'이 생성된다. 보이지 않은 '합일'을 현존시키는 '침묵'은 기호론적으로 풀이하면 기호의 연쇄성을 단절하고 그 고리를 끊어 서사적 코드를 해체시키는 것이다. 여기에서 '침묵'은 새로운 기호체계를 형성해내는 혁명이다.[24] 그렇다면 이 시에서 혁명으로서 '침묵'이 가능하게 하는 근원적 힘은 무엇일까. 세상의 모든 '침묵'이 반드시 혁명이 되지는 않지 않은가. 그 힘은 사랑의 노래를 '양수의 이미지'로 생성시키는 여성 페르소나의 기능과 아이러니의 실현일 것이다.

이렇듯 시공을 초월하는 근원으로서 '사랑의 노래'가 있었기에 여성성과 아이러니의 구조적 기능은 태아를 감싸고 도는 양수처럼 사랑의 영원성을 완성시키며 '침묵'에서 혁명을 이룬 것이다. 아이러니로 구상화된 시적 경험은 직관과 상상 속에서 생명존중의 사랑으로 그 의미가 이해된다. 그것은 서정적 긴장으로서 서로의 생명을 동정과 동감에 의해 공유한다는 것을 의미하기 때문이다. 생명에의 깨달음은 행(行)이자 진정한 행복의 자기실현이다.[25] 이런 맥락에서 페르소나의 여성성은 생명을 깨닫게 되고 그 깨달음을 실천으로 보여줌으로써 진정한 행복의 자기실현을 아

---

24 이어령, 『詩 다시 읽기』, 앞의 책, 278면 참조.
25 박철희, 「님의 침묵」, 김용직·박철희 편, 『한국현대시 작품론』, 문장, 1986, 128면.

이러니의 은유구조로 실현시킨 셈이다.

　결과적으로 여성 페르소나의 기능은 외유내강의 이미지로 '무'에서 '유'를 생성하는 혁명적 사랑의 경험자를 상징하는 데 적합한 은유구조로서 아이러니를 실현시킨다. 그러므로 한용운의 「님의 침묵」에서 추구되는 시적 화자의 여성성이야말로 단순히 약자로서 여성의 목소리를 모방하는 정도로 머무르지 않았으며, 오히려 사랑의 긍정과 새로운 생명을 생성하는 측면에서 창조적 여성성을 역동적으로 실현한 것이다.

4. 맺음말

　여전히 한용운의 『님의 침묵』은 시대를 초극하여 독자들의 가슴에서 늦은 봄 마른 국화꽃이 아닌 온갖 기화요초(琪花瑤草)의 다양한 생명력으로 사랑의 향기를 발하고 있다. 시인의 개별적 체험이 시공을 초월한 시적 생명력의 원천으로서 인류 보편적 경험을 각성시키는 유연성을 확보할 수 있었던 것이 그 이유다. 필자는 한용운 시의 구조 분석에서 아이러니의 실현과 여성 페르소나의 기능으로서 역동성을 다음과 같이 확인할 수 있었다.

　첫째, 전체 담화체계에서 「군말」과 「독자에게」의 내포작가의 담화와 대비되는 88편 시의 여성 페르소나로서 시적 화자의 담화는 내포작가의 전망을 해체하고 시대를 초월하여 독자의 경험을 생성시킴으로써 시적 생명을 확보한다. 이러한 점에서 「군말」과 「독자에게」의 사이에 "경험을 보여주고 체험하게 하는 시"로서 존재하는 88편의 시의 가치는 내포작가적 세계관의 반성과 깨달음을 각성하게 할 뿐만 아니라 여성 페르소나 기능의 의미를 환기한다.

둘째, 여성 페르소나의 기능과 아이러니 구조가 실현된다. ‘이별의 침묵’에서 ‘사랑의 노래’가 생성되는 역설의 공간은 페르소나의 기능으로 실현된다. 페르소나는 순정적이지만 적극적이며 의지적이고 능동적인 입장에서 사랑을 실천하는 진정성을 보여준다. ‘님은 갔지마는 님을 보내지 않은’ 여성 페르소나의 의지는 ‘님의 얼굴에 눈멀고 님의 소리에 귀먼’ 우연한 사랑의 순간을 필연적인 ‘영원한 사랑’으로 지속시키는 절대적 ‘희망’으로 인해 설득력을 확보하게 된다.

그러므로 페르소나의 기능은 전통적인 한국 여성들의 수동적인 기다림과 한의 정서를 소극적으로 드러내기보다는 ‘님’과 ‘나’, ‘만남’과 ‘이별’, ‘슬픔’과 ‘희망’라는 이분법적인 극단을 ‘과거’와 ‘현재’를 해체한 영원한 시간성으로 새로운 사랑의 현존을 생성하는 주체로서 능동적인 모습을 보여준다. 한편으로 「님의 침묵」의 구조는 궁극적으로 ‘님’과 ‘나’, ‘침묵’과 ‘노래’라는 대립요소의 전경화를 해체하여 영원한 ‘사랑의 노래’를 드러내기에 적합한 아이러니를 보여준다. ‘과거’와 ‘현재’와 ‘미래’라는 시간의 순차적 경험이 해체되어 현존하는 ‘지금－여기’ 순간을 사랑의 영원성으로 경험하게 하는 「님의 침묵」 텍스트의 구조야말로 시공을 초월하여 전체 시들을 관통하는 심미적 가치체계다. 따라서 88편의 시들은 단순한 기다림이 아닌 이별에서 순간을 초극하는 영원의 사랑을 생성해내는 창조적 여성성의 완결이다.

셋째, 심층구조는 양수이미지의 상징으로 창조적 생명력의 여성성을 내포한다. 페르소나와 아이러니의 결합은 궁극적으로 「님의 침묵」의 시적 구조의 핵으로서 사랑의 생성 공간을 창출한다. 아이러니의 실현이 원형의 구조적 공간을 현존화시킨다면, 여성 페르소나의 동력은 흡사 태아를 감싸는 양수의 이미지로 불확실한 침묵에서 영원한 사랑을 역동적으

로 생성한다. 이는 만남과 이별의 대립과 반전을 거친 역설적인 시의 구
조가 보여주는 혁명적 가치이다. 이별 공간에서 실현된 '사랑의 노래'라
는 아이러니의 실현과 여성 페르소나가 추구한 희망의 진정성으로 인하
여 독자는 '지금—여기' 사랑의 순간을 공감하기 때문이다.

　결과적으로 「님의 침묵」에서 여성 페르소나의 기능이야말로 '이별'에
서 '사랑'을 완성시키는 시적 혁명으로서 아이러니를 실현시키는 주역이
다. '침묵'의 절망에서 새로운 '사랑의 노래'를 영원의 순간으로 생성시
키는 아이러니의 공간이 긍정적이며 역동적인 여성성으로 인해 구축된
것이야말로 시적 혁명이다. 이별의 상실을 경험한 절망과 슬픔에서 오히
려 영원의 사랑을 생성시키는 힘은, 시적 혁명으로서 우주론적 조화와 사
랑을 추구하였던 시인 한용운의 세계관을 보여준다. 이 점에서 시인 한용
운은 88편의 시세계에서 여성 페르소나의 기능으로 온전한 여성되기로서
창조적 여성성을 실천하였다. 그러므로 독자의 한 사람으로서 필자는 그
의 시를 통해 우주적 '조화'와 '합일'의 사랑을 실현하였던 시인 한용운
의 창조적 여성성을 '지금—여기' 영원한 사랑의 순간으로 새롭게 경험
한다.

제2부
강경애의 창조적 여성성

「지하촌」의 표현 양식과 의미 생성

1. 머리말

단편소설 「지하촌(地下村)」[1]은 소설 언어의 낯설게 하기를 극명하게 실현시킨 강경애의 대표작이다. 김윤식은 "한국어가 감당할 수 있는 가장 대담하고도 엄청난 모험을 처음으로 시도한 소설, 그리고 과연 소설이 이 지경에 이르러도 좋은가를 묻지 않을 수 없는 벼랑까지 몰고 간 이 궁핍의 소재 처리를 작품 「지하촌」은 보여주고 있다. 그것은 소설적 관습을 깨뜨린 것이며, 이런 섬뜩한 소재의 궁핍이 가장 궁핍한 시대로서의 식민지시대에 쓰여졌다는 점에서 의의를 갖는다."[2]고 하며, 이 작품이 소설이 보여줄 수 있는 현실의식을 낯선 충격으로 탁월하게 묘파하고 있다고

---

1 이 글에서는 『조선일보』(1936년 3월 12일부터 4월 3일)에 연재된 「지하촌」 원본을 수록한 강경애 전집들 중에서 가장 최근에 출간된 『강경애』(허경진·허휘훈·채미사 주편, 보고사, 2006)에 실린 「地下村」을 텍스트로 삼았다. 본문 인용은 괄호 안 면수로 표기한다.

2 김윤식, 『한국현대문학연작사전』, 일지사, 1979, 268~269면.

평가하고 있다. 한편, 조정래는 "세계 내의 인간적 행위는 없고 추악한 세계만 남게 된다. 그 결과 표면적으로는 처참한 현실에의 고발이 나타나고 증오의 세계관은 내면에 숨게 된 것이다."[3]라고 하며, 이념은 있되 실천이 없는, 즉 상황만 존재하고 행위가 없는 「지하촌」의 소극적 세계관을 경향 소설 창작방법론의 측면에서 비판하고 있다.

그런데 비참한 세계에 대한 묘사적 표현은 '문학이 현실을 변형시킬 수 있는 창조력이 억제당하고, 현실이 문학의 허구적 힘보다 우위에 있는 듯'[4] 보여지기보다는 기존 소설의 표현 형식을 깨트린 새로운 시도로서 독자 반응의 창조적 의미를 활성화하는 데 기여하는 것으로 생각된다. 이 작품에서 드러나는 표현 양식의 독창성은 식민지의 참상을 개인의 일상과 삶에 구체화시킴으로써 형식을 통해 현실 변혁의 문학적 의미를 경험하게 하기 때문이다. 형식적 충격으로서 '낯설게 하기'는 이 소설이 '무엇을 말하는가'의 문제를 '어떻게 보여주는가'의 표현 양식에서 경험하도록 함으로써 창조적 의미 생성의 시학적 자극을 자아내고 있다.

강경애의 소설에는 이러한 시학적 요소가 풍부하게 내장되어 있음에도 불구하고, 지금까지의 연구는 작품의 형식보다는 이데올로기의 구명에 경도된 경향이 없지 않다.[5] 이와 같이 기존 연구의 접근 방식은 이 소설

---

3 조정래, 「〈지하촌〉의 세계와 〈사하촌〉의 세계」, 『국제어문』 제9·10합집, 국제어문학회, 1989, 124~125면.

4 조정래, 위의 논문, 126면.

5 선행 연구를 검토하면 「지하촌」의 서사 시학을 규명한 논의가 없기 때문에 주지하였듯이 경향소설의 창작방법론의 입장에서 「사하촌」과 비교한 조정래의 논의에 우선 주목하였다.(조정래, 위의 논문) 강경애의 전반적인 소설세계를 해명하는 차원에서 논의를 확장하면, 리얼리즘의 성과로서 현실인식과 저항의 의미를 규명한 논문(이규희, 「강경애론」, 이화여대 대학원 석사논문, 1974; 안숙원, 「강경애 연구」, 서강대 대

이 '무엇을 주제로 하는가' 차원의 분석에 치중되어 왔기 때문에 강경애 소설의 문학성과 현실인식을 동시에 아우르기 위하여 이 글은 우선 「지하촌」의 작품구조의 형상화로서 표현 양식에 주목하고자 한다. 로트만의 지적처럼 "내재적인 텍스트 분석의 시각에서 볼 때 의미는 두 개의 구조적 사슬, 즉 표현의 사슬과 내용의 사슬이 있을 때 발생한다."[6]

이 글의 목적은 "무엇을 끄집어낼 것인가"가 아니라 "어떻게 끄집어낼 것인가"[7] 하는 측면에서 공간, 시점, 상징 등의 형식적 질서를 중심으로 「지하촌」 텍스트를 분석함으로써 강경애의 창조적 여성성이 실현한 사회학적 시학의 창조적 의미를 곱씹어보는 데 있다.

2. 대립 공간의 표현과 본능적 생명력

텍스트의 공간 구성은 '지상'과 대비되는 '지하'의 경험을 서사 전면으로 부각시키되, 궁핍한 현실과 사랑의 환상이라는 대립적 공간을 배치한다. 과거에서 현재로 이동하는 스토리 시간의 순차성으로 인해 시간적

학원 석사논문, 1976; 이상경, 「강경애 연구」, 서울대 대학원 박사논문, 1984 등)이 많은 비중을 차지했으며 또한, 식민지 여성 작가의 정체성을 조명하는 차원에서 「지하촌」을 예로 들며 여타 여성 작가들의 작품과 비교를 통하여 여성성의 경험 및 구조를 밝힌 연구도 상당하다. (윤옥희, 「1930년대 여성 작가 소설 연구」, 성균관대 대학원 박사논문, 1996; 송지현, 「강경애 소설에 나타난 여성의식 연구」, 『한국언어문학』 제28집, 한국언어문학회, 1990; 서정자, 『한국근대여성소설 연구』, 국학자료원, 1999; 박금주, 「한국 근대 여성소설의 타자적 여성성 연구」, 한남대 대학원 박사논문, 2002 등).

6 예술은 일종의 2차적인 언어이며 예술작품은 그 언어로 이루어진 텍스트이다. 석영중, 『러시아 현대시학』, 민음사, 1996, 31~33면.

7 미셸 루트번스타인·로버트 루트번스타인, 『생각의 탄생』, 박종성 옮김, 창작과비평사, 2007, 301면.

구성은 단선적8)이지만, 대립구조의 공간 배치로 인하여 서사의 입체성을 부각시킨다. 작중인물의 시각과 감각적 묘사를 활용하는 대립 공간의 배치는 플롯의 전개에 따라 반복되는 각기 다른 계열축의 장면적 발전을 추구하며 스토리를 전개할 뿐 아니라 각각의 공간 안에서도 세부적인 장면 구성과 복합적 이미지의 병치로 서사의 입체성을 더한다. 그 심층에는 당대 현실상황을 직시하며 인간의 내면을 예리하게 파헤치는 작가적 통찰력과 감수성이 자리한다.

① 아기는 언제 그 도토리를 먹었는지 캑캑하고 겨워놓는다. 깨느르르한 침에 섞이어 나오는 도토리쪽은 조금도 씹히지 않은 그대로였고 그 빛이 약간 붉은 기를 띠운것을 보아 피가 묻어 나오는것임을 알수가 있었다. 아기의 얼굴은 빨갛게 상기되고 목에 힘줄이 불쑥 일어난다.

　그 찰나에 칠성이는 입에 문 도토리가 모래알 같아 씹을수 없고, 쓴 내가 코구멍 깊이 콱 을러바쳐 견딜수 없었다. 그는 술을 텡궁 내치고 아기를 번쩍 들어 문밖으로 내놓았다. 그리고 뼈만 남은 아기의볼기를 짝 붙이니, 얼굴이 새카마지면서도 여전히 늑겨운다. 이번에는 밥그릇을 냅다 차서 요란스레 굴리고웃 방으로 올라오나, 겨우는 소리에 몸이 오실어워서 가만히 있을수 없었다. 문득 갈 자리속에 과자를 생각하고, 그것을 남김없이 꺼내다가 아기 앞에 팽개치고 뒤뜰로 나와버렸다. (154면)

---

8 스토리시간은 1~6일로 드러나는데, '이틀 후' 라는 시간 생략을 고려하면 담화시간은 4일로 집약된다. 스토리시간과 담화시간은 비교적 순차적이지만, 대화적 회상은 과거를 초점화하기도 한다. 시간적 구성에 따른 칠성이의 행위는 다음과 같다. 1일－동네 아이들에게 조롱을 당하지만 분노하지 못한다. 2일－꼭 큰년이를 만나겠다고 생각한다. 3일－큰년이와 만난 후 큰년이의 옷감을 준비하기 위하여 떠난다. 이틀이 지난 5일－큰년이에게 줄 옷감을 가지고 송화읍에 도착, 밤새 걷는다. 6일－연자간에서 사나이의 이야기를 듣는다. 동네는 물난리가 났고, 큰년이가 시집을 갔으며, 마침내 영애의 머리에서 구더기를 목격한 후 하늘을 노려본다.

② 울바지 밑에 나란히 서 있는 부초쫑 끝에 별 빛인가도 의심나게 흰 꽃이
다문다문 빛나고, 간혹 맡을수 있는 부초 냄새는 계집이 곁에 와 섰는가
싶게 야릇했다. 그는 바자 곁으로 다가 섰다.
　큰년네 집에선 모깃불을 피우는지 향긋한 쑥내가 솔솔 넘어오고. 이따
금 모깃불이 껌벅껌벅하는데 두런두런하는 소리에 귀를 세우니, 바자가
바삭바삭 소리를 내고, 호박 잎의 솜털이 그의 볼에 따금거린다. 문득 그
는 바자 저편에 큰년이가 숨어서 나를 엿보지나 안하나 하자 얼굴이 확
확 달아올랐다.
　어느 때인가 되어 가만히 둘러보니 옷에 이슬이 촉촉하였고, 부초꽃이
물속에 잠긴 차돌처럼 그 빛을 환이 던지고 있다. 모깃불도 보이지 않고
캄캄하며, 어디선가 벌레 소리가 쓰르릉하고 났다. 그는 방으로 들어서
자 가슴이 답답하였다. (150면)

공간 대립의 장면 구성은 인물 시점과 감각적 표현[9]을 적치적소에 배
치하여 '현실/환상', '궁핍/자연' 등의 대립체계에서 경험되는 본능적 생
명력을 보여준다. ①에서는 칠성이의 집, 즉 방 안의 장면을 전경화하여
'지하'의 현실을 극적으로 보여준다. 아이가 토하는 장면에서는 토사물
이 클로즈업됨으로써 비극적 상황이 극화된다. 씹히지 않은 도토리 쪽에
묻힌 붉은 핏빛까지 상세하게 보여주는 토사물의 확대 장면은 아이가 병
들어 있는 실상을 그로테스크한 경험으로 발견하게 한다. 이러한 장면의
배경에는 "파리와 바퀴가 우글우글 끓는 곳에서 파리를 건져내고 밥을
먹어야 하는, 그 밥이란 도토리뿐으로 밥알은 어쩌다가 씹히는, 쓰디쓴
도토리 맛의 밥"(153면)으로 연명하는 궁핍한 현실이 전제되어 있다.
　열악한 환경에서 병든 아이가 보살핌을 받기보다 외면당하고 방치되는

---

9 서정자의 지적처럼 강경애는 감각적 묘사에 출중하다. 서정자, 「체험의 소설화, 강경
　애의 글쓰기 방식」, 『여성문학연구』 13호, 한국여성문학회, 2005, 248면.

상황이 칠성이의 행동과 태도로 구체화된다. 아이를 문 밖으로 내팽개칠 뿐만 아니라 뼈만 남은 아기의 볼기를 때려대는 칠성이의 행동은 파노라마처럼 자연스럽게 연속되어진다. 아이의 흐느끼는 울음소리를 듣고 한기를 느낀 감각적 반응에서 살펴지듯이, 숨겨둔 과자를 아이에게 충동적으로 던져준 채 밖으로 나가버린 칠성이의 태도 또한 논리적 사고보다 감각적 반응이 앞선, 그래서 현실상황을 극복하기보다는 탈출하고픈 본능적 감정을 드러낸다.

②에서는 사랑의 환상을 자연의 공간으로 반사한다. 울바지의 경계는 사랑의 대상인 큰년이에게 향한 열린 공간으로서 칠성이의 사랑이 투영된 내면세계이다. 사랑의 감정은 '부초쫑 끝 흰 꽃'에서 별빛을 보게 하고, "부초 냄새"에서 계집이 곁에 있는 환상을 품게 한다. 본능적 이끌림으로 바자 곁에 다가선 칠성이의 환상은 울바지를 넘어 큰년이의 집안으로 확장된다. 사랑의 감정이 빚어낸 감각적 향기와 빛과 소리로 반사되는 공간의 분위기는 신비하고 아늑하다. 몽환적 공간의 몰입은 옷에 이슬이 촉촉한 촉감과 부초꽃이 물속에 잠긴 차돌처럼 그 빛을 환히 던지는 칠성이의 지각으로만 가늠될 뿐, 그 어떤 정확한 시간의 경과도 제시되지 않는다. 모깃불도 보이지 않는 캄캄한 어둠, 어디선가 들리는 벌레 소리 등에서 환상의 편린이 엿보인다면, 방으로 들어가자 가슴이 답답한 칠성이의 지각은 현실에 대한 불만을 본능적 감정의 변화로 표출하고 있다.

한편, 어휘의 선택에서 감각적 묘사와 잦은 동사의 활용은 본능적 생명력을 밀도 있는 탄력적인 묘사로 부각시키지만, 의미 생성의 경로를 달리한다. ①에서는 궁핍하고 비참한 현실에 대한 환멸을 객관적으로 보여주는 데 비해 ②에서는 아름다운 사랑의 감정이 투영된 자연을 환상적으로 보여주는 차이가 드러난다. ①에서 드러난 감각적 묘사는 궁핍한 현실을 부각시키는데, "깨느르르한 침", "씹히지 않은 그대로", "그 빛이 약간 붉은", "빨갛게 상기되고" 등의 시각적 효과는 핏빛과 같은 슬픔을 환기시킨다. "입에 문 도토리가 모래알 같아"와 같이 미각과 촉각의 결합[10]이 조화를 이루는가 하면, "몸이 오실어워서", "쓴 내가 코구멍 깊이" 등과 같이 촉각과 후각이 부각되기도 한다.

이처럼 다양한 감각적 표현은 궁극적으로 "칵 을러바쳐 견딜수 없"는 현실에 대한 환멸을 강화시킨다. 한편, '내치고/내놓았다/짝 붙이다/개치다/냅다 차다/팽개치고/나와버렸다' 등과 같이 반복된 동사의 활용은 폭력적 장면을 빠르게 보여주는 현장성을 구성함으로써 병든 아이가 보호받지 못하는 열악한 환경을 입체적으로 경험하게 한다.

②에서 드러난 자연 묘사의 감각적 어휘 선택은 아름답고 신비로운 사랑의 감정을 이입한다. "부초쫑 끝에 별 빛", "흰 꽃이 다문다문 빛나고", "모깃불" 등의 시각과 "부초 냄새", "향긋한 쑥내" 등의 후각과 "바삭바삭", "두런두런", "쓰르릉" 등의 청각이 어우러진 장면에서 환상적 분위기가 한층 더 고취된다. "솔솔", "두런두런", "바삭바삭", "확확", "껌벅껌벅" 등의 첩어 또한 서정적 운치를 더한다.

감각적 이미지를 풍성하게 병치시킨 입체적 장면 제시는 사랑의 무아경과 깨어남, 그리고 그 경계를 잇는 서사 공간을 풍요로운 감각으로 깅

---

10 텍스트에서 미각과 촉각이 어우러진 감각적 묘사는 도토리 밥을 씹는 지각의 경험으로 생생하게 드러낸다. "씹히는 그 밥알이야말로 극히 부드럽고 풀끼가 있으며, 그 맛이 달큼해서 기침을 할 지경이었다. 그러나 그 맛은 잠깐이고, 또 도토리까 미끈하고 씹혀 밥맛이 쓰디쓴 맛으로 변한다. 그래도 도토리만은 잘 씹지 않고 우물우물해서, 얼른 삼키려면 그만큼 더 넘어가지 않고 쓴물을 뿌리며 혀 끝에 넘나들었다"(153면)

험하게 한다. 한편 "바자가 바삭바삭 소리를 내고", "호박 잎의 솜털이 그의 볼에 따금거린다" 등과 같이 감각의 주체와 대상의 경계가 모호한 풍경의 묘사는 독자와의 소통에 있어 논리적인 이성보다는 감각적인 감성에 닿아 있는 시적 공감으로 깊은 울림을 파장한다.

③ 칠성이는 이 꼴이 보기 싫어 모루 앉아 눈을 감았다. 무엇에 놀라 눈을 뜨니, 아랫목에 누워 할락할락하는 아기가 일어나려다 쓰러지고 소리 없는 울음을 입으로 운다. 머리를 갈자리에 비비치다도 시원치 않은지 손이 올라가서 헌겊을 쥐고 박박 할퀴는 소리란 징그러워 들을 수 없었다.
칠성이는 눈을 안 뜨자 하다도 어느새 문뜩 뜨게 되고, 아기의 저 노란 손가락이 머리를 쥐어 뜯는것을 보게 된다. 조놈의 계집애는 죽었으면! 하면서 눈을 감는다. (178면)

④ 바삭바삭 빨래 널리는 소리가 칠성이의 귀바퀴에 돌아 내릴 때, 가슴엔 웬 새새끼 같은것이 수없이팔딱거리고 귀가 우석 우석울고 눈은 캄캄하였다 …(중략)… 큰년의 해어진 치마폭 사이로 뻘건 다리가 두어번 보이다가 없어진다. 또 나올가 해서 그 컴컴함 부엌문을 뚫어지도록 보았으나, 끝끝내 큰년이는 나오질 않았다. 그는 후 하고 한숨을 내쉬고 물러섰다. 햇볕은 따겁게 내려쬔다. 과자나 들려줄걸 …… 돈이나 줄것을, 아니 돈은 내가 모았다가 치마나 해주지 하고 다시 들여다보았다. 바자만 바삭바삭 소리를 내고 고요하다. 이제 큰년의 손으로 넣은 빨래는 히다못해서 해빛같이빛나고, 그는 눈을 떼고 돌아섰다. 자기가 옷가지라도 해주지 않으면 큰년이는 언제난 그 뻘건 다리를 감추지 못할 것 같다. (152면)

③에서는 궁핍한 생활과 병든 아이의 고통이 칠성이의 눈을 통해 리얼하게 포착된다. 눈을 감고 애써 외면하려고 해도 눈조차 감을 수 없게 하는 현실상황은 병든 아이가 일어날 힘조차 없어 쓰러지며, "소리 없는 울음을 입으로" 울며, 머리에 붙여둔 헝겊을 쥐고 박박 할퀴는 소리를 내

며, 고통스러워 하는 모습으로 장면 제시됨으로써 비극성을 점층적으로 강화시킨다. 그 정점에서 "조놈의 계집애는 죽었으면!" 하는 칠성이의 독백이야말로 극도로 궁핍한 상황에서 비극이 슬픔을 넘어 살기를 드러내는, 그래서 윤리적 가치를 압도하는 인간적 본능을 천착한 표현이다.

한편 사랑의 감정으로 바라보던 자연의 공간은 ②에서 식물성으로 반사되며 바라보지 못한 대상에 대한 환상을 보여줬다면 ④에서는 대상을 바라보는 거리와 바라볼 수 없는 거리의 사이에서 동물성을 반사하며 존재의식을 드러낸다.

④의 공간에서는 큰년이를 향한 증폭된 욕망이 칠성이의 절실한 그리움과 애틋한 연민으로 채색된다. 사랑의 감정은 빨래 널리는 소리마저도 가슴에서 새 새끼가 수없이 팔딱거리며 약동하는 생명의 충만함을 느끼게 할 뿐 아니라, 귀가 울고 눈이 캄캄한 맹목을 수반한다. "해어진 치마 폭 사이로 뻘건 다리가 두어번 보이다가 없어진" 모습은 안타깝고, 그로인한 아쉬움은 아낌없이 주고 싶은 욕망으로 치닫는다. 가족에게는 부담이며 불쾌하기 그지없었던 과자나 돈도 큰년이를 향해서는 하찮고, 그녀에게는 오히려 자신이 옷가지라도 해주지 않으면 안 될 것이라는 책임감을 갖게 된 것이다. 이처럼 본능적인 사랑은 어둠 속에서 자연스럽게 빛을 바라듯, 앞을 보지 못하는 큰년이에 대한 보호 본능과 연민으로 인하여 존재적 가치를 점차 확산시킨다.

여기에서도 감각적 묘사는 현저하게 드러나지만 ①, ②에 비해 동사의 활용이 줄어드는 대신 독백이 부각된다. ③에서 궁핍하고 비참한 현실에서 탈출하고픈 독백이 드러난다면 ④에서는 대상을 갈망하는 거리에서 헌신을 다짐하는 독백이 드러난다. ③에서 병든 아이가 고통스러워 하는 모습은 "할락할락하는", "박박", "비비치다도" 등의 의성·의태어로 생생하게 묘사됨으로써, 고통의 무게가 사실적인 현장성으로 강화되어 전달된다. "저 노란 손가락"에서 드러나듯이, 아이의 병든 상태가 노란색으로 투명하게 확산되는 동시에 '저'라는 지시대명사가 환기하는 지각적 거리로서 아이를 바라보는 냉정한 시선이 포착된다. '저'에서 발견되는 냉혹함의 거리는 결국 "조놈의 계집애는 죽었으면!" 하는 독백과 조우하며 큰년이를 향한 사랑과는 변별되는 애증의 각을 첨예하게 세워 보인다.

④에서는 "바삭바삭", "우석 우석", "팔딱거리고" 등의 청각적 감각과 "뻘건 다리", "캄캄하였다", "빨래는 히다못해서", "해빛같이빛나고" 등의 시각적 감각으로 사랑의 감정을 자연과 대상에 반사한다. 빨래를 널고 있던 큰년이의 "뻘건 다리"에서 가난한 현실이 시리고 아리게 감지되는 반면 빨래의 흰빛은 햇빛같이 빛나는 감각으로 확장되면서 사랑의 감정을 우주로 확산시킨다. '귀가 우석우석 울고' 등의 공감각적 표현은 이성적이기보다는 본능에 근거한 사랑의 속성과 부합되며 시적 공감으로 독자 반응을 활성화하는 점에서도 문법성에 대한 의문을 상쇄하기에 충분하다. 한편, "과자나 들려줄걸", "돈이나 줄 것을", "치마나 해주지" 등의 잦은 독백은 환상적 사랑을 넘어선 실천적인 의지로 성숙된 사랑의 단면을 읽게 한다.

요컨대 궁핍의 참상을 보여주는 현실 공간과 사랑의 환상을 보여주는 자연의 공간으로 대립된 공간의 배치는 인물 시점과 감각적 어휘로 꼼꼼하게 직조되는 장면 구성의 입체성을 더하며 궁핍/풍요, 증오/사랑, 절망/희망 등의 서사 경험을 풍요롭게 한다. ③, ④에서는 ①, ②의 현실/자연 공간에서 드러난 본능적 감정이 더욱 고조된다. ①과 같은 계열인 ③의 공간에서는 증오의 감정이 고조되는 데 비해, ②와 같은 계열인 ④의 공간에서는 사랑의 감정이 한층 농밀하게 무르익는다. 현실/사랑의 대립적 공간 배치로 플롯의 형식을 새롭게 경험하게 하는 작가의 객관적인 현실 인식과 예민한 감수성의 표현으로 인하여 독자는 본능적 생명력을 새롭게 발견한다.

3. 교차 시점의 표현과 각성적 생명력

교차 시점은 한 공간 안에서 작중인물과 인물끼리의 시각의 교체를 통한 연속되는 장면을 '지금－여기'로 초점화[11]하여 보여줌으로써 독자 반응을 유도한다. 대립적인 공간 배치에서는 서술자의 목소리와 칠성이의 시점의 이동이 살펴진다면, 교차 시점에서는 작중인물들 간의 접촉에 따른 '초점화'의 거리 조정으로서 복합적인 시점의 이동이 부각된다. 서술자 그리고 작가의 입장에 따른 작중인물의 관계를 연접시켜 초점화의 거리를 조정하는 시공간성으로서 의미 생성의 과정은 '지금－여기' 독자의 새로운 경험으로 파장된다.

이처럼 텍스트의 서사 경험은 서술자가 누구의 목소리, 즉 누구의 어조로 어떻게 이야기하느냐에 따라 각을 달리하는 데 그치지 않고, 작가가 누구의 목소리와 누구의 시점을 어떻게 교차시키고 서술자가, 혹은 작중인물이 어떤 태도로 또 다른 인물을 바라보고 접촉시키느냐에 따라 작가적 세계관을 달리 천착하게 한다. 작중인물들의 목소리와 시각을 연접시킴으로써 '그때－거기'의 경험을 '지금－여기' 각성으로 바라보는 교차

---

11 한 인물은 보는 것과 이야기하는 것 두 가지를 다 할 수 있고 또 동시에 할 수 있기까지 하다. 어떤 개인적인 시점을 드러내지 않고서는 이야기를 할 수가 없지만 한 인물은 또한 다른 사람이 보고 있는 것, 또는 이미 본 것을 이야기하는 것도 가능하다. S. 리몬－캐넌, 『소설의 시학』, 최상규 역, 문학과지성사, 1994, 110면.

시점의 심층에는 당대 소수자로서 삶의 질곡을 견뎌야했던 여성성과 하층민의 경험을 애정 어린 시선으로 바라보았던 작가적 통찰력과 현실비판의식이 추적된다.

① 해종일 김메기에 그 몸이 고달팠겠고, 산에 가서 나무를 해오려기에 그 몸이 지칠 대로 지쳤으련만, 또 아기에게서라도 시달림을 받으니, 오늘 날이라도 잠만들면 깨지 못할 것 같다. 그렇게 피로한 몸을 돌보지 않는 어머니가 어딘지 모르게 미웠다.

②「글쎄 살지도 못할것이 왜 태어나서 어미만 죽을 경을 치게 하것니. 이재 가보니, 큰년네 아기는 죽었드구나. 잘 되기는 했드라만……에그 불쌍하지. 얼마나 밭고랑을 타고 헤매이었는데, 아기 머리는 그냥흙 투성이더라구나 그게 살면 또 병신이나 되지 뭘 하것니. 눈에 귀에 흙이 잔득 들었드라니. 아이 죽기를 잘했지!」

③ 영애를 낳아놓고 그 다음날로 보리 마당질하던 그 지긋지긋 하던 때가 떠오른다. 하늘이 노랗고 핑핑 돌고 보리 이삭이 작았다 커보이고, 도리깨를 들 때 내릴 때 아래서는 무엇이 뭉클뭉클 나오다가나중엔 무엇이 묵직하게 매어 달리는 듯 해서 좀 만져 보았으나, 사이도 없고 또 남드리 볼까 꺼리어 그냥참고 있다가, 소변 보면서 보니 허벅다리에 피가 혼전했고, 또 주먹같이 살덩이가 축 늘어져 있었다. 겁이 더럭 났지만, 누구보고 물어보기도 부끄럽고 해서, 그냥 내버려두었더니, 그 살덩이가 오늘까지 늘어져서 들어 갈 줄 모르고 또 무슨 물을 줄줄 흘리고 있다.

④ 어머니는 지금도 척척히 늘어져 있는 그 살덩이를 느끼면서 한숨을 푹 쉬었다. (160~161면)

인용문들은 극한 빈궁 속에서 여성이기에 겪어야 하는 고통과 아픔을 서술자가 직접 요약하거나 전달하지 않고 칠성이와 칠성이 어머니의 목소리를 교차시킨 시점의 복합적인 거리에서 여성성의 각성적 의미를 생성한다. 서술자의 목소리가 소거된 자리에 작중인물의 경험을 '지금ㅡ여기'로 환기시킨 시점의 교차는 어머니를 바라보는 칠성이의 시점에서 어

머니의 간접적 또는 직접적 시점으로 교차되다가 다시 어머니를 바라보
는 칠성이의 객관적 시점으로 이동된다. 어머니의 경험과 그것을 바라보
는 아들의 시각에 따라 다양하게 형성되는 초점화는 '지금-여기' 독자
의 각성을 환기시킨다.

먼저 ①에서는 새벽부터 밤늦게까지 노동을 하고도 집에 돌아와 쉬지
도 못한 채 아이를 돌보는 어머니들의 현실에 대한 아들의 걱정과 우려가
반어적으로 드러난다. "그 몸이 고달팠겠고", "그 몸이 지칠 대로 지쳤으
련만", "그렇게 피로한 몸" 등에서 부각되는 '그'라는 지시어는 반복된
어머니의 노동을 익숙하게 바라보지만 일정한 거리를 확보한 타자의 간
격으로서 접촉을 드러낸다. "그렇게 피로한 몸을 돌보지 않는 어머니가
어딘지 모르게 미웠다"는 독백에서는 무모할 정도로 자신을 돌보지 않는
어머니의 헌신을 안타깝게 여기는 아들의 심정이 반어적으로 표현됨으로
써 어머니의 고난을 객관적 거리에서 초점화한다.

칠성이의 시점은 ②, ③에서 어머니의 시점으로 교체되는데, 어머니의
시점은 큰년이 어머니와 자신의 경험을 초점화하여 당대 여성들의 훼손
된 육체와 지난한 삶의 고통을 주체적인 여성의 목소리로 들려준다. ②에
서는 칠성이 어머니의 간접적인 시점의 거리에서 큰년네의 경험이 초점
화된다. 큰년이 어머니가 밭을 매다가 밭이랑에서 아기를 낳았으니, 아기
는 죽고 말았는데 눈과 귀에 흙이 잔뜩 들어가 흙투성이가 된 아기가 병
신이 되느니 차라리 죽기를 잘 했다는 칠성이 어머니의 어조는 생명의 존
엄성이 마멸될 수밖에 없는 당대 여성의 척박한 삶의 환경을 역설적으로
고발한 것이다. ③에서는 칠성이 어머니가 과거를 회상하는 방식으로 자
신의 직접적인 출산 경험과 육체적 훼손을 초점화한다. 여기에서는 영애
를 낳은 후 그 다음날 "보리 마당질"을 해야 했던 "지긋지긋"한 고통과

그로 인하여 훼손된 육체성을 직접적으로 폭로한다.

이와 같이 ②, ③에서 객관적 거리와 주관적 거리로 여성적 경험을 다르게 초점화하는 어머니의 시점의 교차로 인하여 당대 여성의 열악한 출산 여건과 육체적 고통이 핍진적으로 조명된다. 여성의 육체적 훼손 경험에는 식민지 치하 가난과 소외된 여성의 이중고를 비판하는 작가적 입장이 간파된다. 다시 칠성이의 시점으로 교차되는 ④에서는 아들의 입장에서 어머니의 힘겨운 삶과 모습을 객관적으로 보여준다. "지금도 척척히 늘어져 있는 그 살덩이를 느끼면서"에서 드러나듯이, '지금-여기' 어머니의 모습을 객관적으로 포착하여 초점화하는 칠성이의 시각은 어머니의 고단한 삶에 리얼리티를 부여하며 당대 여성성에 대한 각성을 끌어낸다.

> ① 그가 개에게 쫓긴것이 이번뿐이 아니요, 때로는 같은 사람한테도 학대와 모욕을 얼마든지 당하였건만, 오늘 일은 웬일인지 견딜수 없는 분을 일으키게 된다. (171면)
>
> ②「허, 치가 떨려서. 내 왜 그리 어리석었든지. 지금만 같으면 지금이라면 죽더라도 해볼걸. 왜 그 꼴이었어! 흥!」
>
> ③ 칠성이는 귀를 밝혀 이 말을 개어 들으려 했다. 무엇을 의미한 말인지 알수가 없었다. 사내는 칠성이를 돌아보았다. 눈 아래 두어줄의 주름쌀이 돌아가신 그의 아버지와 흡사했다.
>
> ④「이 친구, 나도 한 가정을 가졌던놈이우. 공장에선 모범 공인이었구. 허허 모범공인!…… 다리가 꺽인후에 공장에서 나오니, 계집은 달아나고, 어린 것들은 배고파 울고, 부모는 근심에 지리 돌아가시구…… 허 말해서 뭘 하우」
>
> ⑤ 사내는 칠성이를 딱 쏘아본다. 어쩐지 칠성의 가슴은 까닭없이 두군거려, 참아 사내를 정면으로 보지 못하고, 꺽인 다리를 보았다. 그러고 사내의 다리 밑에 황소같이 말 없는 땅을 보았다. (175면)

　　인용문들은 계급적 소외로 인한 극한 빈궁과 불구의 상황을 칠성이와 사내의 시점을 연접 교차시킴으로써 하층계급의 경험적 각성을 끌어낸다. 먼저 ①에서는 부잣집에 동냥을 갔던 칠성이가 동냥은커녕 큰 개에 물리고 나와 분노하는 장면이다. 개에게 쫓기는 것이 자주 있는 일이지만, 이날 느낀 예사롭지 않는 분노는 "웬일인지 견딜수 없는 분"으로 표현될 뿐, 그에 대한 적극적인 각성은 드러나지 않는다. 그 후 칠성이는 초라하고 조그만 연자간에서 살고 있는 사나이를 만나고 계급적 각성의 동기를 갖게 된다.

　　②에서 초점화된 사나이의 분노는 "빈자에 대한 멸시가 낳은 배신"[12]에 대한 계급적 저항을 각성적 어조로 드러낸다. 사나이의 분노에 이어 교차된 ③의 칠성이의 시점은 자기와 같은 처지의 불구인 사나이의 얼굴에서 그의 돌아가신 아버지를 떠올리며 계급적 동질감을 확인한다. ④에서 교체되는 사나이의 시점은 지난 과거의 비극적 경험과 현실상황의 각성을 소상하게 밝힌다. 모범 공인이었지만 사고로 다리를 잃게 되어 공장에서 쫓겨난 후 가정이 파탄나고 말았다는 불행한 '그때─거기'의 이력과 '지금─여기'의 각성을 교차시켜 초점화하는 사나이의 시점에는 계급적 불평등에 대한 분노와 각성이 드러난다. ⑤에서는 사나이의 비극적 경험과 분노에 가슴이 두근거려 차마 그 사내를 정면으로 바라보지 못하고, 자신과 같은 불구의 다리를 바라보며 그 다리 밑에 "황소같이 말 없는 땅"을 바라보는 칠성이의 모습이 초점화됨으로써 견고한 계급적 각성을 각인시킨다.

　　이렇듯 교차 시점은 작중인물들의 시점을 연접 교차시켜 소수자의 경

---

12 서정자, 『한국근대여성소설 연구』, 앞의 책, 139면.

험을 다양한 거리에서 초점화함으로써 '지금-여기'의 각성으로 환기한다. 훼손된 여성의 육체를 칠성이 어머니의 주관적인 체험과 칠성이의 객관적인 목격을 교차시켜 여성성에 대한 각성을 강화시키는 한편, 조직사회에서 소외되어야 했던 사나이의 분노와 그에게서 동질감을 갖는 칠성이의 시점을 교차시킴으로써 당대 소수자의 고통은 개인의 문제가 아니라 사회구조적 모순에서 기인하고 있음을 간파하게 한다.

이와 같이 작중인물들의 객관적 시각과 주관적 경험을 아우르는 교차 시점에는 당대 소수자들의 소외된 삶과 첨예한 계급적 갈등을 예리하게 파악한 작가적 통찰력과 비판정신이 전제되어 있다. 작중인물들의 시점을 이동시켜 주관적 경험과 객관적 목격을 다른 각도에서 초점화하는 교차 시점을 통해 독자는 소수자의 각성적 생명력을 '지금-여기'의 각성으로 새롭게 경험한다.

4. 변형 상징의 표현과 역동적 생명력

상징적 표현은 역동적 언어 구성으로 낯설게 하기의 변형을 육화하여 독자의 공감을 강화시킨다. '역동적인 언어 구성'은 언어의 단순한 결합이 아닌 상호 작용의 시스템[13]이다. 변형된 상징으로 발전하는 상호 작용은 지배와 피지배성의 여부를 결정하는 구성의 원칙과 상관되어 텍스

---

13 야콥슨은 지배소를 '다른 구성요소들을 지배하고 결정하고 변형시키는 핵심적 요소'라고 정의하는데 티냐노프가 텍스트의 위계 질서를 논할 때 염두에 두고 있는 것도 바로 '지배소(domianta)'에 의해 구축된 위계 질서이다. 문학을 한마디로 '역동적인 언어 구성'이라 정의하는 티냐노프의 이론은 역동성과 구성에 대한 세부적인 논의로 이어진다. 석영중, 앞의 책, 18~21, 231면 참조.

트의 역동성을 추구한다. 지배적 기능을 담당하는 인자는 피지배적 인자
들을 지배하고 변형하는데, 상징의 지배와 피지배적 관계로서 변형은 고
정적이 아니라 유동적이다. 「지하촌」에서 표면화된 지배적 기능으로서
'지하'의 상징은 '하늘' 그리고 '지상' 등의 피지배적 기능과 상호 작용하
는 역동적 언어 구성인 변형 상징으로 발전되어 적극적인 독자 경험으로
서 작가적 창조성의 의미를 발견하게 한다. 변형 상징의 심층에는 식민지
치하라는 민족적 특수성을 어둠으로 천착하여 시공을 초월한 예술로 승
화시킨 작가적 역사의식과 예술혼이 자리한다.

> ① 해는 서산 위에서 이글이글 타고 있다.
>   칠성이는 오늘도 동량 자루를 비스드미 어깨에 메고 비틀비틀 이 동리
>   앞을 지났다. 밑 뚫어진 밀짚 모자를 연신 내려쓰나, 이마는 따겁고 땀
>   방울이 흐르고 먼지가 연기같이 끼어, 그의 코 밑이 메워견딜 수 없다.
>   (144면)

> ② 비는 좍좍 쏟아지고 바람은 미친 듯 몰아치는데, 가다가 우르릉 쾅쾅 하
>   고 하늘이 울고 번갯ㅅ불이 제멋대로 쭉쭉 찢겨나가고 있다.
>   칠성이는 묵묵히 저 하늘을 노려보고 있었다. (179면)

텍스트의 모두(冒頭)와 결미에 배치된 상징은 작중인물의 의식의 전환
을 내포한다. 서산 위에 이글이글 타고 있는 해는 분출되지 못한 칠성이
의 소극적 분노를 상징하는 데 비해, 묵묵히 하늘을 노려보는 행동은 적
극적인 삶의 자세로의 세계관적 변화를 내포한다. 하늘의 상징은 중간,
즉 플롯선상에서도 변형되어 있다. 그 예로 '일곱 개의 별'과 '구름'을 환
기시키는 칠성이와 칠운이의 이름에서도 '별' 혹은 '구름'으로 어둠 속
현실의 삶의 희망으로서 빛을 지향함을 발견할 수 있다. 우연치 않게 칠

성이의 이름에 내포된 별의 상징이 '어둠'과 대비되는 '빛'을 추구하는 경험을 달리하며 반복[14]되는 것도 의미심장하다. 병들어 구박을 받는 아이의 이름마저도 아이러니하게 '남의 딸에 대한 경칭'으로서 귀한 존재 가치를 연상시킨다.

한편 약의 기능으로 자연을 이접시킨 상징은 건강한 삶에 대한 칠성이의 의지를 내포한다. 자연은 생명력이 충만하지만 인간의 육체는 다리를 저는 칠성이, 눈병으로 앞을 제대로 볼 수 없는 칠운이, 머리에 난 종기로 항상 진물이 흐르는 영애, 산후조리를 못해 허벅다리엔 피가 흥건하고 주먹만 한 살덩이가 축 늘어져 종기가 곪아 터지는 어머니, 눈먼 큰년이와 같이 모두가 불구이거나 나약하고 부자연스럽다. 이에 비해 "바자에 얽힌 호박 넌출 박 넌출 그 옆으로 옥수숫대 썩 나와서 살구나무 작고 큰 댑싸리가 아무 기탄없이 하늘을 바라보고 가지가지를 쭉쭉 쳤으니, 잎잎이 자유스럽게 미풍에 흔들리지 않은가"(163면)에서 드러나듯 칠성이 눈에 비친 자연은 생명력이 왕성하고 자유롭기만 하다.

초목만큼도 자유롭지 못한 불구의 처지에 병원의 치료도, 약도 받을 수 없는 궁핍한 상황의 한계를 극복하기 위한 칠성이의 의지는 비록 소극적이지만 약의 기능으로 자연을 변용한다. 거미줄의 이슬이나 댑싸리나무가 약이 될까 하여 먹어보는 행위는 생명력을 향한 의지를 내포한다. "거

---

14 칠성이의 이름과 관련된 별에 대한 묘사는 다음과 같이 반복된다.
  동네 압흐로 우뚝 서있는 늙은 홰나무만이 별을 따려는듯 놉하 보였다.(147면)/바자에 호박 넌출이 엉키었고 그 위에 별들이 팔팔 날았다.(149면)/부초종 끝에 별 빛인가도 의심나게 흰꽃이 다문다문 빛나고(150면)/검푸른 하늘의 별들은 아기 눈 같이 예쁘다.(159면)/그 위에 별들이 나도나도 빛나고, 별빛이 눈가에 흐르자 눈물이 핑그르르 돌며 통곡이라도 하고 싶었다.(162면)/별도 없는 하늘 감정 강아지 같은 어둠(168면)

미줄에서 빛나는 저 이슬 방울들이 참으로 약이 되었으면"(151면), "혹시 이 댑싸리나무가 내 병에 약이 되지나 않을가"(158면) 하는 독백의 바람에는 건강한 삶에 대한 의지가 읽혀진다. 댑싸리 나뭇잎을 삼키고 나니 목이 아프고 맑은 침이 흐르는데도 그 침마저 약이 될 것 같아 삼키면서 눈물을 흘려야 하는 존재상황에서는 미약하나마 긍정적인 삶의 가치를 지향하는 희망이 돋보인다.

> ① 「아이고! 먼지를 바르면 되우?」
> 　사내는 칠성의 손을 꽉 부뜰었다. 칠성이는 어린애같이 히 웃고나서,
> 　「이러면 나유.」
> 　「아 원, 그런 일 다시는 하지 마우. 약이 없으면 말지, 그런 일 하면 되우? 더 성해서 앓게 되우.」(174면)

> ② 칠운이는 마침내 응응 울다가 무슨 생각을하고 뒤문 밖으로 나가더니, 오줌을 내 뻗치우며, 그 오줌을 눈에 바른다.
> 　「잘 발라라. 눈등에만 바르지 말고 눈 속에 까지 발러…저것도 보고 반가와서 저리도 눈을 뜨려눈구. 어제는 성아 성아 찾드구나.」(177면)

　자연 변용의 소극적 의지는 타성적인 습관을 넘어선 가족애의 실천적 사랑을 깨닫게 됨으로써 보다 능동적인 삶의 의지로 전환된다. ①에서 개에게 물린 상처에 부드러운 먼지를 약처럼 바르는 칠성이의 행동은 먼지를 약의 기능으로 자연스럽게 변용시키려는 습성을 반영한다. 사내는 그러한 타성적 행동이 오히려 병을 악화시킬 수 있음을 깨닫게 함으로써 칠성이가 소극적인 자연 변용의 의지에서 탈피하여 보다 적극적인 삶의 자세를 견지하는 세계관적 변화에 동기를 부여한다.

　②에서 눈병을 앓는 칠운이가 오줌을 눈에 바르는 행위 또한 오줌에서

치유 효과를 기대하는 타성적 습관이 드러난다. 칠운이가 형에게 눈약을 얻어오라고 부탁하며 오줌을 눈에 바르는 상황에서 칠성이는 옷감 대신 눈약을 사오지 못한 것을 후회하는 인식 변화를 보여준다. 본능을 넘어서 가족을 위하여 헌신할 수 있는 입장의 변화는 가중되는 불행 앞에서 현실을 분명하게 직시하고 진취적인 자세를 취하는 성숙한 삶의 전환으로서 가능성을 시사한다. 거미줄의 이슬과 댑싸리 나뭇잎, 그리고 먼지와 오줌에 드러난 자연 변형적 기능의 상징은 마침내 영애의 머리에서 나오는 구더기로 그 의미를 탈주시킨다.

> 아기는 언제 그 헝겊을 찢었는지 반쯤 헝겊이 찢어졌고, 그리로부터 쌀알 같은 구데기가 설렁설렁 내달아 오고 있다.
> 「아이구머니 이게 웬일이야 응 이게 웬일이어!」
> 어머니는 와락 기어 가서 헝겊을 잡아 젖히니, 쥐 가죽이 딸려 일어나고 피를 문 구데기가 아글바글 떨어진다. (179면)

자연 변형의 상징은 텍스트의 안면(顔面)이라 할 수 있을 만큼 '낯설게 하기'를 강렬한 이미지의 결합으로 실현한다. 생명력에 대한 의지는 "바자", "이슬 방울", "댑싸리 나뭇잎", "맑은 침", "먼지", "오줌" 등의 자연 변용의 기능으로 노정되다가 결국 "구데기"의 상징으로 변형시켜 의미를 증폭시킨다. 약의 기능으로 변용되었던 자연은 핵심적 지배소로 부각되는 "구데기"의 생명력을 강화시키는 역동적인 언어 구성의 보조적 장치라 할 수 있다.

마을에는 홍수가 나고, 눈먼 큰년이가 돈에 팔려 시집을 가고, 동생 칠운이가 눈병으로 앞을 보지 못하는 현실은 칠흑 같은 어둠뿐이다. 그 어둠을 뚫고 나오듯이, 영애의 머리에서 피를 물고 기어 나오는 "구데기"는 역설적인 의미의 생명력[15]을 발견하게 한다.

쥐 가죽 깊숙한 어둠을 뚫고 나온 '구데기'는 죽음과 삶의 경계에서 병든 상처를 정화하고 생명을 분출시키는 생명력으로 그 의미를 변형 생성시킨다. 피를 물고 바글바글 떨어지는 "쌀알 같은 구데기"의 묘사는 텍스트의 프레임 자체를 일그러뜨리는 일종의 '발전된 메타포'[16]이다. 표현과 의미의 낯선 간격이야말로 '지하'와 '지상'을 연결하는 유기체로 생명력을 질주시키는 지배적 상징으로서 변형을 시현한 것이다. 이러한 맥락에서 지하의 어둠을 뚫듯 핏빛 슬픔을 삼키고 분출한 칠성이의 분노의 상징은 어떤 서사소보다 핵심적 의미를 자극하며 적극적 삶의 의지를 끌어내는 역동적 생명력을 '낯설게 하기'로 형상화한다.

이처럼 상징적 변형을 이접시킨 '낯설게 하기'는 어둠과 빛의 경계에서 자연 변용의 생명력을 발전된 메타포로 그리며 열린 세계로 탈주하는 강렬한 생명의 의지를 분출시킨다. 현실과 허구가 경계를 허물며 자리를 섞는 어둠의 극한에서 독자는 생에 대한 환멸을 넘어선 새로운 충격으로 역동적 생명력을 경험한다. 요컨대 상징적 변형을 이접시켜 역동적 생명력을 생성하는 표현 배치의 '낯설게 하기'는 강경애 문학의 독창성뿐만

---

15 많은 연구자들이 구더기의 묘사에서 영애의 죽음을 단정하지만, 텍스트의 침묵에서 필자는 죽음보다는 생명의 의지를 발견한다. 이는 상처에 구더기가 생기면 정화작용으로 오히려 회복이 빠르다는 사지(死地)의 경험뿐만 아니라 특히 서사에 표면화된 구더기의 상징은 삶에 대한 적극적 의지로서 칠성이의 분노를 유발시키는 동기라는 점에서도 개연성을 갖는다.

16 "여지껏 한 가지 사물에만 적용되었던 정의를 다른 단어, 사물, 현상, 개념 등등으로 이전시키는 일이므로 열림의 의미론이 메타포를 가장 본질적인 도구로 삼는 것은 당연한 일이다"는 마야코프스키의 표현대로 상징 그 자체가, 인습적, 종교적 윤리의 코드를 파괴하는 '열린' 의미론을 포함한다. 석영중, 앞의 책, 231, 318면.

아니라 한국소설사에 전대미문의 시학적 성과라 할 만하다.

5. 맺음말

이상에서 필자는 대립 공간, 교차 시점, 변형 상징 등의 표현 양식과 의미 생성을 중심으로 「지하촌」의 사회학적 시학의 창조적 특징을 파악하였다. 당대 현실을 바라보는 작가의 인식을 공간적 대비, 시점의 교차, 상징적 변형으로 형상화하는 표현 양식을 분석하는 작업을 통하여 「지하촌」 텍스트가 독자에게 다양한 반응의 생명력을 가지고 있음을 알 수 있었는데, 표현 양식과 의미 생성의 특징을 정리하면 다음과 같다.

첫째, 대립 공간의 배치에서 본능적 생명력이 생성된다. 궁핍의 참상을 보여주는 현실과 사랑의 환상을 보여주는 자연으로 대립된 공간 배치는 '궁핍/풍요', '증오/사랑', '절망/희망' 등의 경험을 인물 시점과 감각적 어휘로 구성하며 본능적 생명력을 분출한다. '인간/자연'의 대립 공간에서 '지하/지상', '현실/환상' 등의 의미로 대비시켜 서술 공간의 입체성을 추구한 작가의 예리한 분석력과 풍부한 감수성은 현실의 어둠과 사랑의 환상을 감각적으로 직조함으로써 본능적 생명력을 독자 반응으로 이끌어낸다.

둘째, 교차 시점의 배치에서 각성적 생명력이 생성된다. 주관적 경험과 객관적 목격을 교차시킨 시점 배치는 여성성과 하층계급의 '그때―거기'의 경험을 '지금―여기'로 이동시켜 복합적인 경험으로 보여준다. 당대 소수자의 경험을 서술자가 직접 말하지 않고 작중인물들의 시각을 교차시켜 초점화하는 작가적 통찰력과 비판의식은 '보여주기'의 서술미학으로 경험적 각성을 환기한 것이다. 궁극적으로 교차시각은 당대 소외된 여성과 하층계급의 삶에 대한 비판과 통찰을 '지금—여기' 독자 경험으로 환원하고 있다.

셋째, 변형 상징의 배치에서 역동적 생명력이 생성된다. '하늘', '별빛', '바자' 등의 자연 변용의 상징은 어두운 삶의 현실에서 밝은 삶을 지향하는 희망을 읽게 한다. 상징의 피지배 기능으로서 '이슬', '댑싸리나무', '먼지', '오줌' 등의 변용은 쥐 가죽의 어둠을 뚫고 빛으로 일탈하는 '구데기'의 상징으로 그 의미를 증폭시키며 칠성이의 분노를 폭발시킨다. 민족적 특수성을 어둠으로 천착하여 '낯설게 하기'를 실현시킨 변형적 상징이야말로 삶의 적극적 의지를 끌어내는 역동적 생명력을 낯선 일탈과 충격으로 경험하게끔 한다.

이러한 「지하촌」의 표현 양식의 독창성은 작가의 풍부한 감수성과 예리한 직관력을 토대로 한 창조적 여성성의 산물로서 미적 형상과 현실인식의 통합을 아우름으로써 한국소설에 풍부한 시학적 근거를 제공하고 새로운 지평을 열게 되는 원동력으로 평가된다. '지하'는 '지상'과 대립된 공간의 배치임을 고려할 때, 그 심층적 의미는 일제 강점하의 민족 수난의 비극을 개인으로 구체화한 어둠의 경험이라 할 수 있다. 그 지점에서 독자는 슬픈 어둠을 밝히는 아픈 희망으로서 다양한 생명력을 미적으로 체험하고, 발견하게 되는 것이다.

『인간문제』의 인지 구성과 세계관

1. 머리말

이 글은 일제 식민지 여성의 사회주의 의식을 확장한 강경애의 대표작 『인간문제』[1]를 인지론적 시각으로 접근함으로써 창조적 여성성을 실현한 작가의 실천적 삶의 가치와 소통할 수 있는 기회를 제공하고자 한다. 『인간문제』의 사회적 가치를 인지론적 시각으로 조명하는 방법은 21세기 다문화시대에 진입한 한국사회를 돌아볼 수 있는 문학적 교훈을 제공할 뿐만 아니라, 일제 식민지 한국문학의 특수성을 세계와 소통할 수 있는 보편적 인지체계로 전환하는 점에서 한국문학의 미래 지향적 방향성을 제시할 수 있을 것이다.

강경애는 『인간문제』를 연재하기에 앞서 "인간사회에는 늘 새로운 문

---

1 장편소설 『인간문제』는 1934년 8월 1일부터 12월 22일까지 120회로 『동아일보』에 연재되었다. 텍스트는 강경애, 『인간문제』(창작과비평사, 2006)로 하고 본문 인용은 괄호 안 면수로 표기한다.

제가 생기며 인간은 이 문제를 해결하기 위하여 투쟁함으로써 발전될 것입니다. 대개 인간문제라면 근본적 문제와 지엽적 문제로 나눠 볼 수가 있을 것이니 나는 이 작품에서 이 시대 있어서의 인간의 근본문제를 포착하여 이 문제를 작중에서 해결할 요소와 힘을 구비한 인간이 누구며 또 그 인간으로서의 갈 바를 지적하려고 노력하였습니다.”[2]라고 작품 창작의 동기와 목적을 밝혔다. 이렇듯 강경애는 『인간문제』를 통하여 식민지 민중들의 생존과 계급, 그리고 실존과 맞닿아 있는 청춘남녀의 성장 경험을 풍부하게 보여줌으로써, 작가의 식민지 현실비판과 더불어 생산적이며 창조적인 여성주의 입장으로 ‘지금-여기’ 우리의 삶을 반성할 수 있는 길을 열어놓았다.

『인간문제』에 대한 선행 연구는 작가의 전기적 측면과 텍스트의 주제론에 입각한 리얼리즘적 접근[3] 내지는 경향소설의 접근[4]으로 작가의 계급적 이데올로기와 현실 저항의지를 규명한 연구가 주류를 이룬다. 그에 못지않게 식민지시대 여성문제와 여성의 정체성에 대하여 주목하는 여성주의 연구도 활발하게 진행되어 왔다.[5] 한편, 남성 또는 여성 인물에 주

---

2 『동아일보』, 1934. 7. 27.

3 이상경, 『강경애 연구』, 서울대 대학원 석사논문, 1984; 차원현, 「식민지 시대 노동소설의 이념지향성과 현실 인식의 문제」, 『익구문학』 29, 열음시, 1991.

4 이재선, 「인간문제:경향소설의 한 모형」, 『현대소설의 서사시학』, 학연사, 2002; 송명희, 「문학적 양성성을 추구한 여성교양소설」, 『문학과 성의 이데올로기』, 새미, 1994, 337~362면; 심진경, 「강경애 장편소설연구」, 서강대 대학원 석사논문, 1992.

5 서정자, 「페미니스트 성장소설과 자기 발견의 체험」, 『한국여성학』 7, 한국여성학회, 1991; 김양선, 「1930년대 장편소설에 나타난 여성문제인식」, 『국제여성연구논총』 2·2, 중앙대 국제여성연구소, 1991; 송지현, 「1930년대 소설에 있어서의 여성자아 정립양상」, 전남대 대학원 박사논문, 1991; 송명희, 「강경애의 『인간문제』에 대한 여성비평적 연구」, 『비평문학』 제11호, 한국비평문학회, 1997, 224~248면; 정미옥, 「강경애의 『인간문제』로 읽는 근대성의 경험-여성노동문제」, 『문예미학』 제11호, 문예미학회, 2005.

목하여 작가의 세계관과 문학적 형상화 방식을 밝힌 연구[6]와 강경애 소설의 사회교육적 효용의 가능성을 제기한 연구[7]도 눈에 띈다. 이와 같이 기존 연구 성과는 교훈적 이데올로기와 여성주의를 다채롭게 구명하였을 뿐만 아니라, 근대적 자아가 진지하게 탐구되는 차원에서 성장소설[8]내지는 교양소설의 가치에도 주목하였음에도 불구하고, 일제강점기 사회학적 가치를 구현한 작가의 창조적 여성성에 대한 본격적인 논의가 인지론적 시각으로 진척되지 않은 아쉬움이 없지 않다.

이러한 입장으로 이 글은 독자의 상상력을 서사적 질서로서 '그때―거기'를 파악하는 쪽으로만 제한하기보다는 작가의 세계관과 소통할 수 있는 텍스트의 인지체계를 '지금―여기'의 사회학적 가치를 반성하는 차원에서 확장하고자 한다. 텍스트의 의미 생성의 과정을 독자의 인지체계로 확장하는 방법은 신체적 경험과 상상력에 뿌리를 둔 개념적 은유[9]로 일제 식민지 문학의 사회적 가치를 파악하는 길이자 작가 강경애의 실천적 삶과 소통하는 길이 될 것이다.

개념적 은유는 근원영역과 목표영역 간에 유사성을 부여하기 때문에 독자의 창조적 인지능력의 계발과 밀접하게 관련될 수밖에 없다. 그러므

---

6 김정웅, 「강경애 소설 작품에서 녀성 형상」, 『강경애, 시대와 문학』, 랜덤하우스, 2004, 184~207면; 김남석 「강경애 소설의 남성상 연구―『인간문제』를 중심으로」, 『한국문학이론과 비평』 제38집, 한국문학이론과 비평학회, 2008, 103~127면.
7 고아라, 「강경애 소설의 사회교육적 효용 연구」, 연세대 교육대학원 석사논문, 2004.
8 이보영 · 진상범 · 문석우, 『성장소설이란 무엇인가』, 청혜원, 1999, 313면.
9 레이코프와 존슨에 의하면 '은유(mataphor)'란 우리에게 익숙하고 구체적인 '근원영역'의 체험을 바탕으로 낯설고 추상적인 '목표영역'을 개념화하는 인지기제로 구체적인 삶의 경험을 맵핑하는 과정으로 성립된다. G. 레이코프 & 존슨, 『삶으로서의 은유』, 노양진 · 나익주 역, 박이정, 2006, 21~27, 392면.

로 강경애 소설에 실현된 작가의 창조적 여성성에 대한 인지론적 접근은 역사적 특수성과 작가 개인적 삶의 특수성을 보편적 삶의 은유체계로 전환하여 한국문학의 세계적 소통을 모색하는 단초[10]를 제공할 뿐만 아니라, 작가의 실천적 삶과의 소통을 활성화하는 측면에서도 의의를 갖게 될 것이다.

이러한 맥락에서 개념적 은유와 대응하는 인지론적 시각으로 『인간문제』 텍스트의 정보 구성의 원리를 파악하면 운명에 대한 반복적 인지 구성은 진보적 역사의식으로, 갈등에 대한 대립적 인지 구성은 확산적 사회의식으로, 성장에 대한 유기적 인지 구성은 통합적 연대의식으로 문학의 사회학적 가치를 제공할 수 있을 것이다. 그러므로 필자는 텍스트의 정보 구성에 따른 사회문화적 가치를 제공하는 방법으로 작가 강경애의 창조적 여성성을 통하여 21세기 민주시민의식을 반성할 수 있을 것이다. 요컨대, 강경애 소설의 인지론적 접근방법은 일제 식민지 구체적인 타자성의 경험으로 진보적 역사의식, 확산적 사회의식, 통합적 연대의식을 보여준 작가의 실천적 삶의 가치로서 창조적 여성성이 전 인류의 네트워크를 지향하는 역사적 저항의 기록이라는 점을 해명할 수 있는 문학 연구방법의 단초가 될 수 있을 것이다.

2. 반복적 운명에 대한 인지 구성과 진보적 역사의식

텍스트에 드러난 반복적 운명에 대한 정보 구성의 원리는 '길'의 속성

---

10 김원희, 「문학 교육을 위한 백신애 소설세계의 인지론적 연구」, 『현대문학이론연구』 제41집, 현대문학이론학회, 2010, 312면.

과 대응하는 역사적 시간으로 창조적 여성성에 기반을 둔 작가의 진보적 역사의식을 보여준다. 작중인물들의 반복되는 운명에 대한 정보는 삶과 죽음, 그리고 고난이 반복되는 '길'의 구조적 은유[11]와 맞닿아 있다. 작중인물들의 고난과 탈향, 그리고 현실 각성은 인류의 탄생과 죽음이 되풀이 되듯, 출발과 도착을 반복하는 길의 구조적 은유로 식민지 현실저항의 의미를 진보적 역사의식으로 환기하게 된다.

이와 같이 텍스트의 인지체계는 첫째를 비롯한 선비와 간난이로 대표되는 젊은이들의 반복적 운명에 대한 정보를 입사식담[12]의 경험을 통하여 제공하는 데 있어 일제 치하 모순된 사회를 극복해야 되는 역사적 의미를 환기한다. 일제 식민지 모순된 사회에서 청춘남녀들이 겪는 시련과 고통은 텍스트 초입에 제시된 원소(怨沼)전설에 기원을 둔다. 비극적 삶의 순환성을 보여주는 반복적 운명은 역사적 시간과 대응하는 인간문제를 다음과 같이 제공한다.

> 그 아래 저 푸른 못이 원소(怨沼)라는 못인데, 이 못은 이 동네의 생명선이다. 이 못이 있길래 저 동네가 생겼으며 저 앞 벌이 개간된 것이다. 그리고 이 동네 개 짐승까지라도 이 물을 먹고 살아가는 것이다.
>
> 이 못은 언제 어떻게 생겼는지 물론 아무도 아는 사람이 없을 것이다. 그러나 이 동네 농민들은 이러한 전설을 가지고 있다. 그들은 이 전설을 유일한 자랑 거리로 삼으며, 따라서 그들이 믿는 신조로 한다. (5면)

---

11 구조적 은유는 우리 경험 내부의 체계적인 상관관계에 그 근거를 둔다. G. 레이코프 & 존슨, 앞의 책, 21~37면.

12 입사식담은 한 인간 개체의 사회적·심리적 변전기의 긴장과 갈등을 다룬 이야기로 정의할 수 있다. 입사식담은 성장소설적인 사회, 심리담이다. 김열규, 『우리의 전통과 오늘의 문학』, 문예출판사, 1987, 120~121면.

원소전설에 대한 정보는 작중인물들의 반복되는 운명을 선험적으로 제시하는 은유체계로 기능한다. 동네의 생명선인 원소는 "언제 어떻게 생겼는지 물론 아무도 아는 사람이 없"지만, 그 전설은 동네 사람들의 "유일한 자랑 거리"며 "그들이 믿는 신조"다. 원소의 물과 대응하는 눈물의 의미는 비극적 운명을 극복하고자 하는 민중들의 저항을 내포한다. 요컨대, 원소전설은 동네 농민들의 생명의 근원이자 진보적 역사의 교훈을 함축하는 구조적 은유체계로 작동한다.

구조적 은유체계로서 원소의 전설은 선조적 시간의 질서에 바탕을 두며 반복되는 민중의 운명을 다음과 같이 재현한다. (1)옛날, 원소가 생기기 전에, 이 터에는 부유한 장자 첨지가 살았는데 무척 인색하였다―(2)흉년이 들자 동네 사람들은 장자 첨지에게 식량을 구하려 애걸하였지만 첨지는 그들을 나무라고 내쫓았다―(3)동네 사람들이 밤중에 장자 첨지네 집을 습격하여 쌀과 살찐 짐승들을 끌어냈다―(4)장자 첨지는 관가에 고소장을 들여 농민들을 모두 죽이고 쫓아버렸다―(5)잃어버린 가족들을 부르고 찾는 마을 사람들의 눈물이 괴고 괴어서 장자 첨지네 기와집은 하룻밤새에 큰 못으로 변하였다―(6)원소는 동네 사람들에게 아픔과 쓰라린 삶을 위안하며 어떤 기대를 갖게 하는 것이다.

이와 같이 제시된 원소의 전설은 다음 몇 가지 점에서 반복적 운명을 '길의 속성'과 맞닿는 역사적 시간으로 민중들의 삶의 비극을 보여준다. 첫째, 장자의 이기적이며 무자비한 캐릭터는 지주 덕호로, 동네 사람들은 선비와 첫째, 그리고 간난이를 포함한 소작인으로 재현된다. 둘째, 장자가 잔혹하게 동네 사람들을 죽이고 쫓는 행위는 덕호가 선비 아버지를 죽게 하거나 첫째를 비롯한 선비와 간난이가 마을을 떠나게 하는 악한 행동으로 재현된다. 셋째, 마을 사람들의 눈물이 원소를 이룬 기적은 노동운동을 한 간난이가 죽자 첫째와 선비를 비롯한 노동자들이 분노의 눈물을 흘리며 노동운동에 대한 의지를 굳히는 것으로 재현된다. 넷째, 선비의 죽음은 동네 사람들에게 원소가 생명선이거나 아픔과 쓰라린 삶을 위안하는 어떤 기대인 것처럼 독자들이 진정한 삶의 가치나 인간문제를 해결하기 위한 새로운 기대를 갖게 되는 동기로 재현된다.

원소의 전설에서 드러난 억울한 죽음을 재현하는 반복적 운명에 대한 핵심적 정보는 선비의 서사로 구체화된다. 억울한 죽음의 비극은 선비 아버지와 어머니 그리고 선비의 죽음으로 반복된다. 덕호의 만행으로 선비의 아버지뿐만 아니라 어머니마저 억울하게 죽고, 텍스트 마지막에서는 선비까지 억울한 죽음을 맞는다. 이처럼 반복되는 죽음은 실존의 한계와 더불어 실천적 삶의 가치로서 역사적 시간을 환기하게 된다.

한편, 원소전설에서 동네 사람들이 동네에서 쫓겨났던 반복적 운명은 덕호의 악행에 저항하여 첫째와 간난이 그리고 선비가 차례로 동네를 떠나는 것으로 재현된다. 고향을 반복하여 떠나는 운명에서는 젠더 차이가 부각된다. 젠더의 차이를 함축하는 '통과의례적 시나리오'[13]에 비춰보면 남성 인물에게는 법에 대한 각성과 같은 주체적 삶의 의지가 중요한 변수로 작용하지만, 여성 인물들에게는 훼손된 육체와 같은 환경적 경험이 중요한 요소로 작용한다. 맨 먼저 첫째는 덕호에게 받은 부당한 대우가 불평등한 '법'으로 행사되는 것에 대한 저항으로 고향을 떠난다.

> 법 법……오늘 군수 영감의 말씀한 것도 역시 내가 행하지 않으면 법에 걸리게 될 터이지. 그러나 오늘에 부칠 밭이 없는데 거름은 만들어두면 뭘 하나? 그 법……그는 날이 갈수록 이 법에 대하여 점점 더 의문의 실뭉치가 되

---

13 이재선, 앞의 책, 185면.

어 그의 가슴을 안타깝게 보채인다. 그는 생각지 말자 하다가도 가슴속에서 뭉치어 일어나는 이 뭉텅이! 그 스스로도 제어하는 수가 없었다. 첫째 자신은 이 신성불가침의 법을 지키려고 애를 쓰나 웬일인지 날이 갈수록 자신은 이 법에 걸려들어 가고 있는 것을 안타깝게 발견하였던 것이다. (141면)

부당한 법에 대한 첫째의 의문은 그가 고향을 떠나는 결정적인 동기로 작용한다. 첫째는 덕호로부터 소작으로 부치던 밭을 떼이게 되어 항거한 이유로 연행된다. 첫째의 행위가 지배계층의 권력에 대한 저항이라는 점에서 ‘법’을 앞세운 통치체제는 덕호의 편이 된 것이다. 첫째는 감옥에서 ‘법’에 대한 의문을 갖게 되고, ‘법’을 앞세운 덕호의 부당한 권력에서 벗어나기 위하여 용연마을을 탈출한다. 실뭉치가 되어 첫째의 가슴을 무겁게 하는 ‘법’에 대한 의문은 권력의 횡포에 대한 저항과 고향을 떠나는 주체적 각성으로 발전된 것이다.

이에 비하여 선비와 간난이는 공통적으로 덕호의 성적 폭력으로 인해 훼손된 육체를 경험한 후, 차례로 마을을 떠나는 운명을 반복한다. 그들은 덕호에게 노동을 착취당하였을 뿐만 아니라, 덕호의 성적 욕망과 아들을 낳기 위한 도구로 이용되다가 버림을 받는다. 그들이 고향을 떠나게 된 동기는 첫째가 받았던 계층의 차별뿐만 아니라, 모순된 가부장제도의 성적 희생으로 육체적 훼손을 경험한 점에서 식민지 하위계층의 여성들이 겪어야 하였던 이중적 차별을 보여준 셈이다. 이처럼 여성 인물들은 남성 인물보다 혹독한 이중적 통과의례를 치르고 고향을 떠나게 된다.

간난이가 먼저 고향을 떠나고, 선비는 그 길을 반복한다. 간난이는 선비보다 먼저 덕호에게 노동을 착취당하며 성적 욕망과 아들을 낳기 위한 수단으로 이용당한다. 덕호의 관심이 선비에게 향하자 덕호의 집에서 쫓겨난 간난이는 선비보다 앞서 용연마을을 떠나고, 선비는 간난이와 똑같은 경험을 한 후 고향을 떠나게 된 것이다.

> 간난이가 태수를 만나 지도받기 전에는 그나마 덕호를 잊지 못하였다. 그
> 래서 그런지 꿈에도 덕호를 만나 영감님! 나는 월경을 건넜세요! 아마 애기가
> 있지요…… 하고 목이 메어 울다가는 깨곤 하였다. 그 뿐이랴! 그가 상경하기
> 전에 덕호가 선비에게 사랑을 옮기는 것을 샘하여 밤중에 돌아다니다가 어떤
> 놈이 다그치는 바람에 질겁을 해서 달아나다 개똥이네 집으로 돌아갔던 어리
> 석은 자신을 그는 굽어보았다. 따라서 선비가 더 불쌍하게 보였다. (272면)

인용문은 간난이가 자신의 과거를 회상하면서 선비를 걱정하는 장면이
다. 과거에 간난이는 계급적 상승을 꾀하기 위하여 덕호의 아들을 낳고자
하였지만, 덕호의 성적 욕망이 선비에게 옮겨지자 선비를 질투하며 괴로
워하였다. 용연마을을 떠난 간난이는 노동자인 태수를 만나 노동자의 교
육과 지도를 받으면서 비로소 건강한 성 정체성을 갖게 되었고, 과거 자
신처럼 왜곡된 성 정체성을 가졌을 선비를 연민으로 바라보는 것이다.

성 정체성의 각성에 있어서도 선비는 간난이의 경험을 반복적으로 보
여준다. 간난이가 그랬듯이, 선비 또한 부조리한 성적 경험으로 현실상황
에 안주하려는 욕망을 가졌다. 선비는 "아들이라도 하나 낳아서 이 집안
의 세력을 모두 쥐었으면……" 하는 왜곡된 성 정체성을 가졌지만, 덕호
가 옥점 모녀의 모략 앞에서 선비 자신을 변호하기는커녕 무참하게 배신
하자 "죽음으로써 모든 것을 당하리라고 최후의 결심을 굳게 하"(229면)
면서 용연마을을 떠났다.

> 멀리 마을에서 깜박여 오는 저 불빛! 붉은 실타래 같이 갈가리 찢기어 그의
> 눈에 비쳐진다. 그 순간 그는 그 불빛이 그의 어머니를 숨지어 놓고 바라보던
> 그 등불과 흡사함을 느꼈다. "어머니!" 그는 무의식간에 이렇게 부르짖었다.
> 그리고 어머니가 묻힌 산 편으로 얼굴을 돌렸다. 그때 얼핏 떠오른 것은 소태

뿌리였다. 뒤미처 눈이 둥그렇게 큰 첫째의 눈망울이 떠올랐다. 그는 머리를
푹 숙였다. 그때의 일이 번개같이 그의 머리를 싸고도는 것이다. 덕호가 주는
돈은 이불 속에 넣고 첫째가 캐온 소태나무 뿌리는 윗방 구석에 내던지
고…… 그는 이렇게 생각하였다. (230면)

선비는 용연마을을 떠나는 길에 어머니의 억울한 죽음의 의미를 직시
하고 첫째의 사랑을 깨닫게 된다. "실타래 같이 갈가리 찢기어 그의 눈에
비쳐진" "저 불빛!"은 선비가 부조리한 현실을 각성하는 동기가 된다. 선
비는 그 불빛으로 어머니의 억울한 죽음과 첫째의 눈망울을 새롭게 기억
한다. 또한 덕호가 주는 돈과 첫째가 캐온 소태나무 뿌리의 진정성의 차
이를 각성하게 된다.

텍스트에 드러난 작중인물의 젠더 차이를 고려할 때, 선비와 간난이가
용연을 떠나게 된 것은 자신의 의지적 선택이라기보다는 덕호의 성적 욕
망이 바뀌었거나 덕호의 아들을 낳지 못한 한계라는 점에서 첫째가 보여
준 결단에 비하여 소극적으로 비춰질 수 있다. 그러나 그 심층 의미는 식
민지 왜곡된 성적 차별로 인하여 남성들보다 여성들의 자아 각성과 사회
화 과정이 훨씬 힘겹고 희생적이었다는 것을 강조하기 위한 작가의 현실
비판의식으로 해명되어야 할 것이다.

또한, 인천 방직공장에서 노동자로 일하는 작중인물들의 의식 교화과
정에서도 반복적 운명이 드러난다. 첫째는 신철에게 노동교육을 받는다.
그리고 간난이는 태수에게 의식화교육을 받고 선비는 간난이에게 교육을
받는다. 간난이에게 의식교육을 받은 선비는 노동자의 잉여노동을 착취
하는 자본의 논리와 노동자의 열악한 환경을 비판할 정도로 발전된 현실
비판의식을 보여주지만, 열악한 노동환경으로 인하여 결국 억울한 죽음
을 맞는다.

반복되는 억울한 죽음은 텍스트 말미에서 선비의 죽음으로 극화된다. 선비의 죽음은 반복되는 민중들의 억울한 운명을 극적으로 보여주는 결과로 독자의 현실비판을 끌어낸다. 선비의 아버지와 어머니가 억울하게 죽었던 것처럼, 더 거슬러 올라가면 원소전설이 있기 전 첨지에게 억울한 죽임을 당한 농민들처럼, 선비의 갑작스런 죽음 또한 비극적 실존을 보여준 셈이다.

그렇지만 선비의 죽음은 단순한 생존의 끝이 아니다. 그것은 열악한 노동환경으로 희생된 억울한 죽음이라는 점에서 희생제의적 의미를 내포한다. 불평등한 인간문제를 풀 수 있는 해결자로서 첫째의 사명감을 강화시킨 점은 진보적 역사의 의미를 내포한다. 또한 운명에 안주하기보다는 적극적으로 현실저항을 보여주었던 삶의 결과라는 점에서도 첫째를 비롯한 남아 있는 노동자들로 하여금 노동운동의 열정을 굳히게끔 하는 기폭제가 된 것이다.

이와 같은 반복적 운명에 대한 텍스트의 정보체계를 통하여 독자는 일제 식민지 모순된 사회에 대한 비판을 통해 진보적 역사의식으로 21세기 한국사회를 반성할 수 있을 것이다. 지금 우리 사회는 식민지 현실보다는 나아지긴 하였지만 자본주의 사회문제로 드러나는 빈부의 격차와 외국인 노동자들의 인권 유린 등 계층의 불평등을 간과할 수 없다. 이러한 현실반성의 측면에서 독자는 진정한 삶의 목표를 정립하는 데 있어 공생공영(共生共榮)의 가치로 진보적 역사의 방향성을 모색할 수 있을 것이다.

3. 대립적 갈등에 대한 인지 구성과 확산적 사회의식

텍스트에 드러난 대립적 갈등에 대한 정보 구성의 원리는 공간 지향적 은유[14]로 창조적 여성성에 기반을 둔 작가의 확산적 사회의식을 보여준다. 여성과 남성, 지주와 소작인, 자본가와 노동자 간의 대립적 갈등에 대한 정보는 '중심—주변' 또는 '안—밖'의 대립적 공간 지향적 운동력과 대응하는 그릇 도식으로 사회적 관계성의 확장을 보여준다. 농촌에서 도시로 이동되는 공간 지향적 은유는 지주와 무산계급의 갈등이 관리자와 노동자의 갈등으로 확대되는 사회문제뿐만 아니라, 남성과 여성의 계급적 각성에 따른 사회의식의 확장을 환기하게 된다.

텍스트 초입에서 제공되는 대립적 공간에 대한 정보는 농장 주인의 집과 농가들의 집의 배치로 전달된다. 이러한 공간의 배치는 '안—밖'의 경계 구획으로 계층 간의 대립적 갈등을 보여준다.

> 이 산 등에 올라서면 용연 동네는 저렇게 뻔히 들여다볼 수가 있다. 저기 우뚝 솟은 저 양기와집이 바로 이 앞벌 농장 주인인 정덕호 집이며, 그 다음 이편으로 썩 나와서 양철집이 면역소이며, 그 다음으로 같은 양철집이 주제소며, 그 주위를 싸고 컴컴히 돌아앉은 것이 모두 농가들이다. (5면)

용연 동네의 공간 배치는 대립적 계층의 차이에 따라 구획된 공간성의 차이를 부각시켜 보여준다. 우뚝 솟은 정덕호의 기와집은 양지에 자리하는 반면, 양철집 면역소와 주제소를 싸고 컴컴하게 돌아앉은 농가는 음지에 자리한다. 농장 주인인 정덕호의 집과 농가를 사이에 두고 면역소와 주제소가 들어서 있다. 지주와 소작인이라는 대립적 계층의 갈등은 구획된 공간성의 차이로 드러난다.

---

14 공간적 지향적 은유는 상호 간의 체계, 즉 위—아래, 안—밖, 앞—뒤, 접촉—분리, 깊음—얕음, 중심—주변의 공간적 지향을 중심으로 전체 체계를 조직하는 것이다. G. 레이코프 & 존슨, 앞의 책, 37~57면.

대립적 공간의 구획은 농촌에서 도시로 확대된다. 작중인물들의 공간 이동은 계급적 각성으로 사회의식을 확장하게 된다. 농촌 공간에서는 소작인과 지주 정덕호 간에서 벌어지는 갈등이 드러난다면, 도시 공간에서는 남녀 노동자와 감독 그리고 노동자 착취의 세력 사이 갈등으로 대립적 관계가 확장된다. 농촌에서 지주와 소작인 간의 갈등이 도시 공간에서는 관리자와 노동자 간의 갈등으로 대치되면서 노동자와 중도 지식인의 갈등으로까지 확산된다.

한편, 양지와 음지로 구획되는 대립적 공간은 젠더 차이를 함축한다. 공간이동에 따른 젠더 차이는 용연을 떠나는 공간이동에서도 드러난다. 먼저 공간이동의 동기를 고려하였을 때, 남성의 서사에는 부당한 현실에 대한 각성적 의지가 육체적 경험보다 선행된다. 첫째와 유신철 등의 작중 남성 인물들은 모순된 사회의 제도를 개선하려는 노동과 투쟁의 육체적 경험에 따라 각기 다른 계층의 차이가 부각된다.

남성들의 대립적 계급인식에서는 노동의지의 각성에 따라서 각기 다른 공간 지향적 운동력이 드러난다. 첫째와 신철의 노동계급의 인식은 노동을 견딜 수 있는 강인한 의지와 그렇지 못한 나약한 의지에 따라 삶의 방향이 달라진다. 대립적 계층의 관점으로 살펴보면, 첫째는 노동운동의 발전적 의지를 보여주는 데 비하여 신철이는 사상의 전환으로 패배적 의지를 보여준 것이다.

용연마을에서 옥점이의 노골적인 유혹보다 선비의 성실한 태도에 매료되었던 신철은 자신의 아버지가 보여주는 부르주아적 태도에 반감을 갖고 가출하여 노동자들의 계급적 교육을 지도한다. 그러나 노동운동을 배후에서 조정한 혐의로 감옥에 갇힌 후로는 육체적 고통과 무료함 속에서 '개미'와 같은 자신의 처지를 비관하고 마침내 사상전향을 한다.

이에 비하여 첫째는 공간이동에 따라 점차 발전하는 계급적 각성과 실천의지를 보여준다. 첫째의 계급적 각성은 법에 대한 의문을 품고 자기 정체성을 확인함으로써 계급 간의 구조적 모순을 타파하는 힘으로 작용한다. 그는 정당하게 '밥'을 얻기 위한 투쟁으로 모순된 '법'에 대항하여 고향을 떠난 후 인천 공장지역에서 확고한 계급적 각성을 보여준다.

여성 인물을 향한 남성들의 사랑에서도 계층 지향의 공간적 차이가 부각된다. 선비를 향한 첫째의 사랑은 계급적 각성이 강화되면서 주체적 의지가 발전하지만, 신철의 사랑은 계급적 각성이 약화되면서 주체적 의지가 퇴보한다. 경성제대 법과 대학생인 신철은 방학 중에 용연마을 덕호 집에 머물며 그의 아버지 제자이자 덕호의 딸인 옥점이와 데이트를 하면서도 가슴으로는 선비를 연모하는 이중적인 사랑을 보여준다.

선비에 대한 신철이의 이율배반적 연애 감정에서는 부르주아적인 계급성이 잘 드러난다. 신철이가 선비에 대하여 매력을 느끼는 것은 노동의 가치를 관념적으로 바라보는 그의 나약한 의식과도 같다. "인간은 일하는 곳에서만 진실과 우미(優美)를 발견할 수 있는 모양이다!"(88면)라는 노동에 대한 이상으로 선비를 연모하였지만, 그것이 현실이 되었을 때 그는 선비의 '손'을 거부함으로써 부르주아적 계급의 한계를 드러낸다.

(1)

　신철이는 그 손을 따라 시선을 옮기니 호박잎에 반만쯤 가리운 호박 한 개가 얼핏 눈에 띄었다. 그리고 그 손은 이슬에 젖은 호박을 뚝 따가지고 천천히 바가지를 넘어가고 있었다. 신철이는 무의식간에 한 걸음 다가서며, 저게 누구의 손일까? 하고 생각할 때, 그 손은 없어지고 말았다. 그 손! 마디가 굵고 손톱이 밉게 갈리어서 얼핏 누구의 손임을 짐작할 수가 없었다……누굴까? 할멈의 손이다! 선비의 손이야 설마한들 그럴 수가 있을까? 아무리 일을

한다고 해도 나이 있는데……그렇지는 않아! 않아! 그는 머리를 좌우로 흔들
었다. (112~113면)

　(2)
　옥점이는 벌써 그의 앞에 마주 앉아서 배를 깎는다. 첫눈에 그 배 한 개에
사오 전은 주었으리라고 직각되었다. 옥점의 뾰족한 손끝이 깎인 배에 발가
우리하게 보였다. 그때 그는 문득 바자 밖으로 넘어오던 그 미운 손! 그리고
호박을 든 그 손이 얼핏 떠오른다. 그게 누구의 손일까? 다시 한번 그는 생각
하였다. 옥점이는 배를 쪼개 그 중 한 쪽을 칼끝에 찍어 주었다. 신철이는 받
아 들었다. (112~113면)

　(1)과 (2)에는 여성의 ‘손’을 바라보는 신철이의 대립적 시각이 재현된
다. 용연마을에서 선비의 ‘손’을 바라보는 신철의 시각과 서울에서 옥점
이의 ‘손’을 바라보는 신철의 시각은 노동하는 ‘손’과 노동하지 않는
‘손’에 대한 신철의 계층적 입장을 자연스럽게 반영한다.

　(1)에서는 선비의 노동하는 ‘손’에 대한 거부감이 드러난다. 선비를 연
모하는 이상과 현실의 선비에 대한 신철의 괴리가 선비의 ‘손’에 대한 반
응으로 부각된다. 별을 바라보며 선비의 고운 자태를 그리던 신철은 울타
리 너머로 넘어온 ‘손’을 보며 흠칫 놀라고 할멈의 ‘손’으로 치부하며 거
부 반응을 보인다. 이성적으로는 노동에 익숙해진 선비의 ‘손’에서 노동
의 가치로서 아름다움을 발견하여야 하지만, 이성보다 앞선 그의 본능은
노동으로 단련된 선비의 험한 ‘손’을 배척한 것이다.

　(2)의 장면에서 옥점이의 ‘고운 손’을 보면서 “그 미운 손” 즉 선비의
손을 떠올리는 신철의 태도에서는 자신의 현실에 안주하려는 욕망이 드
러난다. 서사의 말미에서 호박을 들었던 “미운 손” 대신에 배를 든 옥점
이의 ‘고운 손’을 그리워하는 신철의 계급적 선택은 당연히 자신과 가족

의 행복을 추구하는 부르주아의 삶이 될 수밖에 없다. 이러한 신철의 태도에서는 노동의 의미와 가치에 대한 동경이 있을 뿐이다. 실제 노동의 실천적 삶으로서 인내와 수고를 기대하기는 어렵다.

여성의 '손'에 대한 신철의 이율배반적 시각은 노동운동에서 변절할 수밖에 없는 신철의 허약한 계급의식과도 관련된다. 이러한 관점에서 볼 때, 그가 상경 후 아버지에 대한 반항으로 집을 나와 인천에서 노동자를 교육하다가 끝내 노동의 고통과 의식의 나약함을 감당하지 못한 채 변절한 것은 예고된 계급적 선택인 셈이다.

이에 비하여, 여성의 공간적 이동은 훼손된 육체적 경험에 따른 자기반성이 선행된다. 선비는 훼손된 육체의 경험을 통하여 계급의식을 각성하고 첫째에 대한 자신의 사랑을 비로소 깨닫는다. 선비가 첫째의 사랑을 깨닫는 것은 덕호의 집에서 탈출하면서부터다.

인천 방직공장에서 집단적인 노동자 생활을 하면서부터 첫째를 향한 선비의 사랑은 더욱 견고해진다. 노동자의 계급적 각성을 통한 자기 정체성을 확인한 후 선비는 첫째를 박대하였던 시절을 후회하며 첫째가 주었던 소태나무 뿌리를 귀중하고 정겨운 것으로 반추한다. 선비의 계급적 각성은 첫째를 그리워하는 데 머물지 않고, 부모님의 억울한 죽음을 깨닫는 동기로 작용하면서 주체적인 노동지도자로서 역할을 담당할 수 있는 힘이 된다.

이렇듯 계급적 각성을 통과하였기 때문에 텍스트 마지막에서 극화된 선비의 죽음은 계층의 차이를 고발하는 효과를 낳는다. 열악한 공장의 노동조건으로 인한 선비의 죽음은 육체의 마지막 통과의례로 공간이동의 의미에 머물지 않고, 실천적 노동운동의 선도적 역할로서 진보적 역사의식을 환기하게 된 것이다. 그러므로 선비의 죽음은 노동운동이라는 과업

달성의 실패를 의미하기보다는 첫째의 노동운동에 대한 실천적 의지를 더욱 견고하게 하는 동기로 이해되어야 할 것이다.

많은 논자들이 선비의 갑작스러운 죽음을 과업 달성의 실패로 보고, 그런 한계를 강경애의 견고하지 못한 이데올로기로 지적한 바 있다. 김미현은 첫째를 전형적인 민중으로 만들려는 의도 때문에 그 이외의 인물들이 허수아비로 취급되거나 지나치게 작위적으로 그려지는 이유로 이 소설의 결말을 '옳은' 결말이지만, '자연스러운 결말'은 아닌 것으로 지적[15]한다.

그렇지만 선비의 죽음은 소설의 작위성과 도식성에서 벗어난 극적 결말이라는 점에서 오히려 자연스럽게 독자의 현실비판의식을 유도하기 위한 작가의 창조적 서사 전략으로 볼 수 있을 것이다. 또한 희생양의 의미로 선비의 죽음이 계층의 갈등을 풀어나갈 정신적 과업이라는 것을 첫째를 비롯한 노동자뿐만 아니라 내포독자들에게 부여하는 '극적 결말'인 점에서 그 심층적 의미는 비극의 카타르시스로 독자의 현실비판을 강화한다고도 볼 수 있다.

요컨대, 텍스트에 드러난 대립적 갈등에 대한 정보는 확산적 사회의식을 환기함으로써 독자로 하여금 일제 식민지 계층의 구조적 모순을 비판하는 동시에 21세기 우리 사회의 심화되는 빈부의 양극화와 양성평등의 문제를 돌아보고 그 갈등을 해소하는 방안을 모색하는 기회를 제공한다. 이에 따라 독자는 자기 정체성을 돌아보고 이웃과 더불어 살아가는 사회의식을 확산하는 측면에서 21세기 다문화사회 상대적 관점의 차이를 수

---

15 김미현, 「강경애 소설의 관념성─후기소설의 변화를 중심으로 한 재론」, 『한국근대문학연구』 제2권 제2호, 한국근대문학회, 2001, 10면.

용하고 빈부와 양성의 차이를 해소할 수 있는 방안을 다각도로 반성할 수
있다.

4. 유기적 성장에 대한 인지 구성과 통합적 연대의식

텍스트에 드러난 유기적 성장에 대한 인지 구성의 원리는 '물'의 속
성과 맞닿는 존재론적 의미로 창조적 여성성에 기반을 둔 작가의 통합
적 연대의식을 보여준다. 텍스트의 근원영역으로 제시된 첫째와 신철,
선비와 간난이의 성장은 유기적인 생명선으로 연결되는 '물'과 같은 존
재론적 은유[16]로 긍정적인 삶을 위한 통합적 연대의식을 환기하기 때
문이다.

통과제의적 이야기(initiation story)[17] 측면에서 살펴볼 때, 비록 신철의
성장은 좌절되었지만 첫째의 성장을 이끈 동기로 작용하였고, 간난이의
성장은 선비의 성장을 이끌었으며, 죽음으로 완성된 선비의 성장은 열악
한 노동환경을 고발하는 차원과 노동계급을 각성하게 하는 차원에서 첫
째와 간난이를 비롯한 모든 노동자에게 영향력을 끼친다. 이처럼 작중인
물들의 각기 다른 성장의 경로는 독립적이 아니라 유기적으로 연결됨으
로써 인간문제를 해결할 수 있는 통합적 연대의식을 환기한다.

---

16 존재론적 은유는 물리적 대상이나 물질에 대한 경험으로 추상적인 사건, 활동, 정
　서, 생각 등에 대한 심오한 근거를 제공하는 방식으로 다양한 목적을 충족시킨다.
　G. 레이코프 & 존슨, 앞의 책, 21~71면.
17 통과제의 또는 입사(Initiation)란 용어는 인류학의 개념으로 통과제의의 문턱에 들어
　선다는 뜻인데, 소설에서는 인물이 무지나 미숙상태로부터 사회적, 정신적인 성년
　으로 통과해 감에 있어서 일련의 괴로운 시련을 겪게 되는 것으로 나타난다. 이재
　선, 『한국소설사』, 홍성사, 1981, 468면 참조.

텍스트의 모두(冒頭)에 드러나는 유기적 성장에 대한 정보는 동네의 생명선으로 기능하는 원소의 '물'로 전달됨으로써 민중들의 연대의식을 환기한다. "이 동네 개 짐승까지라도 이 물을 먹고 살아가는"(5면) 동네의 생명선으로 기능하는 원소 '물'의 존재론적 은유는 서사 전개과정에서 선비, 간난이, 첫째, 유신철 등의 유기적인 성장의 경험으로 구체화된다.

먼저, 신철의 성장은 비록 사상의 전향으로 퇴행을 보여주긴 하지만, 첫째에게 노동교육을 시켜 첫째가 노동지도자로 성장할 수 있도록 도움을 준 점에서 첫째의 성장과 유기적 관련성이 드러난다. 작가 이데올로기상으로는 신철의 성장이 동지들에 대한 배반이자 좌절된 성장이지만, 작중인물의 계층을 감안할 때 그것은 나름대로 자기 정체성과 계급의 차이를 고민한 사회화의 과정으로 이해할 수 있다.

신철이 가장 먼저 노동운동에 뛰어들었다. 물론 중도계급이었던 신철이 단지 개인적 안일과 부만을 추구하며 자신에게 결혼을 강압하는 아버지에 반항하여 집을 나와 노동자들을 교화시키는 것 자체가 투철한 노동계급에 대한 각성과는 거리가 멀다. 그렇지만 그의 노동운동은 첫째, 간난이, 선비와 같은 노동자에게 이론적 비판교육을 하면서 자신과는 다른 노동계급에 대한 이해를 강화할 수 있었던 점을 고려할 때 성장의 긍정적 요소가 없지 않다.

신철은 부두파업쟁의의 배후 조종자로 체포되어 감옥에 갇힌다. 그는 감옥에서 노동현장에서 겪는 경제적인 궁핍과 막노동의 이중고 그리고 노동계급에서 오는 소외감을 극복하지 못한 의식의 분열로 가족들과의 단란했던 시절, 옥점과의 추억 등을 회상하면서 사상의 전향을 결심한다. 출감 후 그는 사상전향을 하고 모기관에 취직하여 부잣집 딸과 결혼을 하는 세속적인 행복을 추구하는 것으로 노동운동가로서 변질된 성장을 보여준다.

물론 노동지도자로서 신철의 성장은 좌절되었지만, 노동운동과정에서 계급의 경계를 넘어 노동자를 교화시키려 한 그의 지도자적 역할은 첫째가 노동지도자로 성장할 수 있는 밑거름이 되었다. 끝내 세속적인 행복을 추구하는 부르주아의 삶으로 편입하였지만 신철의 좌절된 성장은 노동계층과 소통하면서 첫째와 간난이를 교육하는 역할을 담당한 점에서 유기적인 성장에 대한 영향력이 없지 않다.

다음으로 간난이의 성장은 왜곡된 성 정체성을 깨닫고 선비를 선도할 뿐만 아니라, 많은 여공들을 교화하는 교육자로서 유기적 성장을 보여준다. 태수에게서 의식교육을 받은 간난이는 선비를 비롯한 순진한 처녀들이 덕호에게 이용되었던 과거의 자신처럼 농락당하지 않도록 교화한다. 여성 노동자들에게 경제적 대우와 인격적 대우를 쟁취하겠다는 의지를 표명한 간난이는 선비에게 자기가 맡았던 노동자교육을 맡기며 어떠한 일이 있더라도 끝까지 싸워야 한다고 당부한다. 이와 같이 간난이의 성장은 신철과 태수에게서 영향을 받고 선비가 지도자가 될 수 있도록 조력하는 방식으로 유기적 성장의 조화를 보여준다. 한편, 선비는 간난이의 지도와 도움으로 자신의 계급을 각성하는 동시에 첫째의 순수한 사랑을 깨닫게 된다.

선비의 성장은 간난이의 지도와 도움을 받지만 열악한 근로조건으로 인하여 죽음을 맞는 희생양의 의미로 완성되고 첫째와 간난이를 비롯한 노동자들과 독자들에게 영향력을 끼치는 점에서 노동지도자로서 유기적인 성장의 의미를 확보한다. 선비는 첫째의 강한 눈빛을 상기하며 자신의 계급과 사랑을 각성한다. 간난이가 태호의 교육과 지도를 받으면서 진실한 사랑을 깨닫고 선비에게 "덕호와 같은 수없는 인간과 싸우지 않으면 안 될"(304면) 계급적 투쟁으로서 인간문제를 직시하게끔 한 것이다. 과거 덕호에게 이용당한 왜곡된 육체적 경험에 대한 반성으로 인하여 선비와 간난이는 개인적 각성에서 벗어나 여성 노동자를 교화시키는 유기적인 성장으로 사회적 연대감을 확장한 것이다.

마지막으로 첫째의 성장은 유기적 성장의 지속적인 발전을 보여준다. 용연마을에서 첫째는 매춘으로 살아가는 어머니, 비렁뱅이 이서방과 함께 불우하게 살면서 동네 사람들에게 나쁜 평을 받았지만, 어릴 적부터 선비를 좋아하여 선비 어머니가 아플 적에는 소태뿌리를 캐어다주는 순정을 보여주었다. 첫째는 친구 개똥이가 장리 빚으로 덕호에게 추수한 곡식을 모두 빼앗기자 덕호에게 대항한다. 그리고 다시는 불평등한 법에 걸려들지 않겠다는 각오로 마을을 떠난다. 인천의 공장지대로 옮겨온 뒤에는 신철을 만나 의식화교육을 받으면서 노동자로서 계급적 각성을 한다. 방직공장 노동자들에게 비밀리에 삐라를 나르고, 부두 노동쟁의의 파업을 주도하면서 선비에 대한 사랑을 더욱 굳힌다. 선비가 온순하고 예쁘기보다는 계급적 각성으로 씩씩하고 지독한 계집이 되어있기를 바란 것이다.

이 시커먼 뭉치! 이 뭉치는 점점 크게 확대되어 가지고 그의 앞을 캄캄하게 하였다. 아니, 인간이 걸어가는 앞길에 가로질리는 이 뭉치…… 시커먼 이 뭉치, 이 뭉치야말로 인간의 근본 문제가 아니고 무엇일까? 이 인간문제! 무엇보다도 이 문제를 해결하지 않으면 안될 것이다. 인간은 이 문제를 해결하기 위하여 몇 천만년을 싸워왔다.
그러나 아직 이 문제는 해결되지 못하였다. 앞으로 이 문제는 첫째와 같이 험상궂은 길을 걸어왔고 또 걷고 있는 수많은 인간들이 굳게 뭉침으로써만 해결할 수 있을 것이다. (351면)

선비의 주검 앞에서 첫째는 인간문제를 불평등한 계층의 문제로 새롭게 각성한다. 시커먼 뭉치로 안긴 선비의 죽음은 과거 용연마을에서 실망치와 같은 '법'에 대한 의문으로 가슴이 무겁던 것과 같은 분노로 열악한 노동자의 현실을 직시하게 한 것이다. 이러한 맥락에서 첫째의 성장은 선비의 죽음 이후 불평등한 노동계층의 문제를 풀어가는 모범적 지도자로서 통합적 연대의식을 끌어내는 힘이 된 것이다.

첫째가 선비의 죽음으로 인하여 계급투쟁의 의지를 더욱 확고하게 굳혔듯이, 선비의 죽음은 첫째를 비롯한 노동자들의 연대의식을 강화하는 희생양으로서 성장의 의미를 내포한다. 마치 원소의 '물'이 용연 동네의 모든 생명들의 생명선인 것처럼 그것은 첫째를 비롯한 노동자계층의 성장뿐만 아니라 독자들의 성장을 유도하는 생명선이 된다. 선비의 죽음은 불평등한 인간문제를 새롭게 각성시킨다는 점에서 비극적이기보다는 살아 있는 자들에게 어떤 새로운 사명을 부여하며 더 나은 세상을 위한 연대의식을 끌어내는 희망이다. 선비의 죽음 앞에 흘리는 첫째와 간난이를 비롯한 노동자들의 눈물은 마을사람의 생명선이 된 원소의 '물'처럼 선비의 죽음이 헛되지 않으리라는 어떤 기대를 보여주기 때문이다.

이러한 이유로 선비의 극적 죽음은 식민지 인간문제를 그로테스크한 사실주의 미학으로 보여준 작가의 현실비판에 기반을 둔 문학적 형상화로 읽혀질 수 있다. 선비의 극적 죽음이야말로 인간의 가장 격하된 이미지일 수 있으며 제로와 창조 사이의 '경계 허물기'의 의미로 현실비판과 미래 전망의 양면가치성[18]을 보여주기 때문이다. 따라서 독자는 동네 농민들이 새로 이사 오는 사람에게나 자손이 나서 말을 배우기 시작할 때부

---

18 죽음은 인간의 가장 격하된 이미지일 수 있으며 제로와 창조 사이의 '경계허물기'이다. 바흐친의 라블레론에 의하면 죽음 자체도 양면가치성을 띤다. Bakhtin, Mikhal, 『프랑수아 라블레의 작품과 중세 및 르네상스의 민주문화』, 이덕형·최건영 역, 아카넷, 2001 참조.

터 원소전설을 가르쳐주어서 모든 동네 사람들이 이 전설을 기억하고 원소에 대해서 어떤 기대를 갖는 것처럼 『인간문제』를 읽으면서 작가의 실천적 삶의 가치와 소통할 수 있을 것이다. 그것은 고통스런 삶의 위안과 어떤 기대를 얻는 통합적 연대의식을 창출한 작가 강경애의 창조적 여성성에 대한 독자의 능동적인 작가적 경험이기도 하다.

이와 같이 텍스트에 드러난 유기적 성장에 대한 정보는 통합적 연대의식을 환기함으로써 독자로 하여금 일제 식민지 강경애의 실천적 삶의 가치와 소통하는 지점에서 공동체보다는 개별적인 삶의 편익을 추구하는 '지금—여기' 우리들의 삶을 반성할 수 있는 기회를 제공한다. 이에 따라 독자는 인간의 진정한 성장의 의미로서 통합적 연대의식을 개별적인 삶의 각성뿐만 아니라, 보다 나은 민주사회의 발전을 위하여 계층의 갈등을 뛰어넘은 유기적인 삶의 조화로 반성할 수도 있다.

5. 맺음말

이 글은 일제강점기 한국여성소설의 사회학적 창조성의 가치를 '지금—여기' 우리 삶을 반성할 수 있는 기회로 확장하는 차원에서 강경애의 『인간문제』를 인지론적 시각으로 접근하였다. 이에 따라 이 작품에 내재된 텍스트의 정보 전달체계를 통하여 필자는 작가의 실천적 삶의 가치와 소통함으로써 21세기 미래 지향적인 한국사회를 가꾸어가는 창조적 여성성을 구명하는 단초를 제공하고자 하였다.

텍스트에 드러난 인지 구성을 살펴보면, 운명에 대한 반복적 정보를 통해 진보적 역사의식을, 갈등에 대한 대립적 정보를 통해 확산적 사회의식을, 성장에 대한 유기적 정보를 통해 통합적 연대의식을 환기하는 방식으로 작가의 실천적 삶의 가치와 소통할 수 있는 길을 열어놓았음을 알 수 있다.

첫째, 운명에 대한 반복적 정보는 원소전설에 드러난 민중들의 억울한 경험을 식민지 청춘남녀들의 고난과 의식의 각성, 그리고 노동운동과 죽음의 실존적 한계로 재현함으로써 진보적 역사의식을 환기한다. 둘째, 갈등에 대한 대립적 정보는 지주와 무산계급의 갈등이 관리자와 노동자의 갈등으로 확대되는 사회문제의 확장뿐만 아니라, 남성과 여성의 계급적 각성에 따른 사회의식의 확장을 '중심—주변' 또는 '안—밖'의 공간 지향적 운동력으로 재현함으로써 확산적 사회의식을 환기한다. 셋째, 성장에 대한 유기적 정보는 첫째와 신철, 선비와 간난이의 유기적 성장을 동네의 생명선인 원소 '물'과 같은 존재론적 은유로 재현함으로써 조화로운 삶을 위한 통합적 연대의식을 환기한다.

이러한 정보 전달체계를 통한 창조적 여성성의 구현은 첫째, 반복적 운명에 따른 진보적 역사의식에 기반을 둔 공존공영의 가치로 우리 사회를 돌아보고 미래 지향적 삶의 목표를 정립하게끔 도움을 줄 수 있을 것이다. 둘째, 대립적 갈등에 따른 확산적 사회의식에 기반을 둔 민주시민의식으로 다문화사회 문화상대주의를 포용할 수 있을 것이다. 셋째, 유기적 성장에 따른 통합적 연대의식에 기반을 둔 공동체의식으로 개별적인 삶의 편익을 추구하는 이기적인 삶을 반성할 수 있을 것이다.

결론적으로 필자는 『인간문제』 텍스트에 제시된 반복적 운명과 대립적 갈등, 그리고 유기적 성장을 통하여 진보적 역사의식, 확산적 사회의식, 통합적 연대의식 등의 민주사회의 가치를 파악함으로써 일제강점기 강경애의 실천적 삶의 가치를 통하여 21세기 우리의 삶을 돌아보며 보다 나은 민주사회를 가꾸어갈 수 있는 건전한 시민의식을 함양하는 측면에서 작가의 창조적 여성성을 구명하였다.

「소금」의 개념적 은유 접근방법

1. 머리말

이 글은 일제강점기 여성소설의 문화사회적 가치를 '지금―여기' 우리 삶의 보편적 소통으로 확장하는 차원에서 강경애의 「소금」[1] 텍스트를 개념적 은유로 접근하고자 한다. 1930년대 식민지 현실을 고발한 작품을 발표한 강경애는 박화성, 백신애, 최정희 등과 더불어 2세대 여성 작가로 구분되는데, 김명순, 김일엽, 나혜석 등의 1세대 작가들이 보여준 자유연애와 양성평등과는 다른 각도에서 여성의 사회의식을 추구하였다는 평가를 받아왔다. 특히 일제강점기 간도문학이 우리 민족문학에 기여할 수 있는 최대치를 구현[2]한 작품으로 정평을 받은 그의 소설 「소금」에 드러난 문화사회적 가치는 식민지 여성의 훼손된 삶을 통하여 21세기 우리 사회

---

1 이 작품은 1934년 『신가정』에 발표된 중편소설이다. 텍스트는 『강경애』 (연변대 조선 문학연구소 허경진·허휘훈·채미사 주편, 보고사, 2006)로 삼고 본문 인용은 괄호 안 면수로 표기한다.
2 이상경, 『강경애―문학에서의 성과 계급』, 건국대 출판부, 1997, 81면.

가 안고 있는 문제점을 돌아볼 수 있는 문학의 사회적 가치를 창조적 여성성으로 제공할 수 있는 점에서도 의미가 크다.

1980년대 해금 이후에는 강경애 소설에 대한 연구가 폭넓게 진척되어 왔다. 또한 강경애 소설만큼 남북의 많은 학자들의 관심을 두루 받으며 남북 문화교류에 기여한 문학작품도 그리 흔치 않다. 『인간문제』와 더불어 강경애의 대표소설로 꼽을 수 있는 「소금」에 대한 선행 연구는 하층계급인 여성의 사회화 과정을 보여줌으로써 일제강점기 현실비판의식을 강화하였다는 긍정적인 평가와 더불어 전통적인 여성주의의 한계가 드러난다는 부정적 평가가 길항하면서 연구의 수위를 높여왔다.[3] 또한 강경애 소설에 드러난 사회교육적 효용의 가치에 주목한 연구[4]도 눈에 띄지만, 본격적인 문학사회적 가치를 제시하지 못한 아쉬움이 없지 않다.

「소금」의 줄거리는 만주사변을 전후하여 일제와 중국 당국의 조선인 탄압이 극심하였던 간도를 배경으로 식민지 이주민 여성인 봉염 어머니

---

3 「소금」 텍스트에 집중하거나 비교적 고찰을 보인 논의는 대략 다음과 같다. 김양선, 「강경애의 후기 소설과 체험의 윤리학」, 『여성문학연구』 제11호, 한국여성문학학회, 2004, 197~219면; 박혜경, 「강경애의 작품에 나타난 여성인식의 문제」, 『민족문학사연구』 23권, 민족문학사학회 민족문학사연구소, 2003, 250~276면; 안선진, 「강경애의 「소금」」, 『경상어문』 제13집, 경상대 경상어문학회, 2007, 281~302면; 이상경, 『강경애—문학에서의 성과 계급』, 건국대 출판부, 1997, 81~82면; 하정일, 「강경애문학의 탈식민성과 프로문학」, 『강경애, 시대와 문학』, 랜덤하우스코리아, 2006, 11~27면; 한만수, 「「소금」의 '붓질복자' 복원과 북한 '복원' 본의 비교」, 위의 책, 28~46면; 하상일, 「사회주의적 여성주의와 여성서사의 실현」, 위의 책, 47~79면; 정현숙, 「균열과 통합의 여성 서사—강경애의 「소금」론」, 『한국문학이론과 비평』 제38집, 한국문학이론과 비평학회, 2008, 57~77면.
4 고아라, 「강경애 소설의 사회교육적 효용 연구」, 연세대 교육대학원 석사논문, 2004.

가 겪게 되는 고난의 과정과 맞닿아 있다. 앞선 연구 성과에서 드러나듯 이 "민족, 젠더, 계급의 다중적인 억압 속에서 여 주인공이 어떻게 주체로 설 것인가 하는 주체화 과정"[5]에 대한 텍스트의 정보체계는 이주, 계급, 모성 등에 대한 의미로 21세기 '지금-여기' 우리의 삶을 반성할 수 있는 문화사회적 문학교육의 가치를 제공한다. 그럼에도 불구하고 「소금」에 대한 문화사회적 가치에 대한 논의가 본격적으로 이루어지지 못한 이유는 강경애 소설을 민주주의와는 상반된 사회주의 이데올로기로만 바라보는 경직된 시각과 유관하다. 21세기 세계로 소통하는 한국문학을 염두에 둘 때, 「소금」 텍스트에 대한 연구는 이데올로기의 경직된 시각에서 벗어나 다양한 민주주의 문화사회적 가치를 제공하려는 유연한 접근이 시도될 필요가 있다.

이와 같이 한국문학의 활성화와 세계적 소통이라는 당면 과제에 대한 문제의식[6]으로 출발한 이 글은 개념적 은유의 접근방법으로 「소금」 텍스트에 내재된 식민지 문화사회적 가치를 민주주의 문화사회의 보편적 가치 체계로 전환하는 입장에서 일제강점기 강경애의 실천적 삶의 가치와 소통하게 될 것이다. 21세기 문화사회적 담론을 생산하는 측면에서 문학 감상과 이해는 민주시민의식의 실천적 가치로 확장되어야 할 것이다.

개념적 은유로 「소금」 텍스트의 정보체계를 파악하여 독자의 능동적

---

5 송명희, 「강경애 문학의 간도와 디아스포라」, 『한국문학이론과 비평』 제38집, 한국문학이론과 비평학회, 2008, 24면.

6 이러한 문제의식으로 필자는 일제강점기 여성소설의 문화사회적 가치를 조명한 바 있다. 김원희, 「문학 교육을 위한 백신애 소설세계의 인지론적 연구」, 『현대문학이론연구』 제41집, 현대문학이론학회, 309~328면; 「강경애 『인간문제』의 인지론적 연구」, 『한국문학이론과 비평』 제49집, 한국문학이론과 비평학회, 2010, 189~210면.

작가성을 끌어내는 방법은 제7차 교육과정의 목표[7]와도 부합된다. 그것은 작중인물의 경험으로 반성되는 식민지 하위문화에 대한 독자의 이해를 전제로 하여 '지금―여기' 우리의 삶을 반성하는 능동적인 작가성의 경험을 끌어낼 수 있기 때문이다.

이러한 맥락에서 「소금」 텍스트의 정보체계로 전달되는 식민지 여성의 삶과 관련된 다양한 하위문화는 개념적 은유에 대한 독자의 이해과정으로 특징지을 수 있다.[8] 레이코프와 존슨이 주창한 바, 개념적 은유는 은유를 수사의 차원이 아닌 일상적 사고의 문제로 확장하는 점에서 텍스트의 정보체계를 신체화된 경험으로 파악할 수 있는 인지적 시각에 근거를 둔다. 즉, 우리의 개념체계는 우리의 몸에서 비롯되기 때문에 의미는 우리의 몸에 근거하고, 우리의 몸을 통해 학습되는데 이 모든 것이 은유적이라는 것이 인지적 시각과 상응하는 개념적 은유이론[9]의 요체다.

개념적 은유이론에서 '은유(mataphor)'란 우리에게 익숙하고 구체적인 '근원영역'의 체험을 바탕으로 낯설고 추상적인 '목표영역'을 개념화하는 인지기제로 구체적인 삶의 경험을 맵핑(mapping)하는 과정이다.[10] 이러한 개념적 은유이론은 언어학적 의사소통체계에서 몇 가지 한계가 지적된다. 첫 번째 한계는 개념적 은유를 찾는 데만 초점을 두고, 개별적인 언어적 은유의 의미에 대해서는 관심을 기울이지 않는다는 것이다. 두 번

---

7 문학능력을 통해 재규정된 제7차 교육과정은 학습자의 '능동자의 참여'를 강조한다. 마찬가지로 과거의 문학교육이 문학에 대한 '이론적 지식'의 전수에 치중하였다면, 여기에서는 문학에 대한 '실천적 능력'이 부각되어 있다. 오문석, 「문학교육의 위기와 문학교육이론의 성장」, 『인문학연구』 제40집, 조선대 인문학연구원, 2010, 19면.
8 졸탄 쾨벡세스, 『은유와 문화의 만남』, 김동환 옮김, 연세대 출판부, 2009, 184면 참조.
9 G. 레이코프 & 존슨, 『몸의 철학』, 임지룡 외 역, 박이정, 2001, 29면.
10 G. 레이코프 & 존슨, 『삶으로서의 은유』, 노양진·나익주 역, 박이정, 2006, 21~27, 392면.

째 한계는 목표영역이 구조화되어 있지 않다는 점이다. 세 번째 한계는 그것으로 설명되지 않는 은유 표현이 있다는 것이다. 그런데 언어학적 의사소통체계에서 드러난 개념적 은유의 한계는 다층적이며 중층적인 문학언어의 의사소통체계에서 오히려 독자의 능동적 참여를 강화하면서 불확정 수용의 기대지평[11]을 확장하는 동기로 작용할 수 있다. 문학 텍스트에서 개념적 은유를 해명하는 과정은 독서과정에서 '작가–작품–독자'의 대화를 발생하는 환유체계와 개별적인 은유에 대한 해석을 거쳐 목표영역을 구조화하는 독자의 능동적인 참여이기 때문이다. 따라서 개념적 은유에서 목표영역이 구조화되어 있지 않는 불확정성은 텍스트의 의미 생성과정에 따라 작가의 실천적 삶의 가치와 소통하는 독자의 기대지평으로 구조화될 수 있을 것이다.

이와 같이 문학 텍스트에 대한 개념적 은유의 접근을 독자 기대지평으로 확장하는 방법은 텍스트의 정보체계인 근원영역과 그것을 통하여 도달하고자 하는 목표영역 간에 본질적이거나 필연적인 유사성보다는 두 영역 간에 창조성을 부여하는 측면에서 능동적인 독자의 참여를 적극적으로 유도할 수 있는 장점이 있다. 독자의 능동적 참여로서 창조적 인지 능력의 계발을 고려할 때, 개념적 은유에서 근원영역과 목표영역 간의 마찰은 '개념적 은유가 사회적 실제에서 실현되는 방법'[12]의 다양한 가능

---

11 야우스의 수용이론에서 기대지평(Erwartungshorizont)이란 수용자의 이해를 구성하는 요소로 볼 수 있는 선험적이거나 체험적인 지식, 거기서 발생하는 한계 등을 포함한다. 이러한 기대지평을 고려할 때, 개념적 은유의 한계로 지적되는 목표영역의 불확정성은 독자 수용을 확장할 수 있는 근거가 될 수 있다. 박찬기, 「문학의 독자와 수용미학」, 『수용미학』, 고려원, 1992, 28면 참조.

12 한 개념적 영역이 사회–물리적 실제로 변한다는 것은 그 개념적 영역이 개념이나 낱말뿐만 아니라 우리의 사회적, 문화적 실제에서 다소 구체적인 사물이나 과정(즉,

성으로 해소될 수 있을 것이다. 문학의 이해와 감상에서 그것은 궁극적으로 작가의 실천적 삶의 의미와 소통하면서 '지금―여기' 우리의 삶을 반성하는 문화사회적 가치로 실현될 수 있을 것이다.

한편으로 개념적 은유는 구조적 은유, 지향적 은유, 존재론적 은유로 분류[13]되는데, 이에 따른 텍스트의 의미 생성과정을 보편적인 인지과정으로 해석하는 방법은 시간과 공간 그리고 사유에 따른 학습자의 신체화의 경험을 확장하는 데도 도움을 줄 수 있다. 「소금」 텍스트에 내재한 정보체계를 시간의 구성과 연접한 역사구조적 은유, 공간의 이동과 연접한 문화사회 지향적 은유, 사유와 연접한 실존의 존재론적 은유로 파악하는 인지과정은, 독자들로 하여금 '지금―여기' 우리의 삶을 일제강점기 문화사회적 교훈으로 돌아보게 하는 문화사회적 가치를 제공할 수 있다.

이에 따라 개념적 은유의 방법을 접근하면 「소금」 텍스트의 인지과정은 첫째, 반복적 이주에 따른 확산적 민족의식을 둘째, 대립적 계급에 따른 민주적 사회의식을 셋째, 복합적 모성에 따른 통합적 인권의식을 환기함으로써 작가의 실천적 삶의 의미를 추구한 창조적 여성성과 소통할 수 있는 길을 확장한다. 이렇듯 「소금」 텍스트의 정보 전달과정을 개념적 은유로 접근하는 방법은 독자 기대지평으로 일제 식민지 강경애 소설의 보

사회적 물리적 사물, 제도, 행동, 활동, 사건, 상태, 관계 등)으로도 발생한다는 것을 뜻한다. 이런 의미에서 은유가 "실현될" 수 있다고 타당하게 말할 수 있는 것이다. 졸탄 쾨벡세스, 앞의 책, 273면.

13 개념적 은유는 구조적 은유(structural mataphors), 지향적 은유(orientational mataphors), 존재론적 은유(ontological mataphors)로 분류된다. G. 레이코프 & 존슨, 『삶으로서의 은유』, 앞의 책, 21~71면.

편적 가치를 확장하는 동시에 은유의 개념화[14]로 한국문학의 세계적 소통을 꾀하는 점에서도 의의가 있다. 그러므로 이 글은 개념적 은유의 접근으로 「소금」 텍스트의 인지과정을 파악함으로써 학습자로 하여금 작가의 실천적인 삶의 가치를 구현한 창조적 여성성과 소통하는 지점에서 '지금―여기' 우리의 삶을 민주주의 문화사회적 가치로 반성하게끔 하는 단초를 제공하게 될 것이다.

2. 이주에 따른 반복적 역사구조의 은유와 확산적 민족의식

개념적 은유이론에서 구조적 은유란 한 개념이 다른 개념의 관점에서 은유적으로 구조화되는 경우이다.[15] 이를 「소금」 텍스트에 적용하면, 구조적 은유는 선형적 시간에 따른 길의 구조와 맞닿는 이주의 반복적 인지과정으로 드러난다.

텍스트의 시간적 구성원리를 통한 반복적 이주과정은 식민지 역사적 의미로 환기함으로써 독자로 하여금 우리의 민족의식을 확산하는 문화사회적 교육의 가치를 제공할 수 있다. 그러므로 독자는 텍스트의 근원영역으로 드러난 이주의 반복적 인지과정에 대한 정보를 이해함으로써 민족

---

14 은유적 개념화는 전 시간에 걸쳐서나 한 문화권 내의 단 한 시점에서도 획일적이지 않으며, 은유적 개념화에서의 변화가 우연적인 것이 아니라 더 넓은 문화적 맥락의 영향을 많이 받는다. 졸탄 쾨벡세스, 앞의 책, 301면.

15 구조적 은유는 우리 경험 내부의 체계적인 상관관계에 그 근거를 두는데 여기에서 부각과 은폐의 차이가 드러난다. 어떤 개념의 한 측면을 다른 개념의 관점에서 이해하도록 해주는 체계성은 필연적으로 우리에게 어떤 개념의 한 측면에 초점을 맞추도록 함으로써 그 은유와 일치하지 않는 개념의 다른 측면에 초점을 맞추는 것을 방해한다. G. 레이코프 & 존슨, 『삶으로서의 은유』, 앞의 책, 21~37면 참조.

의식의 확산이라는 목표영역에 도달할 수 있을 것이다. 이주의 반복적 인지과정에 따라 독자는 크로노스[16]의 시간성과 맞닿는 일제강점기 역사의 교훈으로 '지금-여기' 민족의식을 반성할 수 있다.

텍스트의 시간 구성과 연접하는 반복적 이주 경험의 인지과정은 다음과 같이 독자로 하여금 일제강점기 민족 이산[17]의 문제를 역사적 교훈으로 돌아볼 수 있게끔 한다. 봉염 어머니의 이주는 고향에서는 농사지을 땅을 빼앗기고, 간도로 건너와서는 사랑하는 가족들을 빼앗기는 일제강점기 제국주의 권력으로 야기된 민족 이산의 문제를 구체적인 경험으로 보여준다. '싼더거우-용정-해란강변-두만강' 등으로 이어지는 이주에 대한 반복적 인지과정을 통하여 독자는 "인생은 여행이다", "인생은 하루다" 등에 대응하는 길의 구조적 은유로 일제강점기 역사의 질곡을 '지금-여기' 민족의식으로 확장할 수 있다.

참봉영감에게 땅을 억울하게 빼앗기고 빚에 시달리다 고국을 떠나 간도로 건너오면서부터 시작된 봉염 어머니의 이주는 국경을 넘어 '싼더거우-용정-해란강변-두만강' 등의 생활 경험을 통하여 나라 잃은 식민지 민족의 고통과 슬픔으로 민족의식을 다음과 같은 인지과정으로 제공하게 된다. 첫 번째 이주 경험에 대한 인지과정은 고향을 떠나 간도 싼더기우에 정착한 시간으로 전달된다.

텍스트 초입에서 제시된 고향을 떠나는 이주민의 생존에 대한 정보는

---

16 크로노스는 흘러가는 시간 또는 기다리는 시간이기에 역사적인 시간과 맞닿는다. 프랭크 커머드, 『종말의식과 인간적 시간』, 조초희 옮김, 문학과지성사, 1993, 59면.

17 원래 고대 그리스인의 식민지 건설이었던 이산(diaspora)의 개념은 유태인의 유랑을 뜻하는 의미로 사용되어오다가 1990년대 이후 국제이주, 망명, 난민, 이주노동자, 민족공동체, 문화적 차이, 정체성 등을 포괄하는 의미로 사용된다. 윤인진, 『코리안 디아스포라』, 고려대 출판부, 2003, 4~5면 참조.

"바가지 몇짝을 달고 고향서 떠날때는 마치 끝도없는 망망한 바다를 향하여 죽음의 길을 떠나는듯 뭐라고 설명 할수 없"(352면)는 비극적 상황을 전달한다. 먹고 살 길을 찾아 국경을 넘어야 했던 이주과정은 "돼지우리 같은" 농가에서 보위단과 공산당을 피해 며칠씩 토굴에 숨어 살면서 목숨을 이어가야 했던 죽지 못하여 살아가는 처참한 생존의 시간으로 인지된다.

봉염 어머니가 고향을 떠나는 길은 "죽음의 길을 떠나는" 것 같이 암담하다. 고향을 떠나 정착한 간도에서는 봉염 아버지, 아들 봉식이, 딸 봉염이, 중국인 지주 팡둥과의 사이에서 난 막내 봉희까지 차례로 죽는 죽음의 과정이 반복된다.

이러한 반복적 이주의 과정은 가족의 죽음이 반복되면서 일제강점기 민족의 고난과 시련을 비극적 길의 은유로 보여준 것이다. 먼저 봉식이 아버지의 죽음에서는 먹고살기 위하여 중국인 지주 팡둥에게 붙어살아야 하였던 조선인 민중의 억울한 삶의 의미가 전달된다. 봉염 어머니는 봉식이마저 아버지의 장례를 치른 후 집을 나간 뒤 소식이 끊어지자 죽지 못하여 살아간다.

> 그는 한숨을 푹 쉬며 없는 사람은 내고 남이고 모두 죽어야 그고생을 면할 게야, 별수가 있나, 그저 죽어야해하고 탄식 하였다. 그러고 무심히 그는 벽을걸고 있는 그의 손톱을 발견하였다. 보기싫게 질리인 그의 손톱을 한참이나 바라보는 그는 사람의 목숨이란 끊기 쉬운 반면에 끊기 어려운것이라 하였다. (353면)

인용문에서는 스스로 목숨을 끊지 못하여 어쩔 수 없이 이어가는 봉염 어머니의 고통스러운 삶이 벽을 긁고 있는 보기 싫게 긴 손톱 모양으로 전달된다. 벽을 긁고 있는 보기 싫게 긴 손톱 모양은 고통스러운 인생길

의 은유와 대응한다. 고향을 떠나 간도에 정착하였지만 "사람의 목숨이
란 끊기 쉬운 반면에 끊기 어려운" 고통의 과정으로 이어지는 것이다. 사
랑하는 남편과 아들을 잃고 겨우 목숨을 연명하는 생활보다 오히려 죽음
의 길이 편안하다고 생각하지만 죽을 수조차 없는 봉염 어머니의 고통은
나라 잃은 민족의 역사적 수난을 구체적으로 보여준다.

두 번째 이주에 대한 인지과정은 봉염 어머니가 아들의 행방을 찾아 간
도를 떠나 용정에 정착한 시간으로 전달된다. 봉식을 찾아 용정으로 이주
한 봉염 어머니는 중국인 지주 팡둥의 집에서 일을 해주면서 생활을 연명
한다. 중국인 지주 팡둥의 관계에서도 봉염 어머니의 고통은 반복적으로
구체화된다. 그는 봉염과 자신에게 친절하게 대해주던 팡둥의 육욕에 넘
어가 몸을 허락하고 만다. 팡둥의 아이를 갖고 난 후 봉염 어머니는 팡둥에
게 본능적 애욕을 느끼지만 팡둥이 자신의 성욕을 채운 이후로는 태도가
돌변한 탓에 자신이 그의 아이를 밴 사실조차 팡둥에게 말하지도 못한다.

그러던 중, 팡둥은 거리에서 공산당을 처형하는 것을 목격하고 봉식이
가 공산당이라는 이유로 봉염 모녀를 그의 집에서 쫓아낸다. 팡둥 집에서
쫓겨나는 그녀의 억울한 심경은 아들 봉식이가 공산당이라는 사실을 믿
지 않으면서 남편을 죽인 공산당에 대한 혐오감으로 드러난다. 또한 봉식
이가 공산당이라는 사실을 "자기 모녀를 내보내려는 거짓말"(370면)로 여
기면서 팡둥네에 대한 증오심을 보인 점에서도 그녀의 억울한 심경이 인
지된다.

세 번째 이주에 대한 인지과정은 팡둥의 집에서 쫓겨난 후 해란강변에
서 지내는 시간으로 전달된다. 팡둥의 집에서 쫓겨난 봉염 어머니는 해란
강변 중국인 집 헛간에서 밤을 보내다가 딸을 낳는다. 출산과정에서 드러
난 그의 고통은 팡둥에 대한 미움뿐만 아니라, 팡둥의 아이를 가진 자신

조차도 혐오하고 딸 봉염을 보기도 미안해서 아기를 낳자마자 죽이려 하는 절박한 심경으로 인지된다. 아이를 낳고 난 후에는 강한 모성애 때문에 아이를 버리지 못한 채 헛간에 쌓여 있던 파뿌리를 씹어 먹으며 허기를 달래는 경험은 생존의 고통과 더불어 강한 생명력을 보여준다. 죽지못해 살아가는 고통은 팡둥과의 사이에서 밴 아기를 해산하고 죽고 싶지만, 죽지 못하는 경험으로 반복된 것이다. 용애 어머니의 소개로 명수의 젖유모라는 일자리를 얻어 겨우 연명하지만 어머니를 명수에게 빼앗긴 봉염과 아기는 결국 병 때문에 죽게 되고, 그녀는 결국 유모 자리에서도 내쫓기는 것으로 비극적 운명이 반복된다.

네 번째 이주에 대한 인지과정은 해란강변을 떠나 두만강에서 소금을 밀수하는 시간으로 전달된다. "조선에서는 소금 한 말에 삼십 전 안에 든다는데 여기 오면 이원 삼십전"이라는 용애 어머니의 말에 따라 봉염 어머니는 결국 소금을 지고 두만강을 건넌다. 그는 딸들을 잃은 후 봉식이가 죽었다는 사실을 인정하지 못한 채 아들을 보기 위한 수단으로 소금 밀수를 하게 된다. 삼엄한 경비를 피해가던 소금 밀수 일행은 산마루턱에서 공산당과 마주친다. 소금 밀수 일행의 목숨이 위태롭다고 우려하는 상황과는 달리 공산당은 오히려 소금 밀수의 처지를 공감해주는 내용의 연설을 끝낸다. 봉염 어머니는 공산당에게 예상치 못하게 "원로에 잘 다려가라는 인사까지 받"고 난 후, "사람 죽이기를 파리 죽이듯 하고 돈과 쌀을 잘 빼앗는 그 놈들이 왜 소금짐을 빼앗지 않았는가" 하는 의문을 갖는다. 이와는 상반된 경우로, 봉염 어머니는 다음날 아침 일본 순사에게 소금 밀수 사실을 들키고 소금을 빼앗기게 되는 위기에 처한다. 그는 소금자루를 빼앗기는 순간에 그동안 소중한 것들을 빼앗겨온 고통스런 삶의 의미를 각성하면서 자신의 목숨과 같은 소금을 빼앗기지 않으려고 저항한다.

이와 같이 반복되는 봉염 어머니의 이주에 대한 인지경로는 독자로 하여금 일제강점기 끊임없이 빼앗기는 삶의 고통으로 민족 이산의 역사적 교훈을 바라보는 지점에서 우리의 민족의식을 새롭게 반성할 수 있을 것이다. 고국을 떠나 국경을 넘어 반복적으로 이어지는 이주의 경험은 가족을 모두 잃게 되는 봉염 어머니의 고통과 슬픔을 통하여 끊임없이 소중한 것들을 빼앗겨야 하는 나라 잃는 민족의 역사적 비극을 환기하는 지점에서 '지금―여기' 우리의 민족의식으로 확산되기 때문이다. 봉염 어머니의 반복적 이주에 대한 인지과정을 통하여 독자는 일제강점기 역사를 교훈 삼아 글로벌시대 세계화의 보편성과 민족의 특수성의 조화를 꾀하는 균형 잡힌 시각으로 '지금―여기' 우리의 민족의식을 반성할 수 있을 것이다.

3. 계급에 따른 대립적 문화 지향의 은유와 주체적 사회의식

개념적 은유이론에서 공간 지향적 은유는 상호 관련 속에서 개념들의 전체 체계를 조직하는 은유적 개념으로 공간적 방향성과 관련을 갖는다.[18] 이를 「소금」 텍스트에 적용하면, 공간 지향적 은유는 작중인물의 행위를 추동하는 계급에 대한 인지과정으로 파악된다. 그러므로 독자는 텍스트에 드러난 공간 지향의 인지체계를 제공하여 대립적 계급의 의미를 사회적 갈등으로 환기함으로써 학습자로 하여금 '지금―여기' 민주적

---

18 공간 지향적 은유는 상호 간의 체계, 즉 위―아래, 안―밖, 앞―뒤, 접촉―분리, 깊음―얕음, 중심―주변의 공간적 지향을 중심으로 전체 체계를 조직하는 것으로 공간 방향의 운동력과 밀접한 관련을 보인다. 언어학에서는 공간 방향적 은유로 사용된다. G. 레이코프 & 존슨, 『삶으로서의 은유』, 앞의 책, 37~57면 참조.

사회의식을 반성할 수 있는 문화사회적 교육의 가치를 제공할 수 있다.

이에 따라 독자는 텍스트의 근원영역으로 드러난 계급의 대립적 인지경로를 이해함으로써 민주적 사회의식이라는 목표영역에 도달할 수 있을 것이다. 계급의 대립적 인지과정에 따라 학습자는 '중심—주변', '위—아래', '안—밖' 등의 공간 지향적 은유와 대응하는 사회 갈등에 대한 문제의식으로 '지금—여기' 민주주의 사회의식을 반성하게 될 것이다.

독자는 텍스트의 공간 방향과 연접하는 대립적 계급의 인지경로를 다음과 같이 제공함으로써 학습자로 하여금 '지주/소작인', '남성/여성', '유산계급/무산계급', '제국주의/식민주의' 등의 계급적 대립에 기반을 둔 일제강점기 불평등한 사회문제를 통하여 '지금—여기' 사회의식을 반성할 수 있다.

텍스트 말미에서 봉염 어머니의 사회화 과정으로 드러난 계급적 자각에 대한 정보는 식민지 나라 없는 민족의 불평등한 사회 모순에 대한 비판의식을 통하여 독자로 하여금 우리의 민주사회의식을 돌아볼 수 있는 경각심을 환기하기 때문이다. 먼저, 고향에서 땅을 빼앗긴 대립적 계급의 공간 지향적 은유에서는 '중심—주변', '위—아래', '안—밖' 등의 공간 방향으로 '지주/소작인' 의 계급 갈등구조가 인지된다.

> 그때 그의 머리에는 뜻하지 않은 고향이 문득 떠오른다 무릎을 스치는 다방 솔발 옆에 가졌던 그의 밭! 눈에 흙 들기 전에야 어찌 차마 그 밭을 일즈랴! 아무것을 심어도 잘 되던 그 밭! 죽일 놈! 장죽을 물고 그밭머리에 나타나는 참봉영감을 눈앞에 그리며 그는 이렇게 중얼거렸다. 그러고 가슴이 울렁거리며 손발이 가늘게 떨리는 것을 깨달으며 그는 고향을 생각지 않으려고 눈을 썩썩 부비치고 정신을 차리었다. …(중략)… 아무리 맘만은 지독히 먹고 애를 써서 땅을 파나 웬일인지 자기들에게는 닥치는 이 불행과 궁핍이었던 것이다. (354면)

인용문에서 드러난 계급에 대한 정보체계는 억울한 삶에 대하여 분노하는 봉염 어머니의 상태를 '화에 대한 압축된 그릇 은유'[19]로 전달한다. 봉염 어머니의 억울한 심경은 간도의 어려운 삶 속에서 고향의 "눈에 흙 들기 전에야" 잊을 수 없는 밭을 그리워하면서, 자기 밭을 빼앗은 참봉영감에 대한 억울한 화를 표출하는 과정으로 인지된다. 참봉영감의 수탈로 인하여 봉염네 식구는 농사지을 땅마저 빼앗기고 빚에 몰려 살길을 찾아 간도로 와서, 죽도록 일을 하는데도 불구하고 닥치는 것은 불행과 궁핍뿐이다. 참봉영감은 당시 친일 지주라는 점에서 '지주/소작인'의 갈등이 '제국주의/식민주의'에 기반을 둔 대립적 사회 갈등을 구체화하는 권력인 셈이다. 이처럼 참봉영감과 봉염네의 계급적 차이는 고향 '안－밖'의 대비적 공간 방향으로 부각된다.

둘째, 소금을 바라보는 계급의 대립적 인지과정에서는 가부장제 '남성/여성'의 역할 차이가 드러난다. 텍스트의 모두(冒頭)에서는 남편이 용정서 팡둥이 왔다는 기별을 받고 집을 나간 후, 봉염 어머니가 남편의 신변을 걱정하면서 가사노동에 열중하는 장면으로 가부장제 여성의 일상과 의식에 대한 구체적인 정보가 제공된다.

특히 소금에 대한 봉염 어머니의 입장은 가부장제 남/여의 차이로 '위－아래', '안－밖' 등의 공간 방향성을 내포한다. "끼니 때가 되면 그는 남편의 얼굴부터 살피게 되고 어쩐지 맘이 송구하였다. 남편은 입밖에 말은 내지 않으나 번번이 얼굴을 찡그리고 밥술이 차츰 늘여지다가 맥없이 술을 놓군 하는때가 종종있었다.", "해종일 들에서 일하다가 들어온

---

19 개념적 은유 "화난 사람은 압축된 그릇이다"의 경우에 화를 표출하는 신체는 열로 압력이 가해지거나 열없이 압력이 가해진 상태다. 졸탄 쾨벡세스, 앞의 책, 80~81면 참조.

남편에게 등허리에 땀이 훈훈하게 나도록 훌훌 마시게 국물을 만들어놓
지 못한 자기! 과연 자기를 아내라고 할 것일까?"(356면) 등에서는 가부
장제 질서에 종속된 여성의 역할과 더불어 남편의 입맛을 걱정하는 여성
의 헌신적 사랑이 드러난다. 이처럼 소금을 바라보는 봉염 어머니의 입장
은 가부장제 남성과는 다른 전통적 주부의 역할의 구체적 차이로서 신체
의 운동력을 '안-밖'의 대비적 공간 방향으로 전달한다.

　셋째, '유산자/무산자'의 계급적 대립에 대한 인지과정은 중국인 지주
인 팡둥의 집과 거처할 곳도 없는 봉염 어머니의 처지로 전달된다. 팡둥
집을 "별천지"로 바라보면서 머물 집이 없어 갈 곳을 걱정하는 봉염 어머
니의 처지는 '유산자/무산자'의 계급 차이를 구체적으로 반영한다. "그
들은 어떤 별천지에 들어온 듯 정신이 얼얼하였다. 그리고 그들의 초라한
모양에 새삼스럽게 더 부끄러운 생각이 들며 맘놓고 숨쉬는 수도 없었
다."(362면) 봉염 모녀의 눈에 비친 팡둥의 집은 그야말로 별천지다. "방
안은 시원하게 넓으며, 캉이 좌우로 있었다. 빛나는 돌로 깔리었으며 저
편 창 앞에는 대리석으로 만든 테이블이 놓였고 그 위에는 검은 바탕에
오색 빛나는 화병 한 쌍을 중심으로 작고 큰 시계며, 유리단지에 유유히
뛰노는 금붕어 등, 기타 이름 모를 기구들이 테이블이 무겁도록 실리어
있다."(362면) 팡둥의 집의 호화로운 정경에 대한 공간 묘사에는 거처할
곳뿐만 아니라 아무 살림살이도 없는 봉염 어머니의 상황과는 극한 대조
를 보인다. 이와 같은 공간 묘사에서는 계급적 차이가 '중심-주변'의 대
립적 공간 방향으로 드러난다.

　넷째, '사용자/고용주' 간의 계급적 대립에 대한 인지과정은 젖먹이 일
을 하는 봉염 어머니와 명수네의 관계로 부각된다. 봉염 어머니는 명수네
집에서 명수에게 젖을 먹이는 대가로 "한달에 십이삼 원을 받"는다. 그러

나 그 돈 몇 푼을 받는 대가로 자기 자식에게는 젖을 주지도 못하여 딸들이 차례로 죽는 비극을 맞는다. "돌이 지나도록 자란 것은 뼈도 아니오 살도 아니오 눈치와 머리통 뿐"인 막내딸 봉희와, "젖을 먹으며 그 토실토실한 손으로 그의 머리카락을 쥐어뜯던" 명수의 대조적인 모습에서는 '유산/무산' 계급의 차이가 부각된다.

다섯째, 소금에 대한 입장의 차이로 재현된 대립적 계급에 대한 인지과정은 공간이동에 따라 달라진다. 소금에 대한 봉염 어머니의 인식은 싼더거우의 농가, 용정의 팡둥네 집, 해란강변의 셋방에 따라 변화된다. 싼더거우의 농가에서는 '남/녀'의 계급으로, 용정의 팡둥네 집에서는 '유산/무산'의 계급으로, 해란강변과 두만강을 넘나들면서는 '자위단/공산당'의 계급으로 대립적 관계성을 재현한다.

이처럼 공간 방향적 운동력과 관련되는 소금에 대한 봉염 어머니의 입장의 변화는 계급적 각성의 과정에 다름이 아니다. 싼더거우에 오자마자 그녀는 부족한 소금 때문에 전전긍긍한다. 소금 때문에 "남몰래 운 적이 한 두 번이 아니었다"는 태도는 남편의 입맛을 맞추지 못하는 가부장제 전통적 여성의식을 보여준다. 싼더거우에서 소금을 바라보는 그의 입장이 고향에 대한 그리움과 음식 만들기라는 가사노동에 국한된 데 비하여, 용정의 팡둥네 집에서 소금을 바라보는 그의 입장은 빈부의 차이를 각성하는 현실비판인식의 변화를 보여준다. 그녀는 팡둥네는 돈이 많아 소금을 풍족하게 사용한 것을 보고, 왜 자기네는 일을 열심히 하여도 돈을 갖지 못하는지 의문을 제기하는 방식으로 계급적 불평등에 대한 자각을 보여준 셈이다.

여섯째, '민족/제국'의 대립적 이데올로기에 따른 계급적 대립에 대한 인지과정은 항일투쟁을 하는 공산당과 일제 앞잡이 순사의 소금 밀수에 대한 상반된 입장의 차이로 부각된다. "죽일년 그년이 내아들을 공산당이라구 에이 이년놈들 벼락 맞을라 누구를 공산당이래…… 너의놈들이 그러고 뒈질때가 있을라. 누구를 공산당이래"(370면) 팡둥 집에서 쫓겨나면서 공산당을 증오하였던 봉염 어머니는 소금을 밀수하다가 맞닥뜨린 공산당이 보여준 호의로 인하여 공산당에 대한 적개심이 약화된다. 공산당은 그들을 순순히 풀어주면서 잘 다녀오라며 안녕을 걱정하는 인사까지 하는 인간적 면모를 보여준다. 반면에, 밀수 사실을 발각한 순사들은 그의 소금을 빼앗으려 한다. 순사들이 소금자루를 빼앗는 순간 봉염 어머니는 자신의 가족을 불행하게 한 적은 공산당이 아니라는 판단으로 계급적 각성을 갖게 된다.

이와 같이 순사에게 소금자루를 빼앗기게 되자 갑작스럽게 봉염 어머니가 계급의식을 각성하는 것은 식민지 무산계층 여성의 사회화과정을 극적으로 강조하려는 작가의 현실비판의식과 깊은 관련이 있다. 봉염 어머니는 일본 순사에게 소금자루를 빼앗기는 순간에 공산당에 대한 계급적 각성을 아들 봉식에 대한 믿음으로 강화하면서 예전에 증오했던 공산당이야말로 자기 가족의 원수가 아니라는 것을 깨닫는다. 그것은 봉염 어머니가 자기 가족의 불행한 삶에 대하여 끊임없이 회의를 가졌지만, 그 원인을 몰랐던 미숙함에서 벗어나는 계급적 각성으로 현실비판을 보여주는 점에서 극적 효과를 더한다.

> 머리는 얼마나 이끄대며 봉식아 살았느냐 죽었느냐 이어미를 찾으렴……
> 난 더살수 없다!
> 어느때인가되어 무엇에 놀라 그는 벌떡 일어났다. 벌서 날은 환하게 밝았는데 어떤 양복쟁이 두명이 소곰자루를 내놓고 그를 노려보고있다. 그는 그들이순사라는것을 번개같이 깨닫자 풀풀 떨었다.
> …… 그 대는 길잡이가 와서 그의 손을 잡아 살아났지만 아아! 지금에 단포

와 칼을 찬 저들을 누가 감히 물리치고 자긔를 구원할까? (393면)

봉염 어머니가 항일유격대의 연설을 떠올리는 대목에서 환기되는 "왜 끊임없이 빼앗겨야 하는가?" 하는 그의 의문은 순사들에게 소금자루를 빼앗기는 장면에서 계급적 각성을 강화하는 효과를 거둔다. 텍스트 마지막에 드러난 그의 계급적 각성은 개연성이 없는 것으로 보일 수도 있겠지만, 오히려 이데올로기의 도식성을 극복한 문학적 형상화로 볼 수 있을 것이다. 학습자 수용으로 민주주의 사회교육의 가치를 제공하는 측면에서 당대 항일유격대로 대표되는 공산당의 정체성은 반제국주의 대립적 계급으로 전달되어야 할 것이다. '공산당'은 반일 민족주의 세력인 '무장 항일 유격대'[20]라는 점에서 공산당에 대한 봉염 어머니의 가난과 부자라는 대립적 계층에 대한 각성은 남의 나라를 빼앗은 일본 제국주의와 대립하는 민족주의에 대한 이해로 대체될 수 있을 것이다.

또한, 일제의 검열로 지워진 채 해독할 수 없었던 텍스트 말미에 드러난 붓질 복자를 첨단 과학 기술의 도움을 받아 복원한 바 있는 한만수의 복원 결과와 다른 북한본 결말부의 차이로 남북의 입장 차이를 이해할 수 있을 것이다. 한만수의 복원 결과에서 확인된 "이때까지 참고 눌렀던 불평이 불길같이 솟아올랐다. 그는 벌떡 일어났다"는 원문 내용이 북한본에서는 "벌써 슬픔도 두려움도 없이 순사들의 앞에 서서 고개를 들고 성큼성큼 걸어갔다"로 바뀌면서 봉염 어머니의 투쟁적 행동력이 강조되고 있다.[21] 한만수 복원과는 달리 인물의 투쟁성을 강화한 북한본 결말부의 차이로 남북의 다른 입장을 이해하는 길은 미래 통일 한국을 위한 남과

---

20 고아라, 앞의 논문, 20~23면.
21 「남과 북이 함께 복원한 강경애 문학세계」, 『한겨레신문』, 2006. 8. 24, 23면 참조.

북의 문화사회적 소통을 위한 초석이 될 수 있을 것이다.

한편, 독자는 능동적인 독자능력을 발휘하여 텍스트의 삭제 지면을 새롭게 구성하는 작가의 창조성을 함양할 수 있다. 그 내용은 양극화된 우리 사회의 갈등을 해소하는 측면에서 민주시민정신을 반영할 수도 있을 것이다. 결과적으로 독자는 봉염 어머니의 사회화 과정을 통하여 대립적 계급 차이에 대한 사회비판을 환기함으로써 '지금—여기' 민주사회의식을 발휘할 수 있을 것이다.

4. 모성에 따른 복합적 실존 추구의 은유와 통합적 인권의식

개념적 은유이론에서 존재론적 은유는 물리적 대상이나 물질에 대한 경험으로 추상적인 사건, 활동, 정서, 생각 등에 대한 심오한 근거를 제공하는 방식으로 다양한 목적을 충족시킨다.[22] 이를 「소금」 텍스트에 적용하면, 존재론적 은유는 '땅'과 '소금'의 속성과 대응하는 모성에 대한 복합적 존재의식을 보여준다. 그러므로 독자는 '땅'과 '소금'의 속성으로 복합적 모성의 의미를 인지함으로써 일제강점기 인권의 회복을 꾀하였던 작가의 여성주의와 소통할 수 있다. 독자는 텍스트의 근원영역으로 드러난 모성의 복합적 인지경로에 대한 정보를 통하여 통합적 인권의식이라는 목표영역에 도달할 수 있다. 모성의 복합적 인지경로를 따라 독자는 '땅' 또는 '소금'의 존재론적 은유로 '지금—여기' 우리 사회 훼손된 인권의식을 반성할 수 있을 것이다.

22 G. 레이코프 & 존슨, 『삶으로서의 은유』, 앞의 책, 58~71면 참조.

텍스트에 드러난 모성에 대한 복합적 인지경로는 다음과 같이 독자로 하여금 봉염 어머니가 뺏긴 고국의 '땅'과 '소금'의 존재론적 은유로 우리 사회 인권의식을 반성할 수 있는 기회를 제공한다. '땅' 또는 '소금'의 속성과 대응하는 모성의 존재론적 은유는 식민지 훼손된 삶의 가치와 대응하면서 통합적 인권의식을 환기한다. 모국의 '땅'과 간도에서 '소금'을 빼앗긴 봉염 어머니의 경험은 식민지 소외된 모성의 훼손을 구체적으로 보여준 것이다. 텍스트 심층에서 '땅'과 '소금'의 속성과 대응하는 존재론적 은유는 공간만 달리할 뿐, 나라를 잃은 식민지 민족의 운명과 긴밀하게 연결되어 있다.

일반적으로 '땅'은 모든 생명을 낳고 자라게 하는 점에서 모성과 닮아 있다. '소금' 또한 인간의 생명을 유지하는 데 필요한 기본요소이며, 음식의 맛을 내고 썩지 않게 하는 양념 기능과 방부제 기능을 하는 점에서 모성의 역할과 닮아 있다. 따라서 '땅'과 '소금'을 빼앗긴 봉염 어머니의 경험은 훼손된 모성의 의미로 나라 잃은 고통과 슬픔의 실존적 의미를 반성할 수 있는 기회를 제공한다. 고향 땅을 빼앗기고 억울하게 간도에 건너와서는 돈이 없어서 소금을 넣고 음식 맛을 제대로 내지 못하는 경험은 모국을 잃은 비극적 삶에 다름이 아니다.

'소금'을 바라보는 봉염 어머니의 시각 변화에서는 모성의 의미가 가족에서 사회로 확장된 과정이 복합적으로 살펴진다. 텍스트 초입에서는 돈이 없어서 '소금'을 넣고 음식 맛을 제대로 내지 못하는 자신의 무능력을 탓한 주부의 입장에서 가족에 대한 개별적 입장이 드러난다. 이에 비하여 팡둥 집에서는 물질의 소유에 따라 '소금'을 사용하는 태도가 다른 것을 인식하는 사회적 입장으로 변화된다. "그래도 이 집은 소금을 흔하게 쓰두먼. 그게야 돈 많으니 자꾸 사오니까 그렇겠지. 돈? 돈만 있으면

뭐든지 다할수가 있구나 그 비싼 소금도 맘대로 살수가 있는 돈. 그돈을 어째서 우리는 모지 못했는가 하였다."(365면) 돈의 가치에 따라 달라지는 불평등한 처지에 대한 의문을 제기한 인권의 의미는 개인의 문제를 떠나 사회의 문제로 확장된 것이다.

이렇듯, 봉염 어머니의 존재론적 의미는 고향에서 삶의 터전, 간도에서 가족들을 잃고, 마침내 소금 밀수로 목숨을 잃게 되는 식민지 나라 잃은 민족의 비극을 모성의 복합적 경험으로 보여주는 지점에서 통합적인 인권의식을 환기하게 된다. "그때 그는 문득 남편과 아들 딸이 생각키우며 그들이 있으면 이 소금으로 장을 담가서 반찬해 먹으면 얼마나 맛이 있을까! 그러나 그들을 잃은 오늘에 와서 장을 담글 생각인들 할 수가 있으랴! 그저 죽지 못해 먹는 것이다." 가족에게 헌신할 수 없는 모성은 "소금 들지 않는 음식과 같이 심심한 생활"이며, "괴로운 생활"이다. 봉염 어머니는 팡둥 집에서 소금 맛을 보면서 잃어버린 가족에 대한 애틋한 사랑을 보여준다. 그는 아무리 좋은 음식이라도 소금이 들어가지 않으면 맛이 없는 것처럼 가족을 잃어버린 자신의 삶을 무미건조한 것으로 바라보는 것으로 훼손된 모성에 대한 복합적 인식을 보여준다. 사랑하는 자식들을 차례로 잃어버린 모성의 훼손은 '땅'과 '소금'의 존재론적 속성과 대응하는 지점에서 개인의 비극적 문제에 머물지 않고, 식민지 타자화된 민족의 인권의식의 문제로 통합되는 것이다.

이와 같이 봉염 어머니의 모성에 대한 복합적 인지과정은 나라 잃은 식민지 국민들의 공동체적 비극의 의미를 통하여 소중한 인권의 가치를 환기하게 된다. 특히 팡둥과의 왜곡된 관계에서 드러나는 봉염 어머니의 훼손된 모성은 자본주의 계급, 가부장제 권력, 식민지 민족의 문제까지 복합적으로 얽혀진 인권의 유린으로 읽혀진다. 그의 남편을 죽음으로 몰았던 팡둥은 악덕지주다. 그렇지만 그녀는 아들을 만나기 위하여 그에게 의지하다가 그의 아이까지 갖게 된다.

팡둥은 그녀를 겁탈한 후로 "어쩐지 발길로 엉덩이를 냅다 차고 싶게 미운 감정"을 보이면서 그녀에게 혹독하게 대하지만, 그녀는 팡둥의 아이를 가진 후로는 본능적 모성과 여성성으로 팡둥에 대한 애착을 넘어 집착을 보이기까지 한다. 팡둥의 무관심을 "점잖으신 어른"의 행동으로 합리화하며 그에게 사랑받고 싶어하면서 그의 "아내를 끝없이 부러워"하기마저 하는 의식의 변화는 복합적 모성의 의미를 보여준다. 복합적 모성으로 구체화된 봉염 어머니의 입체적 성격에서는 "가부장제의 두꺼운 벽 안에 예속적인 존재로 길들여진 여성의식을 반영하며, 나아가 지배담론에 매몰된 여성들의 성적, 계급적 정체성을 자발적으로 깨닫는 길이 얼마나 어려운 일인가 하는 것을 잘 보여준"23) 강경애의 문학적 형상화와 더불어 현실비판적 여성주의가 엿보인다.

또한, 봉염 어머니는 부도덕하게 가진 아이에 대해서 죄책감을 가지는 반면에 강한 모성애를 보여주기도 한다. 그녀는 "뱃속에 애든것을 알게 되었을때 유산시키려고 별짓을 다하여보았다.", "배를쥐어박아도 보고 일부러 칵 넘어지기도 하고 벽에대 배를대고 탕탕부디처도 보았"고, 심지어는 "양잿물을 마시려고 캄캄한 밤중에 몇 번이나 일어"섰으면서도, 냉면을 먹고 싶은 본능적 생명력이 압도하여 "양잿물그릇을 쏘치고 말았던 것이다."(367면) 팡둥에게 냉면을 사달라고 하리라 다짐하나 끝내는 아무 소리도 못한 채 팡둥의 집에서 쫓겨나 남의 집 헛간에서 아이를 해산한다.

---

23 정현숙, 앞의 논문, 67면.

내가 웨죽어, 꼭산다. 너의들을 위하여 꼭산다하고 중얼거렸다. 애를 낳기
전에는 아니 보다도 이아픔을 겪기전에는 죽는다는 말이 그의 입에서 떠나지
않았고 또 진심으로 죽었으면하고 생각도 많이 하였다. 그러나 마침 주검과
삶의 경계선에서 아차아차한 곱이를넘기고 겨우소생한 그는 어쩐지 죽고싶
지는 않았다. 오히려 삶의 환희를 느꼈다. (373면)

봉염 어머니는 아이를 "낳자마자 죽이려고" 다짐하지만, 출산 후에는
"전신을 통하야 짜르르 흐르는 모성애!"(372면)를 느끼는 본능적 모성을
보여준다. "내가 웨죽어, 꼭산다. 너의들을 위하여 꼭산다하고 중얼" 거
리면서 아이를 출산한 그는 봉염이의 "시선이 거북스럽"다. 피묻은 빨래
를 들고 나가는 딸이 "치울터인데하"(374면)는 미안한 심경과 더불어 팡
둥의 아이를 출산한 데 대하여 "자신이 끝없이 더러워보"인다는 윤리적
반성을 보여주기도 한다. 그러나 그 모든 것들을 압도하는 힘은 강렬한
모성애와 인권의식이다. "내가 왜 죽어 꼭 산다. 너희들을 위하여 꼭 산
다"라고 다짐하며 "삶의 환희"를 느끼고, 먹을 것이 없어 파뿌리를 먹어
대는 모습에서도 본능적인 생명력과 더불어 자식들의 인권을 배려하는
복합적 모성애가 인지된다.

명수 명수야! 하고 입속으로 부르며 무심히 그는 그의 젖꼭지를 꼭쥐었다.
지금쯤은 날부르고 우지안는가…그는 와락 뛰어나왔다. 그러나 명수어머니
의 그얼굴이 사정없이 앞을 콱가루막는듯했다. 그는 우뚝섰다. "이년! 명수를
웨못보게하니 네가 낳기만했지 내가 입대 키우지않았니 죽일년 그애가 날더
따르지 널따르겠니 명수는 내거다" 하고 눈을 부릅떴다. (382면)

봉염이와 팡둥과의 사이에서 낳은 봉희까지 잃고 난 후 봉염 어머니는
자신이 유모로 들어가 키운 명수에 대한 그리움을 훼손된 모성애로 집착

한다. 명수의 유모를 하는 동안, 정작 자신의 딸은 열병에 걸려 죽고 만 것에 대한 죄책감으로 "흥! 제자식 죽이고 남의 새끼보고 싶어하는 이어 리석은년아 웨죽지않고 살아있어?"라고 푸념하면서도 자신이 젖을 먹여 키운 명수를 간절하게 보고 싶어 한다. "명수의 머리카락하나 자유로만 져보지못할 자신"의 처지를 인식한 후에도 "명수가 젖을 먹으며 그토실 토실한 손으로 그의 머리카락을 쥐어뜯던 생각이나서 저윽히 가슴이다시 후닥닥"(386면) 뛰기조차 한다. "정이란 치사한것"이라 생각하지만 명수 에 대한 집착은 죽은 딸들을 향한 그리움보다 더욱 절실하다.

한편, 봉식이 살아있을 것이라는 맹목적 모성은 소금 밀수를 하게 되는 동기로 작용한다. 팡둥의 집에 얹혀살면서 온갖 고초를 견뎌낼 수 있었던 것은 오로지 아들의 행방을 알아내기 위한 집념에서다. 그는 "봉식이가 다녀갔다"는 말 한마디 때문에 팡둥의 집에서 종노릇을 하면서 아들 소 식을 학수고대한다. 공산당의 연설을 들으면서도 딸이 다녔던 학교와 선 생님을 떠올리며 아들이 공산당의 무리 속에 있지 않는가 하는 생각에서 도 맹목적 모성의 집착이 드러난다. 자식들에 대한 기억과 관련하여서만 삶의 가치를 확인하는 맹목적인 모성은 순사에게 소금 밀매가 발각되어 목숨이 위태로운 순간에도 "봉식아, 살았느냐 죽었느냐 이 어미를 찾으 렴……난 더 살 수 없다!"(393면)고 절규한다.

이렇듯 텍스트 말미에서 극화되는 모성은 '소금'을 빼앗기는 상황으로 구체화된다. 봉염 어머니의 훼손된 모성애는 일본의 통제로 인해 비싼 관염을 사 먹어야 하였던 현실비판과 남편과 가족마저도 빼앗긴 채 "이 렇게 심심하고 괴로운 길"을 살아간다는 비판적 인권의식이 내포되어 있다.

같은 맥락에서 '소금'을 빼앗기는 극적 장치는 아들에 대한 사랑을 보

여주는 모성의 절대적 힘을 강조하는 동시에 여성의 인권의식을 역사사
회적 계급의 각성으로 환기하는 것이다. '소금'을 잃은 일은 목숨과 같은
모성을 빼앗기는 일이다. '소금'을 빼앗기지 않으려는 그의 저항은 자식
에 대한 믿음을 빼앗기지 않으려는 모성의 다른 얼굴이자 인권의 주장이
다. 조국을 상실하였기에 땅과 남편, 그리고 자식과 목숨까지도 빼앗길
수밖에 없는 인권 유린의 비극이 '소금'을 빼앗기는 장면으로 극화된 것
이다. 이처럼 텍스트 심층에서 빼앗긴 '소금'의 의미와 대응하는 모성의
훼손은 자식과 같은 소중한 인권의 가치와 더불어 잃어버린 조국의 가치
를 반성한다.

요컨대, 텍스트 심층에서 빼앗긴 '땅'과 '소금'의 존재론적 의미에 대
응하는 모성의 복합적 의미야말로 식민지 인권의식의 회복을 꿈꿨던 작
가의 실천적 삶의 가치를 구현한 창조적 여성성에 뿌리를 둔다. 그러므로
독자는 일제강점기 삶을 모성의 훼손으로 고발하면서 통합적 인권의식을
회복하고자 하였던 작가 강경애의 여성주의와 소통하는 지점에서 우리의
인권의식을 반성하고 더불어 21세기 바람직한 인간상을 모색할 수 있을
것이다.

5. 맺음말

이 글은 개념적 은유의 접근방법으로 강경애의 「소금」 텍스트의 정보
전달과정을 파악함으로써 일제 식민지 한국 여성소설의 문화사회적 의미
로 우리의 삶을 반성할 수 있는 작가 강경애의 창조적 여성성의 가치를
반성하였다. 개념적 은유로 접근한 「소금」 텍스트의 의미 생성과정은 이
주에 따른 반복적 인지과정을 통해 확산적 민족의식을, 계급에 따른 대립

적 인지과정을 통해 주체적 사회의식을, 모성에 따른 복합적 인지과정을 통해 통합적 인권의식을 환기한다.

텍스트의 인지과정의 소통체계를 파악하면 첫째, 독자는 일제강점기 봉염 어머니가 고향에서 일본 지주에게 땅을 빼앗기고 고국을 떠나 간도에서 시련을 당하였던 이주의 반복적 인지과정을 통하여 확산적 민족의식으로 일제강점기 역사를 교훈 삼아 민족의식을 확장할 수 있을 것이다. 둘째, 독자는 봉염 어머니의 고난과 갈등으로 재현된 계급의 대립적 인지과정에 따른 주체적 사회의식을 통하여 우리 사회 계층적 차이를 해소할 수 있는 민주시민의식을 함양할 수 있을 것이다. 셋째, 독자는 모성의 복합적 인지과정에 따른 통합적 인권의식을 통하여 다문화시대 인권의 존엄성을 이해함과 동시에 21세기 바람직한 인간상을 정립할 수 있을 것이다.

결과적으로, 독자는 개념적 은유의 접근방법으로 「소금」 텍스트에 드러난 이주의 반복적 인지과정, 계급의 대비적 인지과정, 모성의 복합적 인지과정에 따라 확산적 민족의식, 민주적 사회의식, 통합적 인권의식 등을 환기함으로써 강경애의 실천적 삶의 가치를 구현한 창조적 여성성을 통하여 21세기 조화로운 민주시민의식을 고양할 수 있을 것이다.

제3부
백신애의 창조적 여성성

백신애 소설세계의 인지론적 연구

1. 머리말

> 인간에게 만일 가치있는 것이 있다고 한다면, 그것은 얼마나 많이 연소(燃燒)했는가 하는 것이다. —앙드레 지드[1]

백신애 소설에 대한 기존의 평가는 "정열이 승해서 문학편이 그 기질을 감당하지 못한 흠이 있다"[2]는 부정적인 입장과 "박화성, 강경애에 비하여 여성적인 감성이나 사고의 영역에 근거하여 여성 리얼리즘을 확보한 작가"[3]라는 긍정적인 입장으로 길항되고 있다. 선행 연구는 리얼리즘과 연관된 주제론적 층위,[4] 작가의 전기와 연관된 여성주의[5]의 층위, 기법과

---

1 백신애, 「아름다운 노을」, 김혜실 편, 『범우비평판 한국문학 14-아름다운 노을 외』, 범우, 2004, 280면. 이 글의 텍스트는 김혜실 편, 『범우비평판 한국문학 14-아름다운 노을 외』에 실린 「꺼래이」, 「적빈」, 「나의 어머니」, 「광인수기」, 「혼명에서」, 「아름다운 노을」 등으로 삼는다. 본문 인용 면수는 괄호 안에 표기한다.
2 백철, 「여류작가의 수준」, 『신문학사조사』, 민중서관, 1952, 346면.
3 이재선, 『한국현대소설사』, 홍성사, 1976, 437~439면.
4 정영자, 「백신애 소설연구」, 『수련어문학회』 15집, 수련어문학회, 1988; 민현기, 「백

"

관련된 형식의 층위6) 등에서 각각 대립적인 논의가 개진되어왔지만, 문학의 사회문화적 가치 측면에서는 별다른 논의가 시도되지 못하였다.

한편으로, 백신애 소설에 대하여 상반된 논의가 길항하는 현상은 식민지 현실에서 "신여성, 향촌인, 여행자, 식민지인, 사회활동가, 강제 결혼자, 여류작가, 이혼녀 등의 상호모순적이고 이질적인 경계인"7)의 삶을 살았던 작가의 실존적 흔적이 여성의 글쓰기로 체현됨으로 말미암아 독자 수용의 지평을 열어놓았다는 반증이기도 하다. 이러한 백신애 소설세계에 대한 온당한 이해를 제공하려면 비연속적이고 파편적인 소설 언어의 인지 구성에 따른 실존의식과 작가의 현실인식을 구현한 작가 백신애의 창조적 여성성을 해명할 필요가 있다.

이러한 문제의식을 바탕으로 본 논의는 "한국어 언중들의 다양한 상황과 관계에 바탕"8)을 둔 문학 감상과 이해의 효과를 고양하고자 백신애 소

신애 소설 연구」, 『한국학논집』 18, 계명대 한국학연구원, 1991, 189~212면; 한명환, 「백신애 문학 연구의 향방과 전망」, 『순천향대 인문과학논총』 23집, 순천향대 인문과학연구소, 2009, 103~133면.

5 서정자, 「아름다운 노을고」, 『청파문학』 14집, 숙명여대 출판국, 1984, 107~116면; 김미현, 「'사이'에 집짓고 살기-백신애론」, 『페미니즘과 소설비평』, 한국여성소설연구회, 1995, 217~250; 안숙원, 「백신애의 반미학과 페미니즘」, 『여성문학연구』 제4호, 태학사, 2000, 315~348면; 우미영, 「여성의 광기와 무의식의 욕망」, 『여성문학연구』 제4호, 태학사, 2000, 351~372면; 최혜실, 「백신애 문학에 나타난 이중적 타자성」, 『현대소설연구』 제24호, 한국현대소설학회, 2004, 23~48면; 김지영, 「백신애 소설연구」, 『현대소설연구』 제38집, 한국현대소설학회, 2008, 35면.

6 김정자, 「소설의 공간기법적 의미분석」, 『선청어문』 16/17합본, 서울대 사범대학 국어교육과, 1988, 767~788면; 이미순, 「백신애 문학의 수사학적 연구」, 『개신어문연구』 22호, 개신어문학회, 2004, 413~431면.

7 김지영, 앞의 논문, 39면.

8 백신애 소설에서 중층적이고 역동적인 소설 언어의 구성원리를 해명하는 작업은 외국인을 위한 의사소통적 언어 교수-학습에서 드러날 수 있는 단순하고 공리적인 차

설세계를 인지론적 시각으로 접근하여 다양한 실존의식을 해명하고자 한다. 인지론적 시각은 백신애 소설의 형식과 의미의 상관성을 작가의 창조적 삶의 은유로 바라보는 방법론적 접근으로서 독자로 하여금 "우리가 자기 자신과 문화와 세계 전체를 이해하는 데 있어 중추적인 위치에 있다"[9]는 각성을 제공할 수 있는 장점이 있다. 레이코프와 존슨에 따르면 '은유(mataphor)'란 우리에게 익숙하고 구체적인 '근원영역(source domain)'의 체험을 바탕으로 낯설고 추상적인 '목표영역(target domain)'을 개념화하는, 달리 표현하면 맵핑하는 인지기제이다.[10] '맵핑'은 낯설고 추상적인 의미를 구체적인 삶의 경험이나 이미지로 '사상(寫像)'하는 과정이다.

이와 같은 개념적 은유[11]의 시각에서 백신애 소설 텍스트에 드러난 인지 구성의 원리를 파악하면, 선형적 생존의 정보 구성은 역사의식을, 대립적 갈등의 정보 구성은 사회의식을, 나선적 성장의 정보 구성은 연대의식을 맵핑하는 인지기제로 작가의 실천적 삶의 가치와 대응한다. 이를 문학 감상과 이해에 적용하면 독자는 소설 텍스트에 제시된 생존과 갈등 그

원에 머무르는 한계를 극복하며 타자들의 발화에 숨겨진 의도를 파악하여 당대 사회 문화 현상을 이해하는 데도 큰 도움이 될 수 있다. 신주철, 『한국어 교육에서 한국문학 교육의 이론과 실제』, 커뮤니케이션북스, 2006, 15~16면 참조.

9　G. 레이코프 · M. 터너, 『시와 인지』, 이기우 · 양병우 옮김, 한국문화사, 1996, 269면.

10　G. 레이코프 & 존슨, 『삶으로서의 은유』, 노양진 · 나익주 역, 박이정, 2006, 21~27, 392면 참조.

11　개념적 은유는 구조적 은유, 지향적 은유, 존재론적 은유로 분류된다. 구조적 은유(structural mataphors)란 한 개념이 다른 개념의 관점에서 은유적으로 구조화되는 경우이다. 지향적 은유(orientational mataphors)는 상호 관련 속에서 개념들의 전체 체계를 조직하는 은유적 개념으로 공간적 지향성과 관련을 보여준다. 존재론적 은유(ontological mataphors)는 물리적 대상에 대한 경험을 사건, 활동, 정서, 생각 등을 개체 또는 물질로 간주하는 방식이다. G. 레이코프 & 존슨, 위의 책, 21~71면.

리고 성장의 구체적 경험으로 환기되는 역사의식, 사회의식, 연대의식 등의 실존의식을 통하여 다문화시대 우리 삶을 돌아볼 수 있다

21세기 한국문학 연구는 내국인뿐만 아니라, 외국인을 위한 한국문화의 활성화와 세계적 소통이라는 당면 과제를 안고 있다. 문학작품은 언제나 구체적인 상황 속에서 구체적인 인간의 행위를 문제 삼고, 맥락 속에 존재하는 문화를 수용[12]하기에 한국문학작품을 이해하고 감상하는 작업은 한국문화를 역동적으로 바라보는 길이 될 수 있다. 이러한 맥락에서 백신애 소설에 함축된 창조적 여성성에 대한 인지론적 연구는 일제 식민지 한국문학의 역사적 특수성과 작가 개인적 삶의 특수성을 보편적 삶의 은유체계로 전환하여 한국문학의 세계적 소통을 모색하는 단초가 될 것이다.

2. 생존의 선형적 정보체계와 식민지 역사의식 회복

「꺼래이」, 「적빈」 등의 소설 텍스트에서 근원영역으로 드러난 생존의 정보 구성원리는 선형적인 '길'의 속성으로 독자가 일제 식민지 역사성의 회복이라는 목표영역에 도달할 수 있게끔 독서지평이 열려 있다. 선형적으로 제시되는 '의·식·주'에 대한 정보는 "인생은 여행이다", "인생은 하루다" 등의 '길'의 구조적 은유[13]와 대응하여 개인적인 생존 경험을 일

---

12 박성창, 「문학텍스트와 외국어 교육」, 『한국어 교육과 문학』, 제6회 한국어 교육 국제 학술회의, 서울대 국어교육연구소, 2004, 51면.

13 구조적 은유는 우리 경험 내부의 체계적인 상관관계에 그 근거를 두는데 여기에서 부각과 은폐의 차이가 드러난다. '인생은 여행이다'에서 목표영역인 인생과 근원영역인 여행은 시간의 흐름인 역사성으로 사상된다. G. 레이코프 & 존슨, 앞의 책, 21~37면; G. 레이코프·M. 터너, 앞의 책, 1~82면.

제강점기 민족 역사의 차원으로 확장한다. 따라서 독자는 크로노스[14]의 시간성과 맞닿는 '길'의 선형적 정보로 제시된 작중인물의 생존 경험을 통하여 일제강점기 역사 회복이라는 작가의 현실인식을 이해할 수 있다.

먼저, 「꺼래이」에서는 순이와 그의 가족이 겪는 생존 경험이 선형적인 '길'의 은유로 부각되면서 역사의식이 환기된다. 시베리아 추운 길 위에서 반복되는 고난은 소외된 민족의 역사와 맞물려 있다. 추위를 막을 수 없는 누추한 옷차림과 앉을 곳조차 없는 짐승 우리 같은 공간, 그리고 지저분한 빵조각으로 버텨야 하는 등의 열악한 '의·식·주'의 정보가 반복된다. 시간의 흐름에 따라 반복적으로 제시되는 혹독한 추위와 감금 그리고 배고픔 등의 생존 경험은 식민지 치하 국경을 떠돌아야 하였던 꺼래이의 비극적인 삶의 정체성에 대한 이해를 구체적인 몸의 감각으로 보여준다.

> 끌려갔습니다. 순이(順伊)들은 끌려갔습니다. 마치 병든 버러지 떼와도 같이⋯⋯. 굵은 주먹만큼씩한 돌멩이를 꼭꼭 짜박은 울퉁불퉁하고도 딱딱한 돌길 위로⋯⋯. 오랜 감금(監禁)의 생활에 울고 있느라고 세월이 얼마나 갔는지는 몰랐으나 여러 가지를 미루어 생각하건대 아마도 동짓달 그믐께나 되는가 합니다. (24면)

작품의 시작 부분에서는 "굵은 주먹만큼씩한 돌멩이를 꼭꼭 짜박은 울퉁불퉁하고도 딱딱한 돌길"로 시작된 순이 가족의 역경이 제시된다. 고국을 떠날 때 입고 온 "세누겹저고리에 엷은 속옷"만을 걸친 "몸뚱아리들은

---

14 크로노스는 흘러가는 시간 또는 기다리는 시간이기에 역사적인 시간과 맞닿는다. 프랭크 커머드, 『종말의식과 인간적 시간』, 조초희 옮김, 문학과지성사, 1993, 59면.

군데군데 얼어 터져 물이 흐르"는 고통으로 혹독한 추위를 견뎌야 한다. "모든 감각을 잃어버린 '로보트' 같이 어디를 향하여 가는 길인지 죽음의 길인지, 삶의 길인지, 아무것도 모르고 얼어붙은 혼(魂)만이 가물가물 눈을 뜨고 없어지며 자빠지며 총대에 찔려가며 절름절름 걸어"(25면) 가는 시베리아 벌판 길의 몸의 고통은 국권을 빼앗긴 민족 수난과 대응한다.

시베리아 '길'의 고통은 앉을 자리도 없는 짐승 우리와 같은 열악한 공간에서 지내는 감금생활과 눈물로 "새까맣게 된 빵뭉치"로 연명해야 하는 음식에 대한 고통으로 이어진다. 이처럼 선형적으로 반복 제시되는 순이와 그의 가족이 겪는 생존경험에 대한 정보는 열악한 '의·식·주'의 환경과 맞닿는 생존경험의 시련을 개인의 차원을 넘어선 '꺼래이'의 정체성으로 환기한다.

"그 귀익고 그리운 소리가 그때의 순이들에게는 끝없는 분모를 자아내는 말"(30면)이 된 '꺼래이'의 정체성에 대한 선형적 정보는 소외된 민족의 정체성에 대한 이해를 다각적인 시각으로 제공한다. 첫째, 고려인을 지칭하는 '꺼래이'는 국경을 넘어 러시아 땅에서 "무지몰식한 야만인, 그리고 무력하고도 불쌍한 인간들"로 이국인들이 조선인을 비하하는 시각이다. 둘째, "꺼래이라는 귀익고 그리운 소리"는 민족의 동질감을 확인하는 공감대이지만, 다른 민족의 "웃음거리가 되어 있"는 부조리한 역사에 대하여 분노하는 민중의 시각이다. 셋째, '꺼래이'의 경험은 순이 가족의 비극적 운명으로 구체화된 국가를 상실한 역경이다.

"송곳하나 세울 곳 없는 조국을 떠나 농사짓고 살 땅을 찾아" 러시아 국경을 넘었지만 짐승 같은 생활을 하다가 강제 추방당하거나 죽어가야 하였던 꺼래이의 운명은 순이 가족이 겪는 역경으로 구체화된다. 순이 아버지의 시신을 찾지도 못한채 추방당하여야 했던 시베리아 벌판 길의 혹독한 추위와 굶주림 속에 순이의 할아버지는 죽게 되고, 순이와 그의 어머니마저 생존의 위기를 맞는다. 할아버지의 얼어붙은 시신 곁에서 순이는 "순이야, 울지 말고 일어서라."라는 소리를 듣는다. 이처럼 '과거-현재-미래'로 이어지는 선형적인 생존 경험을 통하여 독자는 식민지 일제강점기 역사의식을 각성하는 기회를 갖게 될 수 있다. 더불어 현재의 어려움을 극복할 수 있는 자신의 삶에 대한 비전을 다양한 시각으로 모색할 수도 있을 것이다.

「적빈」에서는 '매촌댁' 늙은이의 호칭에 따른 삶의 이력과 궁핍한 삶의 경험이 선형적인 '길'의 은유로 제공된다. "인생은 식물이다", "인생은 대지이다" 등의 구조적 은유와 맞닿는 '매촌댁' 늙은이의 질긴 생활력에 대한 정보는 생명을 생산하고 키우는 여성의 정체성을 '식물'과 '대지'의 속성으로 전달함으로써 개인적 삶의 이력으로 역사의식을 환기한다.

> 그의 둘째아들이 매촌(梅村)이라는 산골에 장가를 간 후로는 그를 부를 때 누구든지 '매촌댁 늙은이'라고 부른다. '늙은이'라는 위에다 '매촌댁'이라고 특히 '댁'자를 붙여 부르는 것은 이 늙은이가 은진 송씨(恩津宋氏)인고로 송우암(宋尤庵) 선생의 후예라고 고 동안 동리에서 제법 양반 행세를 해 오던 집안이 친정으로 척당이 됨으로서의 부득이한 존칭이다. 그러나 지금에 와서는 존칭으로 '댁'자를 붙여 준다고는 아무도 생각지 않았다. (66면)

텍스트의 시작 부분에서부터 선형적으로 제시되는 '매촌댁' 늙은이에 대한 호칭의 변화에 대한 정보는 첫째, 결혼에 따른 변화, 둘째, 결혼 후 남편과 자식의 위상에 따른 변화, 셋째, 며느리로 뿌리 내림하는 시간에 따른 여성의 역할을 제공한다. 이처럼 "매촌댁 늙은이"의 이력과 대응하는 호칭의 변화에서는 '과거-현재-미래'로 이어지는 여성의 정체성이 강조된다. 첫째, 원래 송씨가 양반 후손이었다는 과거 정보는 결혼에 따라 달라진 여성의 위치에 대한 이해를 제공한다. 둘째, 요즈음에 와서는 '댁'자를 쑥 빼고 부른다는 현재 정보는 남편이 일찍 죽고 아들 가족의 생존까지 챙겨야 하는 여성의 고단한 처지를 바라보는 사회적 시선에 대한 이해를 제공한다. 셋째, 며느리의 고향인 '매촌'에 따른 호명은 시어머니에서 며느리로 이어지는 자식을 낳고 키우는 생산과 양육의 기능에 대한 이해를 제공한다.

'매촌댁' 늙은이의 정체성은 마침내 며느리가 아들을 낳는 것으로 삶의 보람을 수확하게 된다. '매촌댁' 늙은이는 먹을 것이 없어 힘을 쓰지 못하여 "아이를 속히 낳지 못하고 끙끙대는" 큰 며느리가 "장찌걱을 조금 부어 김이나게 끓"인 물을 먹은 후 "새빨간 고기 덩어리" 같은 첫 손자를 낳자 감격의 눈물을 흘린다. 여순 셋에 첫 손자를 보는 '매촌댁' 늙은이의 감격이 씨를 거두는 수확의 보람과 대응한다면, 그가 흘리는 눈물은 죽음으로 향하는 시간과 대응한다. "텅비인 뱃가죽은 등에 가 붙고 입안과 목안은 송진으로 붙인 것같이 입맛을 다시면 찢어지는 것 같이 따가왔다."는 생명력의 소진으로 예상되는 '매촌댁' 늙은이의 죽음은 손자의 탄생이 있기에 절망스럽지가 않다.

> '사람은 똥힘으로 사는데……'
> 하는 것을 생각해 내었던 것이다. 이제 집으로 돌아간들 밥 한 술 남겨 두었을 리가 없음에 반드시 내일 아침까지 굶고 자야 할 처지이므로 지금 똥을 누어버리면 당장에 앞으로 거꾸러지고 말 것 같았던 까닭이었다.
> 그는 흘러내리는 옷을 연방 움켜잡아 올리며 코끼리 껍질 같은 몸뚱이를 벌름거리는 그대로 뒤가 마려운 것을 무시하려고 입을 꼭 다문 채 아물거리는 어두운 길을 줄달음치는 것이었다. (79면)

텍스트의 말미에서 전달되는 어두운 길은 "인생은 하루다."라는 구조

적 은유와 대응하여 죽음이 가까워진 시간을 암시한다. '매촌댁' 늙은이
는 큰며느리의 해산을 돕고 작은며느리 집으로 가면서 길에 배변욕구를
느끼나 똥을 누고 나면 힘이 빠진다고 끝내 배변을 참는다. "사람은 똥힘
으로 사는데……" 배고픔의 극한 고통과 죽음을 목전에 둔 생존의 한계
에서 배변을 참는 '매촌댁' 늙은이의 강인한 생명력은 삶의 절망을 웃음
으로 극복하는 한국인의 해학과도 맞닿는다.

"그러나 눈앞에는 오늘 난 아기의 두 다리 사이에 사내란 또렷한 그 표적
이 어릿어릿 나타나고 사라지고 하였다"(78~79면)는 정보로 유추되듯이
'매촌댁' 늙은이가 맞게 된 죽음의 허무마저도 대물림에 대한 기대가 있기
에 절망스럽지가 않다. 이와 같이 제시되는 '매촌댁' 늙은이의 강인한 생명
력과 인생길에 대한 이해를 통하여 독자는 자손의 뿌리 내림을 향한 헌신적
인 삶의 의미를 각성할 수 있다. 더불어 출산율이 현격하게 줄어든 한국사
회의 현실에 대한 문제의식을 다양한 시각으로 반성할 수도 있을 것이다.

3. 갈등의 대립적 정보체계와 유기적 사회의식 회복

「나의 어머니」, 「광인수기」 등의 소설 텍스트에서 근원영역으로 드러난
길등의 정보 구성원리는 대립적 공간 지향성으로 독자가 유기적인 사회성
의 회복이라는 목표영역에 도달할 수 있게끔 독서지평이 열려져 있다. 화
자의 번민이나 광기의 언술은 공간 지향적 은유[15]와 대응하여 '중심-주

---

15 공간적 · 지향적 은유는 상호 간의 체계, 즉 위-아래, 안-밖, 앞-뒤, 접촉-분리, 깊
   음-얕음, 중심-주변의 공간적 지향을 중심으로 전체 체계를 조직하는 것이다. 이것은
   우리가 현재와 같은 몸을 가졌고, 그 몸이 우리의 물리적 환경에서 현재와 같이 활동한
   다는 사실로부터 생겨난다. G. 레이코프 & 존슨, 앞의 책, 37~57면.

변’ 또는 ‘안−밖’의 길항하는 문화적 접촉을 함축하는 관계성의 갈등을 유기적인 사회의식으로 환기한다. 관계의 갈등에서 파생하는 양가적 감정의 카타르시스를 반영하는 언어의 정화작용은 불이 연소되는 수직적 공간 지향성으로 대립적 문화 차이가 해소되는 유기적 사회의식을 환기한다.

먼저, 「나의 어머니」에서 드러난 화자의 번민에는 ‘나’와 어머니의 갈등이 전통과 근대로 대립되는 여성의식의 문화 차이로 반영된다. ‘안−밖’의 공간적 차이를 함축하는 화자의 언술에는 어머니와의 갈등으로 인한 번민을 승화하는 과정이 ‘불’이 연소되는 수직적 공간 지향의 은유로 드러난다. 화자는 보통학교 교원이었으나 여자 청년회를 조직한 연유로 권고사직을 당하였다. 어머니는 아들이 사회활동을 하다가 투옥된 상황에서 하나뿐인 딸마저 위험한 사회활동을 한다는 위기감으로 화자가 하는 사회활동을 저지한다.

어머니가 딸에게 원하는 삶은 ‘안’을 고수하는 전통적인 삶이라면, 화자가 추구하는 삶은 ‘밖’을 향하는 근대적인 삶이다. “여성단체를 조직하기에 애를 쓰기도 하고 그렇지 않으면 하루 종일 밤이 새도록 책상 앞에서 책과 씨름을 하는” 화자의 입장은 개방적인데 비하여 “아까운 재주를 놀리기만 하면 어쩌느냐!”(14면)며 딸을 안타깝게 보는 어머니의 입장은 보수적이다.

> (가) 자신의 편함과 혈육(血肉)을 사랑하는 것밖에 아무것도 모르고 도덕과 인습에 사무친 저 어머니의 자기의 생명 같이 키워놓은 단 두 오누이 (男妹)로 말미암아 오늘에 받는 그 고통을 생각할 때 나는 가슴이 다시금 찌들하고 쓰려졌다. (21면)
> (나) 그러면 나는 무엇으로 어머니를 편케 할까요! .그러나 나의 어머니여

나는 어머니가 좋아하시는 김가에게도 이 몸은 바치지 않을 것입니다.
또 내일 밤도 빠지지 않고 가야 합니다.
"가엾은 나의 어머니여." (23면)

(가)와 (나)에서는 화자의 번민이 대립적으로 전달된다. (가)에서는 인습적이며 전통적인 어머니를 비판하면서도 연민하는 화자의 번민이 드러난다. "자신의 편함과 혈육을 사랑하는 것밖에 아무것도 모르고 도덕과 인습에 사무친 저 어머니"에서는 어머니와 자신의 입장 차이가 "저 어머니"로 제시된다. 가족 이기주의를 비판적으로 바라보는 화자의 번뇌는 "단 두 오누이로 말미암아 오늘에 받는" 어머니의 고통을 생각하면 "가슴이 다시금 찌들하고 쓰려졌다."라는 연민으로 연소된다.

(나)에서는 어머니의 뜻을 거역할 수밖에 없는 화자의 의지와 더불어 어머니에 대한 절대적 이해와 사랑이 강조된다. 화자는 인습을 강요하는 어머니에 대하여 이해를 하지만 삶의 주체로서 결혼 상대자를 자신이 선택하고, 사회활동을 계속할 의지를 표명한다. 어머니에 대한 이해와 거역이라는 양가적 심리가 투영된 번뇌의 언술은 마침내 "가엾은 나의 어머니여."라는 절대적 연민의 끊을 수 없는 사랑으로 승화된다. 이처럼 화자의 번뇌는 '외부와 내부의 그 어떤 어울리는 대립이 실존'[16]하는 사회의식을 환기한다. 이를 통하여 학습자는 개인 간의 대립적 갈등을 문화적 차이로 이해하는 유기적인 사회의식을 확보할 수 있다.

한편 「광인수기」에서는 대립적 갈등의 언술로 갈등의 승화과정을 보여

---

16 들뢰즈는 외부와 내부의 그 어떤 어울리는 대립이 실존함을 인정한다. 알랭 바디우,
　『들뢰즈-존재의 함성』, 박정태 옮김, 이학사, 2001, 176면.

준다. 미친 여성의 페르소나[17]로 기능하는 화자의 광기는 하느님을 수화
자로 삼아 억울한 삶의 갈등을 표출한 것이다. 미친 여자와 하느님이라는
수화자와 수신자의 대립적 관계에는 '위-아래' 공간 지향적 은유[18]가 내
재되어 있다. "생명은 불이다", "인생은 연극이다"[19] 등의 구조적 은유와
대응하는 광기의 언술은 '연극'과 '불'의 속성으로 갈등이 승화되는 과정
을 보여준다.

(가) 아이고-.
　　비도 비도 경치게 청승맞다. 이렇게 오기만 하면 별 것 없이 흉년이지
뭐야.
　　아-이 무서워라. 큰물이 나면 어떡해요. 저 싯누런 큰물이 아이 무서
워. 글쎄 하느님! 제발 덕분에 비를 좀 거두시소……. 그래도 안 거두시
네! 허허 참 사람 죽이는구나. 벌써 이 얌통머리 까지고 소견머리가 홀
랑 벗겨진 하느님아! 내 말 좀 들어봐라. (195면)

(나) 아이구 보고 싶어…….
　　너희들이 보고 싶다.
　　정옥이 너는 장조림을 잘 먹고, 석주는 생선을 잘 먹고, 정희는 시루떡
을 잘 먹고…….

17　고전시대의 연극에서 배우들이 사용한 "가면"을 뜻하는 persona에서 연극의 "등장인물"을
　　뜻하는 "dramatis perdona"라는 용어가 나오고, 특정한 개인을 가리키는 영어단어 "person"
　　이 나왔다. M. H. Abrams, 『문학용어사전』, 최상규 역, 예림기획, 1997, 263~264면 참조.
18　지향적 은유는 공간적 방향과 관련된 것으로 상호 간의 체계 속에서 하나의 전체적
　　인 개념구조를 형성하는 것을 말한다. 위-아래, 앞-뒤, 안-밖, 접촉-분리, 중
　　심-주변의 구성으로, 우리가 일상생활에서 쉽게 겪는 공간적 경험을 중심으로 은
　　유화한 것이다. G. 레이코프 & 존슨, 앞의 책, 21~71면.
19　"인생은 연극이다"라는 은유에서, 인생을 보내는 인물은 배우에, 그와 더불어 살아
　　가는 사람들은 동료 배우들에, 그의 행위는 연기하는 방식에 각각 대응한다. G. 레
　　이코프·M. 터너, 앞의 책, 34면.

에에라, 집으로 가야겠따…… 누가 너희들을 보호할까…… 비는 왜 이
리도 많이 오노…… 비를 노다지 맞고 가면 모두 나를 미쳤다고 하지
않을까. (216~217면)

텍스트의 첫 장면인 (가)와 텍스트의 마지막 장면인 (나)에서는 의사소
통체계의 변화가 드러난다. (가)에서는 세계와 화자의 대립이 하느님을
향한 억울한 심경으로 폭로된다. 이에 비하여 (나)에서는 유기적 관계성
이 세 자녀를 향한 극진한 모성으로 반영된다.

텍스트 시작 부분에서 드러나는 화자의 광기는 가부장제 남편의 권력
을 폭로하는 데 있어 수화자를 사람이 아닌 하느님으로 삼는다. "비도 비
도 경치게 청승맞다"는 불만은 흉년으로 죽어가는 백성의 억울한 입장이
다. 화자가 바라본 세상은 온통 불만투성이다. "자꾸 쓸데없는 물을 내려
쏟"아 "큰물이 지고 흉년이 되어 백성이 굶어죽"게 하는 하느님이야말로
홍수와 같은 자신의 불행을 최종적으로 책임져야 할 운명의 절대 주관자
라는 현실논리가 반영된 것이다. 화자의 분노야말로 하느님의 억울한 백
성의 입장이다.

'하느님-화자'로 드러난 대립적 갈등의 정보는 '남편-아내', '전통
여성-신여성' 등의 문화 차이를 '위-아래', '중심-주변', '안-밖'의
공간적 차이로 제공한다. 자신의 불행을 홍수아 같은 천재지변으로 여기
며 그 책임을 하느님께 따지는 화자는 하느님의 권위에 남편의 권력을 대
응시킨다. "하느님아. 내 말 좀 들어보소."라고 시작한 화자의 하소연은
그 권위를 비하한다. "얌통머리 까지고 소견머리가 홀랑 벗겨진 하느님",
"빌어먹을 도둑놈", "빌어먹을 개새끼 같은 하느님", "저 빌어먹다 낮잠
이나 잘 하느님", "때려죽일 하느님" 등으로 비하시킨 하느님에 대한 호
명으로 남편에게 당한 분노를 폭발한 것이다.

억울한 화자의 심경을 폭로하는 거리에서 삶의 갈등을 정화하는 소설 언어의 확장이야말로 백신애 소설의 현실논리이자 서사미학이다. 가부장제 문화 권력을 내포하는 '탈중심화된 주체'[20]인 남편과의 갈등을 하느님과 희생당한 백성의 대립적인 위치에서 폭로하는 광기의 언술은 '연극'과 '불'의 카타르시스 속성으로 가부장제 문화의 폭력성을 극적으로 폭로하기 때문이다.

화자의 분노에는 남편의 사랑을 빼앗아간 신여성에 대한 갈등 또한 대립적으로 제시된다. "네가 분명 하느님이라면 왜 그 악하고 악한 도둑놈의 연놈을 그대로 둔단 말인고."(195면), 하느님의 권력을 신문하던 화자는 "그 연놈에게 죄가 있을 리 있나요. 다 내 팔자지요."(196면)라고 체념한다. "어떤 연놈은 팔자 좋아 시원한 집에서 더우면 전기 부채 틀어 놓고, 비가 와서 이렇게 추워지면 따뜨무리하게 불을 때서 번듯이 드러누워, 남편놈과 우스개놀이나 주고 받고 하지마는…."(196면) 하고 신세한탄을 하기도 한다. 그러다가 "아이고 아이고, 그 뻔뻔스런 년, 남의 남편을 빼앗아 앉아서…아이구 분해!"(212면)라고 하며 신여성에 대한 화자의 분노는 다시 하느님을 향한 분노로 반복된다. 그리고 급기야 "네가 하느님이야? 도둑놈이지. 그만치 내가 정성을 드렸으면 조금이라도 효험을 보여주어야 되지 않느냐?"는 격앙된 분노를 되풀이한다.

한편, 화자와 대립되는 남편의 입장이 전달되기도 한다. 화자의 남편은 애인인 신여성에게 "노모를 위하여 참아왔고 또 그 여편네가 가엽기도

20 극단적으로 말해서 탈중심적 주체는 불가항력적인 힘에 의해 조종되는 꼭두각시로, 지젝의 말처럼, 자신을 조종하는 실 끄트머리에 매달림으로써만 개인적인 출구를 찾을 수 있다. 토니 마이어스, 『누가 슬라보예 지젝을 미워하는가』, 박정수 옮김, 앨피, 2003, 76~78면.

하여 나 자신의 삶을 희생해 온"(211면) 자신의 처지를 고백한다. 그에게
아내는 "맛있는 음식이나 먹여 주고 옷이나 빨아 주고 밤이 되면 야수 같
은 본능만 아는 그런 여편네"이고, "이십 년이란 세월을 살아왔"던 결혼
은 "아무 감격도 신선함도 이해도 없는 그런 부부생활"이다. 이러한 남편
에게 화자는 "인간이란 게 공부를 잘못하면 제 행동이 옳든 그르든 간에
아무리 틀린 말이라도 교묘하게 이론만 갖다 붙여서 그저 합리화하려고
하는 재주만 늘어갈 뿐"(211면)이라고 비난한다. 남편의 윤리성[21]을 비판
하는 화자의 입장은 가부장제 권력을 악용하는 지식인 남성의 허위성을
비판하는 작가의 시각에 다름이 아니다.

하느님이라는 절대 권력의 기호 앞에 자신의 억울함을 고발하였던 광
기의 언술과는 달리 서사의 후반에서는 화자의 객관적 언술이 부각된다.
"우선 나 하나를 돌아보더라도 세상에 제 한 몸만 위하고 제 마음의 자유
와 기쁨을 위한다면 이렇게 미치광이가 되어야 하지 않나요."(211면) 역
설적으로 화자는 미치광이로 몰린 부조리한 자신의 처지를 고발하면서
"사람이 산다는 것은 이 인간 세상에서 미우나 고우나를 물론하고 한데
얽매이고 서로 엇갈려 있다는 뜻"(211면)이라는 유기적인 사회의식을 강
조한다.

텍스트의 끝에서 전달되는 극진한 모성은 하나님을 향한 광기외는 사
뭇 대비적이다. 화자는 자식을 수화자로 삼아 자신의 억울한 처지와 자식
에 대한 사랑을 전달한다. 자식의 이름을 일일이 부르며 그들이 좋아하는
음식을 열거하는 모성과 "비를 노다지 맞고 가면 모두 나를 미쳤다고 하

---

21 문학은 윤리학이 아니다. 그럼에도 문학이 삶과 역사의 의미를 추구하는 차원에서
  윤리를 외면할 때, 잠재된 위험성은 심상치 않다. 김봉군, 『현대 문학의 쟁점 과제와
  문학 교육』, 새문사, 2004, 71면.

지 않을까" 우려하는 지극히 정상적[22]인 언술은 광기와의 극적 소격으로 현실의 폭력성을 고발하는 효과를 더한다.

이처럼 대립적인 관계의 분노를 폭발하는 광기의 언술은 인생과 대응하는 '연극'과 '불'의 속성으로 가부장제 문화의 폐단을 폭로하며 갈등을 정화하는 거리에서 유기적 사회의식을 환기한다. 물론 화자의 광기는 남편에게 절대적으로 의존하여야 하는 당대 여성의 삶에 대한 비판적 회의를 끌어낼 수도 있다. 그러나 남편과의 관계를 통해서만 여성의 삶의 가치를 확인하여야 했던 가부장제 전통적 인식에 대한 반문[23] 또한, 작가의 현실비판의식과 맞닿는다. 이러한 대립적 갈등의 표출인 광기의 언술과 그 정화 기능을 이해함으로써 독자는 소설 언어의 사회적 기능과 더불어 문학의 치유 효과를 경험하는 동시에 양성평등에 대한 비판의식을 함양할 수도 있을 것이다.

4. 성장의 나선적 정보체계와 존재적 연대의식 회복

「아름다운 노을」, 「혼명에서」 등의 소설 텍스트에서 근원영역으로 드러난 성장의 정보 구성원리는 역동적인 존재론적 의미로 독자가 연대의식이라는 목표영역에 도달할 수 있게끔 독서지평이 열려져 있다. 텍스트의 근원영역으로 제시된 성장에 대한 정보는 빛과 어둠이 반복적으로 교차하는 에로스와 죽음의 속성을 소설쓰기로 재현하는 작가의 존재론적

---

22 정신병 환자가 결여하고 있는 것은 단지 "평범한" 대상들의 존재를 떠받치고 있는 "부정적인" 광대함의 차원일 뿐이다. 슬라보예 지젝, 『환상의 돌림병』, 김종주 옮김, 인간사랑, 2002, 162~163면.
23 조주현, 「미친년 넋두리」, 『또하나의 문화』 제9호, 평민사, 1992, 173~180면 참조.

의미를 전달한다. 에로스와 죽음의 속성으로 순수한 생명력을 고양시키는 소설쓰기로서 카이로스[24]의 경험은 '노을' 또는 '황혼'의 존재론적 은유[25]와 대응하는 불이 연소되는 삶의 가치로서 성장의 의미를 역동적인 연대의식으로 환기한다.

「아름다운 노을」에서는 작품 창작의 동기로서 에로스의 속성이 빛과 어둠이 교차하며 반복되는 노을빛의 이미지[26]로 제공된다. 액자 외화에서 전달되는 화자의 고백은 액자 내화의 순희의 고백을 끌어들이고 순희의 고백이 다시 액자 외화에서 나의 고백으로 순환됨으로써 소설 창작의 동기와 결과가 나선적 정보로 전달된다.

액자 내화의 서사로 작용하는 순희의 고백은 액자의 외부에서 화자의 작품 창작에 대한 고백의 동기로 작용하기에 화자의 경험이기도 하다. 액자 내화의 이야기는 화가인 30대 중년 과부 순희가 약혼자의 동생이자 아들과 비슷한 또래인 10대 소년과 사랑에 빠져 인습과 욕망 사이에서 방황하다가 결국은 평생 소년을 위하여 헌신하겠다는 사랑의 의지를 다지는 내용이다. 순희의 이야기가 끝난 후 화자는 노을을 바라보는 애틋한 시선으로 연소되지 못한 애절한 사랑의 열정을 바라보며 한 편의 소설이 창작되는 카이로스의 경험을 전달한다.

---

24 '크로노스'가 '카이로스'로 변환되는 것은 소설가의 시간이다. 프랭크 커머드, 앞의 책, 58~59면.

25 존재론적 은유는 물리적 대상이나 물질에 대한 경험으로 추상적인 사건, 활동, 정서, 생각 등에 대한 심오한 근거를 제공하는 방식으로 다양한 목적을 충족시킨다. G. 레이코프 & 존슨, 앞의 책, 21~71면.

26 이미지 구조는 부분-전체의 구조와 속성 구조를 함께 포함한다. G. 레이코프·M. 터너, 앞의 책, 122면.

(가) "인간에게 만일 가치있는 것이 있다고 한다면, 그것은 얼마나 많이 연소(燃燒)했는가 하는 것이다."
라고, 앙드레 지드가 말했다고 한다. 그러나 이 이야기는 타려고 해도 탈 수도 없는 가장 애끊는 이야기였다. (280면)

(나) 여인은 길게 한숨을 지었다. 어디서 새벽 닭 우는 소리가 들려오며 내 눈에서 한 줄기 눈물이 흐름을 깨달았다. (325면)

빛과 어둠이 혼융되는 순희의 연소되지 못하는 사랑은 화자에게 예술적 열정으로 공유된다. 순희의 사랑은 텍스트의 시작 부분인 (가)에서 "타려고 해도 탈 수도 없는 가장 애끊는 이야기"지만, 텍스트 끝 (나)에서는 "내 눈에서 한 줄기 눈물"이 흐르는 공감이 된다. 순희의 열정이 화자의 눈물로 액화되는 과정은 예술적 승화에 다름이 아니다. "타려고 해도 탈 수도 없는 가장 애끊는 이야기"라는 불의 속성이 "그 어느 해, 여름의 석양"을 거쳐 "내 눈에서 한 줄기 눈물"로 액화되는 예술의 승화과정이 구현된 것이다.

순희의 이야기가 소설로 완성되는 과정에 대한 정보는 에로스의 빛과 어둠이 반복되는 나선적 인지과정으로 전달된다. 순희의 사랑은 자신의 아들과 비슷한 또래인 정규에게서 예술적인 이상형을 발견하고 에로스의 절망과 희망을 반복하는 카이로스의 경험이다. "공교롭게도 다―찢어진 화폭에서 소년의 얼굴만은 여전히 그대로 남아 있"는 열정이 에로스의 빛이라면, "석양마을을 향하여 길게 음매―하고 새끼를 찾는 암소의 울음소리"(292면)와 같이 여인의 한숨소리는 모성애에 밀려난 에로스의 어둠이다.

나선적 정보로 제공되는 순수한 사랑의 열정은 울음이 되고 슬픔이 되고 마침내 불의 온기로 남는다. "가슴이 떨리고 음성이 벙어리같이 나오지 않았"던 사랑의 아픔은 순수한 자연의 생명력이다. "애원하듯 원망하 듯 호소하듯 입을 다물고 나를 바라보는 그 소년의 얼굴!"은 지극히 청정 된 미의 세계다. 그것은 "천신만고로 금강산 비로봉 위에 올라서던 그 순 간에 마음과 몸이 함께 무한한 청정(淸淨) 앞에 무릎을 꿇던 그 순간과도 같은 감격"(310면)의 경험이다.

이처럼 자연의 "무한한 청정"으로 구현된 에로스의 속성은 빛과 어둠 의 시간을 지난 영혼과 육체를 합일로 이끈다. "우리는 그 순간 모든 것 을 다 잊었고 다 초월했답니다. 그 찰나에 우리의 괴로움도 번뇌도 다 사 라지고 없어졌답니다"(323면)는 강한 사랑의 의지는 영혼과 육체의 합일 로 생명력을 고양한다. "내 그 귀한 생명을 바쳐서라도 그 소년을 위하려 는" 헌신적 사랑은 글쓰기로 완성되는 창작의 동기로 작용함으로써 역동 적인 성장의 의미를 감정을 공유하는 삶의 연대의식으로 환기한다.

한편, 작가가 작고한 해에 창작된 서간체 소설인 「혼명에서」에서는 빛 과 어둠이 혼융되는 혼명(昏冥)의 시간에 삶과 죽음의 경계를 넘어선 역동 적 사랑을 되새김질하는 소설쓰기의 의미가 나선적 성장의 정보 구성으 로 전달된다. '나'라는 화자는 S로 호명되는 애인을 수화자로 삼아 자신 의 고뇌와 일상의 갈등 그리고 지난 추억을 반추한다. 수화자인 S는 이 세상 사람이 아니라는 섬에서 S를 향한 화자의 고백은 죽음이 삶이고 삶 이 죽음이라는 실존의식을 보여준다. 그 심층에서는 혼명을 오가는 죽음 의 문턱에서도 끝까지 소설 창작에 열정을 바쳤던 작가의 실천적 삶의 가 치와 소통할 수 있다.

"귀먹은 자의 정적에서 외오는 독백1"에서는 "세상의 시끄러움 속에서 혼명하여져 나까지 잊어버리고 내가 남인지 남이 나인지도 모르고 살어 왔"던 과거에 대한 회한이 제시된다. 이어지는 화자의 의식은 'S'와 세

번씩이나 차 속에서 우연히 만났던 인연을 곱씹으며 'S'가 남긴 삶과 죽음의 열기로 사랑을 각성한다. 그것은 흘러간 시간에 대한 기억이 아니라 자연적 결과로서 'S'의 삶과 죽음을 '지금-여기'로 바라보는 화자의 실존적 경험인 셈이다. 'S'와의 대화를 곱씹는 화자의 실존적 각성은 "추수가 끝나고 저물어 가는 황혼"에 바라보는 차창 밖 논둑을 태우는 '불'의 존재론적 은유와 대응된다. 'S'를 향한 화자의 사랑은 "연애 이상의 힘", 즉 죽음마저도 극복하는 생명의 의기로서 "절대의 미"다.

> 나는 당신의 두고 간 그 맹렬하던 의기의 한 조각을 내 죽는 날까지 놓을 수 없습니다. 나는 힘껏 틀어잡고 내 삶을 지탱해 나갈 것이며 내 가는 길의 운전수를 삼겠습니다.
> ……
> 당신은 살아서 나에게 '힘'을 가르쳐 주었으며 죽어서 나에게 희망(希望)을 가르쳐 주었습니다. (277~278면)

"천국(天國)에 가는 편지"라는 마지막 장에서는 'S'의 죽음이라는 절망과 슬픔을 넘어선 역동적 성장의 의미가 나선적 정보로 전달된다. 화자에게 'S'의 죽음이 전해진 것은 이월 이십팔 일, 'S'와 새로운 삼월의 만남을 하루 앞둔 날이기에 그 충격은 더욱 크다. 그렇지만 화자는 "희망의 녹기(綠旗)를 높이 꽂은 저- 봉우리 위"(274면)로 'S'의 죽음을 바라본다. "맹렬하던 의기의 한 조각"으로 남아 있는 'S'에 대한 추억은 화자의 삶을 지탱하게 힘이자 생명의 불길[27]이다. "태양보다 맹렬한 의기로 살았

---

27 삶은 불길이며, 불길은 삶이다. 불의 내면화, 즉 우리 안에 그 '울림'이 일어날 때, 우리 "존재의 전환"이 가능하다는 것이다. 가스통 바슐라르, 『불의 시학의 단편들』, 안보욱 역, 문학동네, 2004, 158, 245~246면.

으며 죽음 역시 사십 오도의 맹렬한 열(熱)"(277면)로 조명되는 'S' 의 죽음
은 생명의 끝을 불의 열기로 긍정하는 역량[28]이다.

　나선적 정보로 제공되는 성장의 의미로서 현존재의 각성은 'S' 의 죽음
을 통하여 삶의 의미를 새롭게 반성하는 동시에 죽음을 사랑하는 사람에
게 다가가는 또 다른 희망으로 바라보며 병상의 허무와 불안을 창작의 열
정을 불태웠던 창조적인 여성성의 작가의식과 맞닿는다. 'S' 를 향한 절
대적 사랑과 믿음으로 구현된 역동적인 성장으로서 소설쓰기는 죽음 너
머 희망을 창조하는 생명력의 열기인 셈이다. 삶과 죽음 사이를 오가는
혼명의 시간을 글쓰기로 승화시킨 작가의 시간은 죽음에 도달하기까지
삶의 열정을 불살랐던 역동적인 성장의 의미를 삶과 죽음이 하나라는 연
대의식으로 환기한다. 이러한 역동적인 성장에 대한 이해를 통하여 독자
는 언젠가는 맞게 될 죽음 앞에 부끄럽지 않을 삶의 참다운 의미를 깨우
침으로서 자신의 성장을 추구하는 실천적 삶의 의지를 강화할 수 있을 것
이다.

5. 맺음말

　이 글은 일제 식민지 백신애 소설의 문화사회적 가치를 '지금－여기'
우리의 삶을 반성하는 창조적 여성성으로 확장하는 차원에서 식민지 소
외된 현실에서 불꽃 같은 삶을 살았던 백신애의 소설세계를 인지론적 시
각으로 접근하여 다양한 실존의식을 해명하고자 하였다. 백신애 소설에

28　영원회귀는 긍정하는 역량이다. 영원회귀는 다양한 모든 것, 차이 나는 모든 것, 우연
　　한 모든 것을 긍정한다. 질 들뢰즈, 『차이와 반복』, 김상환 역, 민음사, 2004, 260면.

내재된 역사적 특수성과 작가 개인적 삶의 특수성을 보편적 삶의 은유체계로 해명하는 인지론적 접근은 내국인뿐만 아니라, 외국인을 위한 한국문화의 활성화와 세계적 소통이라는 과제를 안고 있는 21세기 한국문학의 이해와 감상에 중요한 실마리를 제공할 수 있다.

개념적 은유로 백신애 소설 텍스트에 드러난 인지 구성의 원리를 파악하면 선형적 생존의 정보 구성은 역사의식을, 대립적 갈등의 정보 구성은 사회의식을, 나선적 성장의 정보 구성은 연대의식을 맵핑하는 인지기제로 작가의 실천적 삶의 가치와 대응한다. 그의 소설 「꺼래이」, 「적빈」 등에서는 생존의 선형적 인지 구성으로 역사의식을 제공하고 있으며, 「나의 어머니」, 「광인수기」 등에서는 갈등의 대립적 인지 구성으로 유기적인 사회의식을 환기하고 있고, 「아름다운 노을」, 「혼명에서」에서는 성장의 나선적 인지 구성을 통하여 역동적 연대의식을 잘 보여주고 있다.

이러한 인지 구성의 접근은 독자로 하여금 소설 텍스트에 제시된 생존과 갈등 그리고 성장의 구체적 경험으로 환기되는 역사의식, 사회의식, 연대의식 등의 실존의식을 통하여 21세기 한국사회 현실을 돌아볼 수 있는 문화사회 가치를 제공한다는 점에서 의의가 있다. 텍스트의 구성원리에 따른 구체적인 문화사회적 가치의 시사점은 다음과 같다. 첫째, 생존의 가치로서 역사의식은 독자로 하여금 포스트모던 시대 삶의 목적과 방향성을 반성하게끔 할 수 있다. 둘째, 갈등의 정화과정으로서 유기적인 사회의식은 독자로 하여금 다문화시대 문화의 상대주의를 수용하는 건전한 시민의식을 각성하게끔 할 수 있다. 셋째, 성장의 의미로서 역동적 연대의식은 독자로 하여금 삶의 진정한 가치를 실천하려는 의지를 강화하게끔 할 수 있다.

이처럼 백신애 소설세계에 드러난 역동적인 인지 구성으로 환기되는 다양한 실존의식을 통하여 독자는 은유적 시각으로 작가의 실천적 삶과 소통할 수 있다. 소외된 타자들의 경험을 빛과 어둠의 조화로 확장시킨 백신애 소설 언어의 의미 생성의 경로를 통하여 독자는 소외된 기층문화의 생명력으로 그로테스크한 현실을 딛고 일어서는 치열한 삶의 희망을 보여준 작가의 실천적 삶의 가치로 '지금―여기' 자신의 삶을 성찰할 수 있기 때문이다.

일제강점기 소외된 삶의 회복을 꾀한 백신애 소설세계의 역동적인 인지 구성과 다양한 실존의식을 다각적으로 분석한 이 글은 작가의 실천적 여성성과 소통하는 거리에서 차갑게 얼어붙은 우리의 현실을 반성함으로써 백신애 소설 언어를 문화사회적 가치로 열어둔 점에서 의의가 있다 할 것이다.

제4부

박화성의 창조적 여성성

일제 식민지 박화성 소설의 장소 시학

1930년대 박화성 단편소설의 관계 시학과 역동성

일제 식민지 박화성 소설의 장소 시학

1. 머리말

일제 식민지 박화성 소설의 장소[1] 구성은 작가의 현실 반영적 '장소 정체성'과 미래 지향적 '장소 감수성'을 교차 반복시킨 데에서 독창성을 구축한다. 여기에서 부각되는 민중의 삶의 터전으로서 지역은 낯선 추상적 공간이기보다는 작가의 경험과 전망으로 가득 찬 구체적 장소이며, 단순히 작품의 배경으로 기능하는 공간이기보다는 민중의 뿌리 내림과 작가의 역사의식을 투영시킨 장소로 기능한다. 이처럼 박화성 소설에 배치된

---

1 산업화시대의 장소와 장소 상실을 다루는 렐프의 이론에 따르면 장소들이란 장소 속에서 살아가는 사람들이 그 장소와 깊이 연루된다고 느끼는 것이고, 장소에 대한 그런 깊은 애착은 다른 사람들과의 밀접한 관계만큼이나 필수적이고 중요하다. 이는 장소를 고정된 것이 아니라 생동하는 세계로 바라보는 관점으로 일제강점기 박화성 소설에서 실제 장소의 현실적 반영이 부각되면 '장소 정체성', 미래 지향적 장소의 열망이 부각되면 '장소 감수성'으로 구분할 수 있는 객관적 근거를 제공한다. 에드워드 렐프, 『장소와 장소상실』, 김덕형 · 김현주 · 심승희 역, 논형, 2005 참조.

지역들은 공간의 의미보다는 장소의 의미에 부합된다.[2] 특히 일제강점기 박화성 소설의 '장소 정체성'은 작가의 경험을 객관적으로 반영하여 현실비판의식을 확인시킨다면, '장소 감수성'은 작가의 미래 지향적 장소에 대한 열망을 환기시킨다.[3]

장소를 다양한 생명체로 바라보며 그것의 조화를 통하여 식민지 현실을 비판하고 이상적인 미래를 열망하였던 작가의 관점은 창조적 여성성을 잘 나타낸다. 따라서 '장소 정체성'과 '장소 감수성'을 반복 교차시킨 대위법적 장소 구성에서 작중인물이 장소를 어떻게 자각하고 경험하는가를 분석하는 것은 작가의 현실비판과 역사적 전망의 변증법적 관계로 장소의 총체적 의미를 파악하는 작업이 될 것이다. 한편으로 박화성 소설의 장소 구성의 체계를 시학적 관점으로 밝히는 방법은 장소의 가치와 의미를 물리적으로 고정시키는 것이 아니라, 진동하는 인간 실존으로서 장소를 경험하는 역동적인 가치[4]와 맞닿아 있다.

의인화로 강조되는 장소의 생명력이야말로 일제 식민지 민족 공동체의 복원을 희망찬 미래로 꿈꾸며 장소의 생명력을 꾀하였던 박화성 소설의 장소 시학적 의미이자 가치 창출의 통로이다. 이 점에서 박화성 소설의 장소성은 일제강점기 민족공동체의 삶과 희망을 담고 키우는 창조적 여

---

2 이-푸 투안은 공간(space)과 장소(place)를 구분한다. 공간은 위험을 내포한 개방적인 움직임으로 기능한다면 장소는 삶의 가치를 내포한 정서적인 안식처로 기능한다. 이-푸 투안, 『공간과 장소』, 구동회 · 심승희 역, 대윤출판사, 2007, 15~22면 참조.
3 장소의 정체성과 감수성은 사회적으로 구조화된다. 이미지의 사회적 구조는 수직적이고 또 수평적 측면에서 이해할 수 있다. 김덕현, 「장소와 장소상실, 그리고 장소 감수성」, 『문학과 장소』, 배달말학회 전국학술대회 발표논문집, 2008. 10, 5면.
4 모든 가치는 진동해야 하는 것이다. 진동하지 않는 가치는 죽은 가치이다. 가스통 바슐라르, 『공간의 시학』, 곽광수 역, 민음사, 1990, 182면.

성성에 뿌리를 두고 있다.

박화성에 대한 그간의 연구는 작가의 사회주의 이데올로기와 페미니즘적인 관점을 구명하였던 주제론적, 작가전기적 연구에서 시학적, 문화적 연구로 그 영역이 점차 확대되는 경향이다.[5] 최근에 시도된 변화영, 고창석, 고석규의 연구[6]는 사회문화적 접근방법의 가능성을 열어놓았다. 이들의 논의가 박화성 소설의 공간 연구에 객관적 틀을 제공하였다는 의미는 크지만, 작가의 상상력과 장소의 문학적 형상화를 천착하는 데 이르지 못한 아쉬움 역시 작지 않다.

일제강점기 박화성 소설에서 빈번하게 드러나는 장소 의인화의 문제는 어떻게 해석해야 할까? 이러한 물음에서 출발한 본 논의는 박화성 소설의 핵심 축으로서 장소 시학을 '장소 정체성'과 '장소 감수성'이 교차 반복되는 대위법적 장소 구성의 특징으로 규명하고자 한다. 또한 박화성 소설의 장소 시학을 통하여 궁극적으로는 창조적인 여성성의 가치 창출로

---

5 서정자, 「박화성론」, 숙명여대 대학원 석사논문, 1980; 정영자, 「박화성 소설 연구」, 『수련어문논집』 12권, 1985; 변신원, 「박화성 소설 연구」, 연세대 대학원 박사논문, 1996; 서정자, 『한국근대여성소설 연구』, 국학자료원, 1999; 이승아, 「1930년대 여성 작가의 공간의식 연구-강경애, 박화성, 백신애를 중심으로」, 이화여대 대학원 박사논문, 2001; 신춘자, 「「흰 귀」에 니다닌 기독교 의식연구」, 『한국문예비평연구』 1권, 양문각, 1997, 95~111면; 김원희, 「1930년대 박화성 단편소설의 관계시학과 역동성」, 『현대문학이론연구』 제33집, 현대문학이론학회, 2008, 373~393면.

6 변화영은 박화성 소설에 드러난 실제 목포의 근대적 공간성을 규명하였다. 변화영, 「박화성 소설을 통해 본 목포의 식민지 근대성」, 『한국문학이론과 비평』 30집, 한국문학이론과 비평학회, 2006, 345~378면. 고창석은 박화성 소설을 여성주의 공간으로 심화할 수 있는 해석의 가능성을 제시하였다. 고창석, 「박화성 소설에 나타난 여성적 공간」, 『박화성 문화 페스티벌』, 박화성연구회, 2008, 22~26면. 고석규는 1930년대 목포의 문화경관을 통하여 박화성 문학을 폭넓게 이해할 수 있게 하였다. 고석규, 「1930년대 목포의 문화경관」, 『제1회 박화성 학술대회』, 박화성연구회, 2007. 10, 12~22면.

서 장소의 사회학적 의미를 조명하게 될 것이다.

2. 대위법적 장소 구성

렐프에 따르면 '장소 정체성'은 장소의 물리적 환경, 거기서 일어나는 인간의 활동, 그리고 기억되고 부여되는 의미 등의 기본적인 요소들의 변증법적 관계 속에서 구현된다.[7] 이러한 관점으로 살펴보면 일제강점기 박화성 소설의 장소 구성은 당대 식민지 현실의 환경, 작중인물의 갈등과 행동, 그리고 의미 등의 상호관계로서 '장소 정체성'을 현실비판적 시각으로 반영하는 동시에 작가의 낙관적 전망으로서 '장소 감수성'을 미래 지향적 세계관으로 환기한다. 이처럼 일제강점기 박화성 소설의 '장소 정체성'과 '장소 감수성'은 대위법적으로 교차 반복되는 운동력과 변화로 장소 사회학적 의미를 강화한다.

일제 식민지 박화성 소설의 장소 구성의 핵심 축은 '장소 정체성'과 '장소 감수성'으로 구분된다. 거칠고 생소한 세계를 공간 혹은 '무장소'라고 하였을 때, '장소 정체성'은 장소에서 공간으로 세계가 변화하는 과정으로서 '장소의 상실(placelessness)'을 작가의 현실인식으로 반영하는 데 비하여, '장소 감수성'은 장소 상실에 저항하여 자기와 동일시할 수 있는 미래 지향적 장소 회복으로서 작가의 '지리적 감수성'을 보여준다.[8] '장소 정체성'은 구체적인 지역의 환경의 차이와 작중인물의 갈등 내지는 활동 등으로 부각되는 작가의 현실인식으로서 식민지 차별화된 근대성을 반영한다면, '장소 감수성'은 미래 지향적인 장소에 대한 작가적 비전으

---

7 에드워드 렐프, 앞의 책, 112~114면.
8 김덕현, 앞의 논문, 1면 참조.

로서 열망을 열려 있는 장소 사랑과 새로운 장소 만들기로 환기한다.

이와 같이 일제 식민지 박화성의 소설에는 '장소 정체성'과 '장소 감수성'의 차이가 선명하게 부각된다. 첫째, '장소 정체성'은 물리적 환경, 인간의 활동, 의미 등과 작가의 현실인식의 상호작용을 변증법적으로 반영한다. 이는 물리적 환경의 차이인 현실 반영으로 당대 장소 상실을 비판하는 작가의 입장을 내포한다. 작가의 삶에 뿌리박힌 지역은 점차 지역적 친밀함에 머물지 않는 탈영토성으로 확장됨으로써 일제강점기 근대의 이중적 모순을 장소 상실로 반영하는 동시에 민족 내지는 계급의 차별화에 대한 비판을 강화한다.

목포를 중심으로 한 지역은 당대 민중들의 궁핍한 삶과 구체적인 식민지 차별화의 의미로 드러난다. 작가의 삶에 뿌리박힌 장소로서 지역은 일제강점기 근대성의 모순을 장소 상실과 식민지 차별로 부각시킨 것이다. 식민지 장소 상실은 전통적인 공동체 삶과 유리된 산업화의 모순과 민족 내지는 계급의 차별화에 대한 작가의 비판을 내포한다. 질곡의 역사 속에 민중의 애환을 보여주는 지역은 작중인물들의 행동과 연루되고, 그들의 갈등을 추동하는 동력으로 기능한다.

1935년 이전의 작품에서 드러난 장소는 주로 목포 중심과 호남선 주변 지역에서 섬 지역으로 이동되면서 식민지 개발의 모순과 차별화로서 빈중들의 피폐한 삶을 더욱 상세하게 보여준다. 이에 비하여 1935년 이후 작품에서 드러난 장소는 영산강과 나주평야 등의 자연재해와 실향민의 장소 상실 경험을 통하여 인간의 한계와 더불어 식민지 이주정책을 비판하는 방식으로 드러난다. 이처럼 목포 중심에서 벗어나 낙후된 섬을 포함한 호남지역 뿐만 아니라 이주민의 새로운 환경인 강서나 만주까지 확대시키는 '장소 정체성'은 작가의 비판적 역사의식과 깊이 연관되어 있다.

둘째, '장소 감수성'은 장소 회복에 대한 작가의 열망을 물리적 환경, 인간의 활동 자체로 부각시키기보다는 그것들을 통한 의미의 상호작용으로서 미래 지향적 공동체 회복에 대한 전망을 함축한다. '장소 감수성'은 물리적 환경으로 드러나기보다는 작가의 이데올로기와 이상향의 열망을 '현상학적 장소이미지'[9] 내지는 '시적 교감'[10]으로 환기시킨다. 이는 미래 세계를 향한 열망으로서 장소 회복을 지향하는 작가의 입장을 내포한다.

작가의 긍정적인 세계관과 낙관적인 전망은 민속 계승과 더불어 자유와 평등을 향한 '장소 감수성'을 환기함으로써 이상향을 열망하는 존재적 사유를 제공한다. 여기에서 '지역의 의미'[11]는 제한된 지역의 친밀함에 머물지 않는 장소에 대한 미래 지향적 상상력을 함축한다. 새로운 장소 사랑으로 확장되는 고향 만들기에 투영된 열린 세계를 향한 '장소 감수성'은 긍정적인 장소 경험과 이미지를 활성화하는 탈영토성으로서 디아스포라(diaspora)[12]의 의미를 제공하기 때문이다. 미래 지향적 장소 지

---

9 이미지의 연구방법이 상상 속에서의 이미지 현상에 선행하는 일체의 것은 밀쳐버리고 오직 그 현상 자체만을 추적해야 하는 데 있을 것은 당연하다. 가스통 바슐라르, 『공간의 시학』, 앞의 책, 17면.

10 시적 상상력은 보편성을 가지고 있기 때문에, 개인마다 다른 경험적 삶의 개체성에 좌우되지 않는 독자성을 나타내는 것이다. 가스통 바슐라르, 위의 책, 15면.

11 최근에 개념화되고 있는 '지역'은 또한 전통적인 지정학적인 개념들에서처럼 확고한 경계를 갖는 물리적인 공간에 고착되기보다 탄력적이고 유연하며 열려 있는 장소를 지향한다. 태혜숙, 「아시아계 디아스포라 여성과 '몸으로 글쓰기'」, 『한국의 탈식민 페미니즘과 지식생산』, 문학과학사, 2004, 225~226면.

12 디아스포라는 이동의 특별한 형식을 표상한다. 사실 디아스포라는 유사 이래 흩어져 살아온 유태인의 경험을 가리키는 만큼 오랜 역사를 갖는다. 순례, 망명, 피난, 추방(exile) 등과 같은 '탈지역(displacement)'의 이야기들이 인간의 역사를 구성해왔다고 해도 과언이 아니다. 태혜숙, 위의 책, 226~227면.

향은 생명체의 의미를 부여하는 장소의 변화와 움직임으로 새로운 가치를 창출하는 점에서 작가의 창조적 여성성과 맞닿아 있다.

요컨대 박화성은 독자로 하여금 대위법적 장소 구성을 변주시키는 궁극에서 식민지 역사의 질곡을 비판하는 장소 상실을 넘어 미래적 장소 회복을 바라보게끔 한다. '장소 정체성'과 '장소 감수성'이 교차 반복되는 대위법적 구성은 미래 지향적 '장소 감수성'의 장소 변화의 운동력을 추동하는 거리에서 장소 회복의 의미를 성취하게 된다. 이는 장소의 생명과 미래적 장소의 열망을 담고 키우는 창조적 여성성에 기반을 두고 있다. 이처럼 창조적인 여성성으로서 장소의 사회학적 의미를 생산하는 박화성 소설의 장소 시학은 일제강점기 민족공동체 구현과 더불어 '근대 전환기 의미 있는 여성주의(feminism)'[13]에 기여한 것이다. 창조적 여성성에 뿌리를 둔 대위법적 장소 구성은 항상 존재하는 생명체로서 장소의 의미를 독자 수용의 불확정 영역에 따른 역동적인 가치로 새롭게 생산한다.

3. 현실 반영적 장소 정체성

1) 식민지 차별로서 목포와 호남의 장소 반영

박화성은 자신의 고향이자 삶의 터전인 목포의 차별적인 '장소 정체성'을 부각시켜 식민지 모순과 계층의 차이를 비판한다. 특히 「추석전야」, 「하수도공사」, 「비탈」, 「신혼여행」, 「헐어진 청년회관」 등에서는 목포의 이중적인 도시의 경관으로 차별화된 근대성을 부각시킨다. 등단작

---

13 고창석, 앞의 논문, 24면.

인 「추석전야」에서부터 박화성은 일본인들과 권력계층에 대비되는 민중들의 열악한 '장소 정체성'을 반영하여 식민지 차별을 비판한 것이다.

> 음력 팔월 열사흘 달이 동천에 훨씬 나왔다. 전등이 빛나는 시가는 거듭 달의 빛을 받아 기와집과 초가지붕이 아슬아슬하게 보인다. 유달산은 별을 뿌린 듯 붉은 눈들이 깜박인다. 하늘에 별, 시가에 전등, 산밑에 불, 세 가지 구슬들이 밤빛 속에서 각기 제멋대로 반짝이고 있다.
> 목포의 낮(晝)은 참 보기에 애처롭다. 남편으로는 즐비한 일인의 기와집이오, 중앙으로는 초가에 부자들의 옛 기와집이 섞여 있고 동북으로는 수림 중에 서양인의 집과 남녀학교와 예배당이 솟아 있는 외에 몇 개의 집을 내놓고는 땅에 붙은 초가집이다. 다시 건너편 유달산 밑을 보자. 집은 돌 틈에 구멍만 빤히 뚫어진 돼지막 같은 초막들이 산을 덮어 완전한 빈민굴이다. (「추석전야」, 32~33면)[14]

인용문에서는 식민지 차별화된 목포의 장소성이 의인화로 부각된다. "유달산은 별을 뿌린 듯 붉은 눈들이 깜박인다"에서는 의인화된 생명체로서 민중의 삶의 터전인 유달산을 통하여 민중의 정체성을 보여준다. 유달산 아래 일본인들이 사는 남쪽 지역은 번듯한 일식 기와집이 즐비하다. 이와 대조적으로 유달산 밑에 조선인들이 사는 주거 형태는 땅을 파서 움집처럼 만든 초막으로 열악한 식민지 민중들의 정체성을 드러낸다. 도심에서 중앙은 "부자들의 옛 기와집"이 자리하고, 남쪽은 "일인의 기와집"이 즐비한 데 비하여, 동북쪽으로는 "땅에 붙은 초가"가 집중되어 있고, 서쪽 유달산 밑은 "돼지막 같은 초막들이 산을 덮어 완전한 빈민굴"이다. 일인과 서양인들이 풍족한 생활을 하는 반면에 민중들은 유달산 밑 빈민

---

14 텍스트는 서정자 편, 『박화성 문학전집 제16권―단편집 Ⅰ』(푸른사상, 2004)으로 삼고, 앞으로 인용문은 괄호 안 면수로 표기한다.

굴에서 열악한 삶을 살아간다. 유달산을 중심으로 펼쳐진 목포 시가지의 모습은 식민지 차별성을 대조적인 풍경으로 부각시킨다. "목포의 낮(晝)은 참 보기에 애처롭다"는 영신의 목소리는 민중들의 열악한 삶을 식민지 '장소 정체성'으로 비판한 작가의 입장에 다름 아니다.

"목포는 시시각각 변화하지만 그 이면에 가려져 있는 빈민의 생활은 다른 곳에서 볼 수 없을 만한 비참한 살림이 숨어 있는 것이다"(33면)에서 살펴지듯이 목포는 살아 움직이고 변화하는 생명체이지만, 그 이면에는 민중들의 비참한 삶의 그늘이 자리한다. 땅을 파서 움집처럼 만든 조선인의 가옥 형태는 일인이나 서양인들의 거주 형태와는 구별된다. "제일 보기 싫은 산 밑 구멍 집은 어둠에 묻히고 생기 있는 불들만 전등 불빛에 안 지겠다는 듯이 황홀거리고 있어 별밤에는 하늘과 땅에 별과 불을 가릴 수 없이 붉은 구슬들만 빛나고 있을 뿐이다"(33면)에서 드러나는 유달산 밑 빈민굴의 야경은 전기, 상하수도, 도로포장, 교통, 통신, 시설 등의 제반 환경에 대한 식민지 차별을 반영한다. 이처럼 목포의 차별화된 경관은 식민지 이중적인 근대성의 모순을 반영하는 '장소 정체성'에 대한 작가의 현실비판의식을 내포한다.

목포의 식민지 근대성에 대한 현실비판은 구체적인 역사적 사건[15]을 소재로 한 「하수도 공사」(1932)에서도 부각된다. 주인공 동권이의 활동 영역인 유달산 기슭에서 뒷개에 이른 하수도 공사장을 배경으로 한 장소성은 일인들의 주거지와는 대비적인 환경의 차이로 노동자들의 삶의 현장을 보여준다. 하수도 공사장과 동권이의 주거지는 하수도 공사의 체불

---

15 『동아일보』, 1931. 4. 3. 박화성은 1931년 3월 29일 목포의 하수도 공사장에서 큰 소동이 일어난 기사 내용을 「하수도 공사」의 소재로 삼았다.

임금을 요구하며 벌인 노동쟁의에 타당성을 부여하는 환경적 요인으로서 도시 근대화의 계층적 차별을 반영하고 있다. 일본인의 주거지는 행정기관과 공공장소에 인접한 근대적 장소의 편익을 보여주는 반면에 "구루마에 철로 타는 일을 하는"(73면) 동권이의 행동 반경으로 드러난 장소는 조선인 노동자들의 열악한 현실을 반영함으로써 식민지 '장소 정체성'을 구체화한다.

> 방적공장의 오후 6시 기적(汽笛)이 뛰이 하고 울자 벤또 싼 흰 보(褓)를 옆에 낀 여공들이 우르르 몰려나온다. 모포 쓴 십오, 육 세의 처녀들로부터 얼굴 누르스름한 삼십 미만의 젊은 부인들이 별세계에나 온 듯이 숨을 내쉬며 좌우를 돌아다보면서 참았던 이야기를 지껄인다. 오전 7시부터 종일을 기계와 싸움하기에 고달픈 그들의 기계의 노예가 되었던 연한 그 몸들이 이제 그 자리를 떠나 자유의 몸이 된 것이다. (25면)

「추석전야」에서 부각되는 방적공장의 장소성은 근대 산업화의 일터로서 여성 노동자에게 행해지는 성폭력과 노동력의 착취에 대한 작가의 현실비판의식을 반영한다. 퇴근 시간 공장에서 쏟아져 나온 여공들은 하루 종일 기계의 노예로 지내다가 비로소 공장에서 나오는 자유를 얻게 된 것이다. 방적공장은 식민지 산업화의 모순과 남녀 그리고 노사의 계층 차별의 현장성을 반영하고 있다. 방직공장의 여공인 영신은 일본인 공장감독이 어린 여공을 희롱하는 데 분노하며 항의하다가 기계의 북이 튀어나와 왼쪽 팔을 다친다. 방직공장에서 일어난 성적 횡포와 열악한 작업환경은 식민지 산업화의 모순과 깊이 관련된 것이다. 불의를 참지 못하고 항거하는 영신의 실천적 행동은 인간의 진정성을 훼손한 권력의 횡포에 대한 작가의 비판의식과 더불어 현실개혁의지를 보여준다.

또한 「헐어진 청년회관」, 「신혼여행」 등에서는 목포 청년회관의 장소 상실의 비판적 의미를 반영한다. "목포에서는 처음으로 된 모던식 건물"(「헐어진 청년회관」, 169면)이었던 목포 청년회관은 지역민의 기부금으로 세워졌다는 점에서 특별한 '장소 정체성'을 확보하였지만, 일제의 청년동맹 강제 해체로 그 기능을 상실하고 마침내 폐허가 되고 만 것이다.

> "그러기에 기가 막힌단 말이지요. 술과 계집으로 하는 장사가 목포처럼 번창하는 곳은 아마 전 조선에 없을 걸. 자, 이렇게 술집과 카페가 전성하여 가는 반면에 헐어지고 무너지는 집이 있다우. 나만 따라오시오. 내 보여주리다."
> 준호는 이층집의 유리창에서 장구소리와 노랫소리가 새어나오는 고급 요리점이 줄을 지어 있는 길거리를 지나 컴컴한 골목으로 들어서더니 큼직한 집 앞에서 우뚝 발을 멈췄다.
> "자, 이것이 역사 깊고 일 많았던 목포 청년회관이었소." (「신혼여행」, 190~191면)

인용문에서는 카페와 요리 집 등의 향락문화가 만연한 목포 시가지 풍경과 허물어진 목포 청년회관의 '장소 정체성'의 차이로 식민지 근대적 모순을 보여주는 목포의 장소 상실을 부각시킨다. "술과 계집으로 하는 장사가 목포처럼 번창하는 곳은 아마 전 조선에 없을" 정도로 유흥과 향락의 문화가 만연한 목포의 장소 상실을 비판하는 준호의 입장은 작가의 현실비판의식과 맞닿는다. 민족공동체문화의 전통이 식민지 근대 유흥문화에 침식되어 버린 목포의 문화경관을 통하여 작가는 '체제 순응적 저급 문화의 양산'[16]으로 조선인의 정신을 말살하려는 일제의 식민지 전략과 그에 타협하는 대중성을 통탄한 것이다. 목포 청년회관의 장소 상실은

---

16 고석규, 앞의 논문, 14면. 1930년대 대중문화에는 단지 자본의 이익만이 관철된 것은 아니었다. 자본의 이익과 식민통치의 통제라는 양날이 교묘하게 작용하였다.

민족공동체문화와 민족혼의 상실인 셈이다. 참혹하게 일그러진 청년회관을 보고 "아아! 사람의 시체 썩은 것을 보기보다도 더 가슴이 아픈 일이다"(191면)라고 하는 준호의 통탄이야말로 식민지 민족공동체의 장소 상실을 비판하는 작가의 역사의식을 읽게 한다.

한편 박화성은 1912년 개통된 호남선을 부각시켜 식민지 수탈의 현장과 자연재해로 훼손된 '장소 정체성'을 반영한다. 호남선으로 보여주는 장소성은 작가의 시각이 목포 중심에서 호남평야 인근의 나주, 함평 그리고 섬 지역으로 확대된 경로를 보여준다. 「논갈 때」, 「신혼여행」, 「중굿날」 등에서 드러난 열악한 섬 지역의 장소 반영은 열악한 민중들의 삶을 보다 심도 있게 보여준다. 이처럼 박화성의 현실비판은 목포에만 편중되지 않고 점차 그 시각을 넓힌 다각적인 지역의 배치를 통하여 민중들의 피폐하고 열악한 삶의 실상을 구체적으로 폭로한다.

「신혼여행」과 「두 승객과 가방」에서는 호남선 기차의 장소성이 도드라진다. 「신혼여행」에서 호남선을 타고 신혼여행을 한 준호와 복주는 기차 안에서 홍수 참상으로 큰 어려움을 겪는 민중들의 피폐한 삶의 이야기를 듣고 난 후, 목포 시내의 차별적인 근대성을 목격한다. 그 다음에는 낙도에 도착하여 섬 주민들의 열악한 삶의 환경과 비참한 생활을 구체적으로 경험하게 된다. 섬의 장소성은 끼니를 연명하지 못하고 토사곽란이 나도 약을 구할 수 없어 아이들이 죽어날 정도의 가난하고 피폐한 민중의 생활 현장으로 그려진다.

「두 승객과 가방」에서는 기차 안 두 승객의 대비적인 모습으로 장소성의 차이를 부각시킨다. 대구로 영전해가는 교도소장은 여송연을 피우며 딸의 얼굴을 행복하게 바라다본다. 그러나 감옥살이를 하는 남편을 대신해서 돈을 벌어야 하기 때문에 대구 공장으로 떠나는 정채는 불어나는 젖을 짜려는 고통 속에 어미와 떨어진 젖먹이 아들을 애절하게 그리워한다. 남편이 투옥된 상황에서 아이마저 떼어놓고 돈을 벌기 위하여 노동현장을 찾아 떠나는 정채의 아픔 이면에는 작가의 실제적인 체험이 용해되어 있어 비판적인 장소의 진정성을 더하고 있다.

2) 부조리한 타자로서 재해와 이주의 장소 반영

일제의 파시즘이 강화된 1935년 이후 박화성 소설은 자연재해의 현장과 이주민의 피폐한 삶을 통하여 '장소 정체성'을 보여준다. 「홍수전후」, 「한귀」 등에서는 목포 근교인 나주 영산강변이, 「고향 없는 사람들」에서는 함평 엄태면 불암리와 학다리 정거장이 부각된다. 1934년 8월에 있었던 홍수를 소재로 한 「홍수전후」는 식민지 치하 궁핍한 농민의 생활과 그들이 겪는 자연재해의 현장을 보여줌으로써 삶의 터전인 장소 앞에 주체적이지 못하고 타자적인 삶을 살아야 했던 민중의 아픈 현실을 고발한다.

> 개산 시령산이며 운곡리 뒷산 등 높은 곳에는 아기들을 업고 안고 울며 불며 부르짖는 사람들의 흰옷 그림자가 사납게 쏟아지는 빗발 속에서 처참한 광경을 곳곳이 나타내고 있었다. 나주정거장은 물에 잠기고 기차선로는 끊어져 문명이 빛난 무기도 누르고 붉은 물결만은 이겨낼 수가 없었다. 삼도리, 길옥구, 옥정, 신기촌, 광볼, 덕치, 강경골, 가마테, 영산리, 새올, 톳게리, 도총, 돌고개, 원촌이며, 금천면, 신가리 등의 이재민들은 전부가 다 농민인 중에 가난한 상인들도 끼어 있었다. (「홍수전후」, 265~266면)

"삼십사 년 전 신축년 대홍수 이래로 처음 당하는 그때보다 석자가 더 자라는 대홍수"(266면)를 맞게 된 영산강 주변 지역은 "삼도리, 길옥구, 옥정, 신기촌, 광볼, 덕치, 강경골, 가마테, 영산리, 새올, 톳게리, 도총, 돌고

개, 원촌이며, 금천면, 신가리" 등의 구체적 지명으로 현장성이 강조되어 있다. 구체적인 지명으로 부각되는 '장소 정체성'은 자연재해 앞에 무력한 이재민의 모습을 공동체의 부조리한 삶의 타자성으로 강조하는 기능을 한다. "강 연안과 낮은 지대에 있는 동리는 물에 잠기고 지붕까지 잠긴 집은 동우리가 떠내려가고 헐어지고 사람들은 높은 곳으로 물을 피하여 올라가며 목을 놓고 울었다"에서는 홍수의 현장에서 '장소 정체성'을 지킬 수 없는 무기력한 인간의 처지가 부각된다. 홍수 앞에서 인간의 힘과 어떠한 노력도 부질없다. 장소 상실의 허무와 슬픔만이 절박함을 더할 뿐이다. 삶의 터전을 상실한 민중들의 타자성은 "아기들을 업고 안고 울며 불며 부르짖는 사람들의 흰옷 그림자가 사납게 쏟아지는 빗발 속에서 처참한 광경"으로 그려지면서 삶의 슬픔과 허무를 깨닫게 한다.

한편 「고향 없는 사람들」과 「호박」 등에서는 이주민의 장소 상실에 따른 식민지 민중들의 타자성이 의인화된 장소의 주체성을 강조하는 차이로 부각된다. 「고향 없는 사람들」에서는 홍수로 삶의 터전을 잃은 농민들의 장소 상실의 현장감이 고향을 떠나 평안남도 강서 농장으로 집단 이주하는 여정과 정착과정의 시련으로 드러난다. 함평 엄다면의 불암리에 직접 가서 이민들의 실태와 이주 정황을 직접 조사[17]하였던 박화성은 오삼룡을 비롯한 아홉 가구와 각 동리의 일백 호의 가족이 평남 강서 농장으로 이주하는 과정을 장소 상실의 경험으로 극화시킴으로써 일제의 병참기지화 정책의 일환이었던 이주정책에 대한 현실비판의식을 반영한다.

　3월 22일 오전 10시! 학다리(鶴橋) 정거장은 일백 호의 가족 사백 명의 이민(移民)과 그들을 전송하는 이백 오륙십 명의(정거장 생긴 이후 처음 되는)

---

17 박화성, 『눈보라의 운하』, 여원사, 1964, 222면.

굉장하게 많은 손님들을 가져보았다.

그들을 위하여 임시로 마련한 목차가 연기를 뿜고 돌아다니며 먼길 떠날 준비를 하다가 어서들 올라오란 듯이 꼬리를 늦추고 공손하게 대령하고 서 있건만 독차를 타고 갈 손님들의 행장들이란 지저분하고도 허름하였다. (342면)

인용문에서는 인간과 장소의 상호 작용으로서 '장소 정체성'을 인간의 타자성과 장소의 주체성으로 강조함으로써 식민지 삶의 모순을 인간과 장소의 전복된 권위의 차이로 폭로한다. "학다리 정거장은 …(중략)… 가져보았다"에서 의인화된 정거장은 단순한 감정이입만을 보여주지 않는다. 인간이 학다리 정거장을 가진 것이 아니라 정거장이 인간을 가질 만큼 주객이 전도된 장소성이 강조된 것이다. 즉 의인화된 '장소 정체성'으로 인간의 타자성을 강조하는 '장소 정체성'은 장소 상실의 아픔을 경험하며 고향을 떠나야 하는 이주민들의 무기력한 입장을 삶의 터전을 스스로 선택할 수조차 없는 추방된 삶의 한계을 강조하게 된다.

지주의 착취와 자연재해로 인해 최소한의 삶조차도 꾸려나갈 수 없는 농민은 학다리 정거장에서 100호 가족 400명의 이주민들이 독차를 타고 북부의 농장으로 이주한다. 삼룡을 비롯한 많은 농민들이 홍수로 인하여 끼니조차 연명하기 힘들어 고향을 떠나야 하는 장소 상실의 아픔을 겪게 된 것이다. 새로운 삶의 터전을 찾아 고향을 떠나야 했넌 이주민들은 이주지인 상서에서도 자연재해로 농사를 지을 수 없는 불행을 겪는다. 이처럼 반복되는 장소의 부조리[18]는 당대 식민지 민족 정체성을 절감하게 한

---

18 카뮈에 따르면, 부조리에 대한 감각은 인간이 환상을 상실하고 소외된 고독감을 맛보는 것이다. "고향 집 기억이나 약속의 땅에 대한 희망을 박탈당한" 이방인이 되는 것을 의미한다. 김덕현, 앞의 논문, 10면.

다. 한편 「한귀」에서는 가뭄이라는 자연재해가 인간의 신앙과 삶을 얼마나 황폐화시킬 수 있는지를 장소의 부조리로 드러낸다.

4. 미래 지향적 장소 감수성

1) 실천적 의지로서 공동체와 민속의 장소 지향

일제강점기 박화성 소설에 드러난 '장소 감수성'은 의인화된 장소와 소통하거나 현실 개선의 이미지를 환기하는 방식으로 미래 지향적 장소 구현과 새로운 삶의 실천의지를 구체화한다. 청년회관이나 고향 등으로 대표되는 의인화된 장소는 적극적인 생명체의 운동력으로서 장소의 미래 지향적 의미의 변화 가능성을 환기시킨다. 「헐어진 청년회관」, 「신혼여행」 등에서 드러난 목포 청년회관에 대한 장소 사랑은 작중인물들의 미래 지향적 공동체의식과 실천적 의지로서 장소에 대한 열망을 보여준다. 「헐어진 청년회관」에서 폐허가 된 청년회관 앞을 지나던 효주와 원주는 청년회관의 헐어진 모습을 통하여 나약한 여성의 삶을 반성하며 새로운 출발을 다짐한다.

> "옳다! 너는 주인을 잃어버린 까닭이다. 주인을 잃은 너의 운명이매 멀지 않아서 집터만 남기고 완전히 무너지고 말 날이 올 것은 정한 일이 아니야.
> 그는 이 청년회관의 주인들이 누구이던가를 생각하여 보았다. (「헐어진 청년회관」, 169면)

'너'로 호명되는 목포 청년회관은 물리적 장소라기보다는 '나'와 마주한 생명체의 의미로서 미래 지향적 이미지를 환기한다. 목포 청년회관을 향한 작가의 감수성은 민족공동체정신으로서 장소의 생명력을 현상학적 장소의 이미지로 투영한 것이다. "모든 단체가 놈들의 탄압으로 해산, 해소되어 버리고 청년동맹의 마지막 해체 뒤 벌써 5년 동안 빈 집"이 되어 버린 목포 청년회관의 현실을 통하여 효주는 무기력한 자신의 모습을 반성하고 계급해방에 대한 의지를 굳힌다. 원주는 효주를 격려하고 "헐어진 청년회관이 효주에게 준 장하고 새로운 과제(課題)"가 청년회관을 바라보는 청년에게서도 성취되기를 원하며 공동체 회복을 열망한다. 이처럼 목포 청년회관을 바라보는 두 여성의 각성으로 투영시킨 작가의 낙관적 비전은 폐허가 된 청년회관의 장소에 '너'라는 생명의 변화된 운동력을 부여함으로써 미래 지향적 공동체 회복을 꾀한 것이다.

공동체 구현으로서 장소 회복에 대한 열망은 「신혼여행」, 「고향 없는 사람들」에서도 환기된다. 「신혼여행」에서 목포 청년회관의 폐허를 통탄하며 현실 각성의 의지를 굳힌 준호는 신부인 복주에게 낙도에서 병원을 지어 가난하고 소외된 섬 주민들에게 헌신하겠다는 고백을 함으로써 공존공영의 공동체 삶을 위한 결혼의 새 출발을 미래 지향적 장소 열망으로 확인한다.

한편 「고향 없는 사람들」에서는 고향의 장소 상실의 아픔을 극복하고 새로운 삶의 터전을 개척하고자 하는 장소 열망이 역설적으로 부각된다. 작품의 시작 부분에서는 고향을 떠나야 하는 민중들의 애환을 담은 노래가 제시된다. 고향을 떠나서는 살 수 없을 것 같은 민중들의 장소 상실의 아픔이 "에라둥둥 내 사랑이야 너를 넣고는 내 못 살리라"(337면)라는 노래 가사의 애환으로 전달된다. 고향이 '너'로 의인화된 만큼 강렬한 장소 사랑이 돋보인다. 고향은 민중과 마주한 생명체고 사랑의 대상이다. 고향을 떠나야 하는 민중들의 절실한 고통을 표현한 노래는 작품의 중반에서도 되풀이되면서 그 애환을 강조한다. 그럼에도 불구하고 고향 상실에 대한 아픔은 장소에 대한 열망으로 전환되는 새로운 생명력을 환기하게 된다. 반복되는 노래 가사가 고향을 상실한 고통과 아픔을 보여준다면, 말미에 제시된 편지글에서는 고향에 대한 그리움을 극복하고 새로운 터전에서 고향을 뿌리 내림하겠다는 장소 지향을 보여주기 때문이다.

위의 편지글은 고향 상실의 아픔을 역설적으로 부각시킴으로써 미래 지향적 고향의 회복으로서 '장소 감수성'을 환기한다. "고향이 없는 사람들에게 무슨 고향을 못 잊어하는 설움이 있겠는가?"에서는 고향을 도저히 잊을 수 없는 그리움이 설의법으로 강조되어 있다. 이역만리 고향을 떠나야했던 실향민에게는 어디를 가나 고향을 그리워하는 설움이 있다. 그러기에 더 이상 고향을 그리워하기보다 이주지에서 고향을 뿌리 내림하겠다는 각오는 애틋한 고향에 대한 그리움을 과거가 아닌 현실의 고향 만들기로 실현하고자 하는 의지를 각인시킨다. 이처럼 장소 상실의 경험으로서 고향에 대한 그리움을 미래 지향적 고향 만들기로 승화시킨 장소의 열망은 디아스포라의 의미로 읽혀진다.

한편 「추석전야」, 「중굿날」 등에서는 민속의 풍속을 환기시키는 '장소 감수성'으로 미래 지향적 장소에 대한 열망을 부각시킨다. 표제에서도 드러나듯이 이들 작품에서는 민속 풍습에 대한 작가의 각별한 관심과 애정이 담겨 있다. 이는 작가의 이상향이 미풍양속이 계승된 장소라는 것을 추측케 하는 부분이기도 하다. 「추석전야」에서 "종일 집집에서 나던 떡방

아 소리가 달뜨기 전까지도 나더니 달의 세계가 되자 달을 보며 송편을 먹는 아이들이 불어간"(40면) 장면과 「중굿날」에서 "중굿날 차례의 새 찹쌀떡 신미를 하는지 떡 치는 소리"(316면) 등은 민속 풍습을 계승하는 삶을 실현하는 장소 구현의 의미에 대한 작가의 감수성을 투영한 것이다.

2) 이상적 열망으로서 자유와 평등의 장소 지향

박화성 소설에서 드러난 미래 지향적 장소에 대한 열망은 자유와 평등을 향한 '장소 감수성'으로 환기된다. 장소의 열망은 "주어진 환경에 적응하여 전통적인 관습에 의하여 사는 것이 아니라 의식의 깨우침이나 열림을 통하여 새로운 세계를 창조하는 사회적 이상 내지 행복"[19]에 대한 작가의 믿음을 담아낸다. 이상적인 장소에 대한 감수성은 장소의 의미를 이데올로기의 전달도구나 작중인물의 행위를 뒷받침하는 배경으로 국한시키지 않고 자유와 평등이라는 인류의 보편적인 행복에 대한 열망과 실천적 의지로 강조한다. 이를 통한 새로운 장소 변화의 의미는 독자의 장소 상상력으로 환기된다.

> "모든 객관적 정세가 나를 이곳에 머무르게 하지 않으므로 나는 이곳을 떠나고야 만다. 사랑하는 사람을 두고 떠나는 나도 종시 사람인지라 어찌 한 줄기의 별루가 없으랴 마는 나는 보다 더 뜻 있는 상봉을 위하여 떠나는 것이다. 군이 만일 나의 뜻을 알고 나를 사랑할진대 그대 스스로 모든 환경을 돌파하고 자체를 편달하여 나아갈 수 있는 용기를 가진 자라고 나는 생각한다. 굳세인 벗이 되어지라. 오직 바라는 바이니 원컨대 오직 끝까지 건강하라." (89~90면)

---

19 정영자, 앞의 논문, 59면.

"그 이튿날 첫 눈은 목포 시가와 산, 들에 고르게 쌓이며 내리는데 용희는 한 장의 편지를 받았다"는 풍경 묘사에는 평등한 사회에 대한 작가적 이상이 투영되어 있다. 용희가 받은 한 장의 편지에 담긴 '굳세인 벗'으로서 사랑을 완성하고자 하는 동권의 비전은 양성평등을 꿈꾸는 작가적 입장을 내포한다. 노동쟁의와 노동자교육의 성취에 만족하지 않고 보다 나은 사회 구조적 변화를 도모하기 위하여 남녀의 사랑을 동지애로 승화시키며 떠나는 동권의 미래 지향적 장소의 열망은 자유와 양성평등을 실현하고자 하는 작가의 세계관에 맞닿아 있다.

「신혼여행」에서도 자유와 평등을 향한 '장소 감수성'이 환기된다. 이상적인 장소에 대한 작가의 열망은 "멀리 나지막하게 보이는 하늘"이 "짙은 검푸른 색의 물결치는 넓은 들"을 "아늑하게 둘러싸고" 있는 풍경의 조화로움으로 반영되어 있다. "불그스름한 덩이구름이 떨기떨기 송이져 있"는 구름마저도 흩어져 있는 형상이 아니라 "떨기떨기 송이"를 이루며 조화를 이룬다. "짙은 검푸른 색"의 상처 입은 들판의 '물결치는' 생명의 운동력에서도 피폐한 식민지 현실을 극복하기 위한 민중들의 연대의식을 끌어내고자 하였던 미래 지향적 장소의 열망이 읽혀질 수 있다.[20]

한편 「비탈」에서는 표제에서 드러나듯이 양성평등을 지향하는 '장소 감수성'을 역설적인 장소의 의미로 환기한다. 작가는 수옥이라는 신여성의 허위의식을 그의 애인 정찬의 목소리를 빌려 다음과 같이 비판한다.

수옥 씨는 좁게 말하면 수옥 씨의 가정과 고향에 융화되지 못한 것이고 넓게 말하면 조선의 현실이 현재의 수옥 씨 같은 그런 여성을 요구하지 않는다는 말입니다. 그러니 수옥씨가 어찌 현대여성— 즉 현 사회를 짊어진 한 사람—사회생활의 개척과 성장을 맡은 한 분자인 그런 여성이 될 자격이 있겠소? (101~102면)

정찬은 가정과 사회의 현실에 관심이 없는 수옥에게 조선의 현실을 각성하는 여성이 될 것을 요구한다. 수옥이 갖는 "현실과는 너무나 동떨어진 자리와 생각"이야말로 비탈의 '장소 감수성'을 내포한다. 여성의 현실인식을 촉구하는 정찬의 관점은 식민지 조선의 현실을 파악하지 못한 신여성의 입장을 '비탈'의 위태로운 '장소 감수성'으로 환기시키는 작가의 입장과 상통한다. 정찬의 뜻을 제대로 파악하지 못하여 곡해한 수옥은 주희의 오빠이자 유부남인 철주와 애인이 되고 만다. 그들이 만나는 유달산의 비탈은 현실인식이 결여된 위태로운 주희의 삶, 현실감각이 결여된 신여성의 삶을 상징한다. 유달산 비탈에서 철주와 만난 수옥은 철주의 부인을 떠올리는 동시에 정찬과 주희가 동지애를 나누는 장면을 확인하게 되고 결국 비탈에서 발을 헛디뎌 죽게 된다. '비탈'의 역설적 의미는 이상적인 장소에 대한 작가의 열망을 양성평등의 '장소 감수성'으로 환기시킨다.

여성의 현실인식 차원에서 살펴보면, 「논갈 때」의 '장소 감수성'은 해선에게 있어 애인에게 갈 수 없는 단절의 장소이자 주체적인 여성성을 각성케 하는 결단의 장소로, 섬의 고립적 의미를 환기시킨다. 애인인 서봉이를 초조하게 기다리던 해선이는 작권 이동의 집단행동을 한 주동자로 그가 체포되었다는 소식을 듣고 계급투쟁의 연대의식을 갖게 된다. 애인에 대한 소극적인 기다림에서 벗어나 적극적으로 이념적 동지애를 추구하고자 하는 해선이의 열망에서는 양성평등을 향한 '장소 감수성'의 실천적 의미를 전망할 수 있다.

한편 「온천장의 봄」에서는 여성성의 주체적인 각성으로서 자유를 향한 장소 지향의 열망이 환기된다. 돈으로 영감에게 팔려온 명례에게 온천장은 향락의 장소가 아니다. 온천장에서 향락을 꿈꾸는 영감과는 다른 입장에서 명례는 온천장의 장소에서 역설적으로 자신의 자유롭지 못한 입장을 깨닫고 구속적인 현실에서 탈피하겠다는 의지를 갖는다. "참새 한 마리가 포르르 날아서 공중으로 올라간"(384면) 광경이 명례의 눈에 포착된다. 참새의 자유로운 모습으로 환기된 명례의 장소 지향은 돈으로 여성을 사고파는 현실의 부정적인 억압에서 벗어나 자유로운 삶을 살아가고픈 긍정적인 열망으로서 '장소 감수성'을 투영한다. 날아가는 참새의 뒷모양을 보고 눈물을 닦는 명례의 모습에서는 자유를 향한 삶의 각성을 역설적인 거리에서 각인시킨다. 이처럼 여성의 자유로운 삶에 대한 열망을 "온천장의 봄"으로 풍자한 것은 당대 남성 작가들이 그렸던 온천[21]과는 구별된 박화성의 여성주의 입장이다.

박화성 소설에 드러난 자유와 평등을 향한 장소 지향[22]은 현실 극복에 대한 작중인물들의 구체적인 행동을 추동하는 '장소 정체성'과는 달리 '장소 감수성'으로 희망찬 미래의 이상향을 환기시키기 때문에 다소 관념적인 경향이 없지 않다. 이러한 경향은 리얼리즘적 관점에서는 이데올로기의 취약점으로 지적되지만, 시학적 관점에서는 독자의 상상력을 고

---

21 박화성의 「온천장의 봄」(1936) 외에 일제강점기 온천을 형상화한 소설은 이광수의 「재생」(1925)과 「그 여자의 일생」(1935), 염상섭의 「만세전」(1925), 최서해의 「누이동생을 따라서」(1930), 이태준의 「석양」(1942) 등이 있다.

22 자유와 평등의 장소에 대한 열망은 박화성의 장편소설에서도 발견된다. 장편 『북국의 여명』(1935)의 결말에서 주인공 효순이가 홀로 북극으로 가는 행위 또한 자유와 평등의 장소 지향으로 읽혀진다. 『백화』(1932)에서 주인공 백화가 고려 왕조가 무너지자 은둔지로 도피함으로써 자신의 충의를 지키는 것 또한 자신의 신념을 지키고자 하는 장소 감수성을 환기한다.

취시킨 것으로 평가할 수 있다.

5. 맺음말

일제 식민지 박화성의 소설은 현실비판적 장소 상실과 미래 지향적 장소 회복이 교차 반복되는 대위법적 구성을 통하여 의인화된 장소의 생명력이 사회학적 의미를 새롭게 생산하는 과정을 역동적으로 보여준다. 그것은 물리적이며 역사적인 현실 장소의 정체성과 현상학적이며 상징적인 미래 장소의 감수성을 결합함으로써 독자 수용의 불확정영역을 확장하면서 동시에 장소의 의미를 생동감 있게 창출하고 있다. 박화성 소설의 대위법적 장소 시학을 구성하는 '장소 정체성'과 '장소 감수성'의 기능은 다음과 같다.

첫째, '장소 정체성'은 구체적인 지역의 차이를 중심으로 작중인물의 갈등과 활동이 전개되는 장소와 인간의 상호 작용이 일어나는 장소의 의미를 설명하고 묘사함으로써 드러난다. 이처럼 장소를 의인화된 생명체로 부각시키는 것은 작가의 현실인식을 반영하는 주요한 수단이 된다. 질곡의 역사 속에 민중의 애환을 환경의 차이로 반영하는 '장소 정체성'은 지역의 경계를 목포 중심에서 낙후된 섬을 포괄한 호남지역, 그리고 이주지역까지 확장시키며 현실을 통렬하게 비판하는 작가의 역사의식과 맞닿아 있다.

둘째, '장소 감수성'은 장소 회복에 대한 열망을 물리적 환경, 인간의 활동 자체로 부각시키기보다는 의인화된 장소의 적극적인 호명을 통한 미래 지향의 장소 이데올로기와 전망을 투영하는 현상학적 장소이미지로 환기된다. 변화된 장소의 운동력은 민속 계승 그리고 자유와 평등을 향한 작가의 세계관을 투영할 뿐만 아니라 독자 수용의 불확정영역을 확장시키며 장소의 의미를 새롭게 생산하는 점에서 창조적인 여성성과 맞닿는다.

요컨대 일제 식민지 박화성 소설의 장소 시학은 식민지 장소 상실에 대한 현실비판의 '장소 정체성'을 확인시키는 동시에 미래 지향적 '장소 감수성'을 독자 수용의 불확정영역으로 환기하는 대위법적 장소 시학으로 장소의 사회학적 의미를 강화하고 확장한다. 이와 같이 작가의 창조적 여성성에 기반을 둔 박화성 소설의 장소 시학은 식민지 역사의 질곡을 비판하는 장소 상실을 넘어 미래적 장소 회복을 보여준다. 해방 이후 민중에서 대중으로 이동한 장소의 지각변동 또한 작가의 창조적 여성성으로 인하여 가능하였으리라는 전망이다.

1930년대 박화성 단편소설의 관계 시학과 역동성

1. 머리말

1930년대 박화성의 단편소설은 일제 식민지 민족의 삶의 모순과 질곡을 극복하는 긍정적 경험을 제시함으로써 미래 지향적이며 창조적인 여성성의 가치를 창출한다. 박화성 소설에서 발견되는 관계 시점의 역동성은 "별이 빛나는 창공을 보고, 갈 수가 있고 또 가야만 하는 길의 지도"[1]로서 작가적 신념과 정열을 반사하면서 민족공동체에 선한 영향력을 행사한다.

한편 1935년을 기점으로 살펴지는 박화성 소설의 형식적 변화는 그의

---

1 박화성의 소설의 관계 시점에 드러난 신념과 정열은 진리를 추구하는 이성에 의해 미리 정해지고 또 완결된 자기 자신에게로 나아가는 길이며, 역사적 광기로부터 침묵하게끔 운명 지어진 수수께끼 같은 식민지 현실에 대한 해명으로서 초월적 힘의 메시지를 읽어낼 수 있는 것이다. 게오르그 루카치, 『소설의 이론』, 반성완 역, 심설당, 1985, 29, 30~31면 참고.

소설세계가 단지 "존재의 총체성"[2]을 구현하기 위한 이념에만 경도된 것이 아니라 형식의 새로운 천착으로서 서술 공간의 미적 거리를 추구하였음을 읽게 한다. 그러므로 박화성의 작품 연구는 경향적인 특징과 주제의식의 규명에만 치우치기보다는 형식과 의미를 아우르는 측면에서 "서사형식이 만들어 내는 성격으로서 경험적 자아"[3]들의 관계 시학을 규명함으로써 그 지평을 확장시킬 수 있을 것이다.

　박화성 소설에 대한 기존의 연구는 일제 치하 동반작가로서의 면모와 여성 작가로서 입지전적인 성과에 주목하였다. 1980년대 이후 활발하게 전개되어온 선행 연구는 대부분이 프로문학의 창작방법론과 그 의미 규명으로서 작품의 이념적 경향을 의미화하거나 여성 작가의 특징을 밝히는 데 주력[4]하였고, 당대 여성 작가들의 작품세계를 비교하는 측면의 연구[5]

---

2 존재의 총체성이 가능하려면, 형식이 강제가 아니라 불확실한 동경으로서 내부에서 잠자고 있는 형상화되어야 할 모든 것이 표면으로 나타나야, 즉 의식화될 수 있어야 하고, 또 지식은 덕목이 되고 덕목은 행복이 될 수 있어야 하며, 그리고 아름다움이 세계의 의미를 분명히 드러낼 수 있어야 한다. 게오르그 루카치, 위의 책, 38면.

3 게오르그 루카치, 위의 책, 57면.

4 서정자는 해방 이전의 작품을 식민지의 시대적 상황에 대응하는 작가의 동반자적 경향성을 프로문학 창작방법론의 접근으로 박화성 문학 연구의 물꼬를 텄다. 이후 박화성 작품의 경향성의 의미구조를 시대상황과 연계시키며 작가의 사회의식을 규명한 논의가 진척되어 왔다. 서정자, 「박화성론」, 숙명여대 대학원 석사논문, 1981; 정영자, 「박화성 소설 연구」, 『수련어문논집』 12권, 수련어문학회, 1985; 서정자, 「일제 강점하 한국여류소설연구」, 숙명여대 대학원 박사논문, 1987; 권삼조, 「박화성 초기 소설 연구」, 계명대 대학원 석사논문, 1996; 변신원, 『박화성 소설 연구』, 국학자료원, 2001; 이정순, 「박화성 소설의 경향성 연구」, 『어문논총』 제17호, 전남대 국어국문학과연구소, 2006.8, 31~53면.

5 윤옥희, 「1930년대 여성 작가 소설 연구」, 성균관대 대학원 석사논문, 1996; 서정자, 『한국근대여성소설 연구』, 국학자료원, 1999; 이승아, 「1930년대 여성 작가의 공간의식 연구」, 이화여대 대학원 석사논문, 2001.

도 활발하다. 또한 기독교적 관점[6]이나 공간의 근대성[7]을 천착하기도 하였다. 박화성의 저항정신과 현실인식으로서 문학적 성과를 밝힌 기존의 연구 성과는 괄목할 만하다. 그럼에도 불구하고 텍스트 형식에 대한 객관적이고 보다 면밀한 고찰을 통해 작가의식을 규명하는 시점에 대한 논의가 활성화되지 않은 점은 한계로 지적될 수 밖에 없다.

이러한 점에 주목하여 본고에서는 박화성 작품의 형식과 내용을 연계시키는 측면에서 서사 시점의 역동성을 규명하고자 한다. 이를 위하여 1930년대 전반기 작품 중에서 「하수도 공사」, 「신혼여행」을, 후반기 작품 중에서 「이발사」, 「호박」[8] 등을 대상으로 관계 시점과 가치 창출의 특징과 변화를 분석하고자 한다. 관계 시점의 심층적 해석은 '자격'과 '접촉'과 '입장'[9]을 고려한 텍스트의 분석에 따라 작가적 의도가 변주된 소통의 경로를 파악하고, 궁극적으로는 박화성 소설의 역동성과 가치를 조명하게 될 것이다.

---

6 신춘자, 「「한귀」에 나타난 기독교 의식연구」, 『한국문예비평연구』 1권, 1997, 95~111면.

7 변화영, 「박화성 소설을 통해 본 목포의 식민지 근대성」, 『한국문학이론과 비평』 30집, 한국문학이론과 비평학회, 2006, 345~378면.

8 1930년대 단편소설은 1932년 「하수도 공사」에서 1937년의 「호박」에 이르기까지 15편이 있지만 본고에서는 텍스트의 형식을 천착하는 차원에서 우선적으로 네 작품을 선택하였다. 텍스트는 서정자 편, 『박화성 문학전집 제16권-단편집 I』(푸른사상, 2004)로 삼고, 인용문은 괄호 안 면수로 표시한다.

9 랜서의 소설 연구에서 주목되는 심층 층위의 관계 시점의 구명은 화자의 자격, 접촉, 입장을 기반으로 한다. 자격(status)은 발화자가 언어행위에 가지는 관계, 즉 소통행위자에게 관습적으로 허락되는 권위, 능력, 신뢰성을 말한다. 접촉(contact)은 발화자나 작가가 청중과 수립하는 접촉에 역동적으로 연계되어 있다. 입장(stance)은 이데올로기적, 심리적 태도로서 청중의 담론의 수용과 정서적 이데올로기적 반응을 결정한다. S. 랜서, 『시점의 시학』, 김형민 역, 좋은날, 1998, 91~112면.

2. 선형적 관계 시점과 지도적 가치

선형적 관계 시점은 작가의 입장으로서 지도자의식과 각성이 이원적 구조의 각으로 수직성을 확보하면서 작중인물이나 독자와의 관계에 직접적인 구심력을 발휘한다. 리얼리즘의 형식을 실현시키는 작가 구심력의 서술자 목소리는 '보여주기(showing)'보다 '말하기(telling)' 또는 '들려주기'[10)의 방식으로 작중인물이나 독자와의 관계에 있어 직접적인 접촉으로 이데올로기를 구체화한다. 작중인물의 형상화 측면에서 작가의 자격이나 위치가 드러나는 방식으로 인물의 성격이나 사건에 대한 서사 정보가 제공되는 한편 풍경의 묘사에서도 작가적 편집의 기능이 강화됨으로써 "작가의식이 투사된 인지 공간"[11)으로 리얼리티를 실현하기도 한다. 낙관적 전망으로 작가적 이데올로기를 추동시키는 시간적 변화와 인과성에 의해 선형적 관계 시점은 직접적이며 수직적인 접촉의 경로를 드러낸다.

1) 편집 시점과 비전의 관계―「하수도 공사」

「하수도 공사」(『동광』 1932. 5)는 발단에서부터 플롯을 추동하는 사건을 명시함으로써 리얼리즘의 형식을 구체화한다. 서사 현실의 객관적 정보를 제공하는 측면에서 서술자의 목소리는 편집적 역할을 수행하며 당

---

10 언어라는 매체의 특성을 고려할 때, 보여주기(showing)가 말로 묘사하여 '눈에 보여주(듯이 서술하)는' 방식이라면, 말하기(telling)는 그냥 요약하여 '귀에 들려주(듯이 서술하)는' 방식이라 할 수 있다. 최시한, 「근대 소설의 형성과 '공간'」, 『현대문학이론연구』 제32집, 현대문학이론학회, 2007, 11면(각주 25).
11 일제강점기 동안 박화성은 인간과 공간의 상호 작용에 주목하여 목포 토박이다운 진가를 작품 속 공간의 형상화로 보여준다. 변화영, 앞의 논문, 347~348면 참고.

대 현실에 대한 치밀한 관찰과 논리적 서술로 독자에게 주요 정보를 직설적 거리에서 전달한다. 작가적 인식을 서술적 권위로 드러내는 서술자의 목소리는 목포의 하수도 공사에 숨은 진실과 사건의 경과를 요약하고 보고하는 방식으로 다음과 같이 들려준다.

> 삼백 명의 노동자들이 동맹파업을 단행하고 이처럼 격분하여 경찰서에 쇄도하게까지 된 하수도 공사의 내막은 이러하였다. 실업(失業)노동자들을 구제하기로 목적한 하수도 공사가 근년에 유행과 같이 각처에 일어났다. 목포부에서도 실업 구제의 하수도 공사를 시작하게 되어 중정이라는 자와 칠만 팔천 원의 경비로 육 개월 간에 공사를 준공시키기로 청부 계약이 성립되었다 …(중략)… 중정의 비밀 주머니 속으로 들어간 삼만 일천 이백 원의 큰 구멍을 감쪽같이 때우는 오직 한가지의 길은 가련한 노동자의 피땀의 삯전에서 착취하는 수단 밖에 없었다. 그러므로 노동자들은 오십 전 이하 삼십 전까지의 적은 삯에 목을 매고 유달산에서 사정없이 내려 닥치는 찬바람과 뒷개 벌판에서 몰려오는 눈보라를 맞으며 꽁꽁 얼어붙은 땅을 파기 위하여 종일 곡괭이질과 남포질로 흙을 파며 돌을 뜨기 시작한 지 석 달 동안에 삯이라고는 돈으로 한번 받고 십이 전짜리(보통 쌀 십칠 전 할 때) 싸라기로 한번 받은 일 밖에 없었다. (49~50면)

하수도 공사에 동원되었던 노동자들이 일만 하고 임금을 제대로 받지 못한 연유로 동맹파업을 하기까지 사건의 진상이 작가적 자격으로서 편집적 기능을 부각시키는 서술자의 목소리에 의해 폭로된다. "하수도 공사의 내막은 이러하였다"에서 드러나듯이, 서사 현실을 객관적으로 증언하는 작가의 위치는 1년여 동안 몇백 명의 노동자들을 희생시킨 하수도 공사의 역사적 상황을 직접 들려주는 정보의 신빙성을 담보한다.

실제 역사적인 사건에 대한 정보 제공은 구체적인 지명, 인과관계가 뚜렷한 사건 요약, 괄호를 활용한 의미 전달, 성명과 지명의 한자로 표기 병행 등의 서술 방식으로 형식적 리얼리티를 확보한다. 목포, 나주, 유달산 등의 구체적인 지명이 공간적 리얼리티를 드러낸다면, "그러나 그는 돈이 없는지라", "뜨기 시작했지만", "그러므로 노동자들은" 등의 인과성은 사건의 경과를 논리적으로 요약 보고하는 작가적 지적 수준으로서 자격을 읽게 한다.

정보의 신뢰감을 더하면서 작가적 자격을 부각시키는 서술자의 목소리는 작품이 시작되는 첫 문장에서부터 "중정대리(中井代理)"와 같이 한글과 한문을 병치시켜 작중인물에 대한 구체적 정보를 제공하는 한편, "살기가 등등하여 날뛰는 군중" 등과 같은 작가적 어법으로 노동자/중정대리의 갈등을 바라보는 작가적 입장을 노출시킨다. 작가적 편집 기능은 판구(版口), 복부(腹部), 영정(永井)과 같은 사람의 이름 외에도 실업(失業), 사할(四割), 전주(錢主), 임금(賃金) 등과 같이 괄호 안 한자 표기로 그 의미를 명시하기도 한다. 한자 표기 외에도 "십이 전짜리(보통 쌀 십칠 전 할 때)"에서 부각된 괄호의 활용은 적확하고 세심하게 정보를 전달하는 작가적 편집 기능을 부각시킴으로써 서사의 리얼리티를 한층 고취시킨다. 또한 "노동자들은…석 달 동안에 삯이라고는 돈으로 한 번 받고 십이 전짜리 싸라기로 한 번 탄 일 밖에 없었다"는 방식으로 노동자들의 열악한 현실을 직접 들려주는 태도는 작가적 태도로서 현실비판의식을 읽게 한다면, "가련한 노동자의 피땀의 삯전"에서 살펴지는 작가적 어법은 당대 현실의 모순에 대한 첨예한 각으로서 노동자의 삶에 대한 정서적 접촉을 연민으로 환기시킨다.

한편 작가적 사상을 반영하는 지도자적 의식은 서술자의 목소리뿐만 아니라 주인공 화자의 목소리에도 구심력을 발휘한다. 노동쟁의를 주도한 동권의 이념적 지도자는 정이고 동권은 "오직 신임할 수 있은 지도자"

(89면)에서 "그대가 믿을 수 있는 한 동지"로의 계급적 성장을 다짐한다. 이처럼 작중인물들의 관계 시점은 "마치 사제관계의 고리처럼"[12] 수직적인 지도자의식을 선형적으로 확장시킨다. 동권에게 있어 지도자적인 역할은 정이라면, 동권은 정에게 받은 지도자 역할을 하수도 공사장의 노동자로 일하면서 노동자들에게 수행하였고, 또한 자신의 애인인 용희와의 관계에서도 지도자적 역할을 전망한다.

> "모든 객관적 정세가 나를 이곳에 머무르게 하지 않으므로 나는 이곳을 떠나고야 만다. 사랑하는 사람을 두고 떠나는 나도 종시 사람인지라 어찌 한 줄기의 별루가 없으랴 마는 나는 보다 더 뜻 있는 상봉을 위하여 떠나는 것이다. 군이 만일 나의 뜻을 알고 나를 사랑할진대 그대 스스로 모든 환경을 돌파하고 자체를 편달하여 나아갈 수 있는 용기를 가진 자라고 나는 생각한다. 굳세인 벗이 되어지라. 오직 바라는 바이니 원컨대 오직 끝까지 건강하라."
>
> "1931. 12. 13 떠나는 동권", (89~90면)

"그 이튿날 첫 눈은 목포 시가와 산, 들에 고르게 쌓이며 내리는데 용희는 한 장의 편지를 받았다"에서 묘사되는 풍경은 평등한 사회를 이상향으로 추구하는 작가의 시각을 내포한다. 용희가 받은 한 장의 편지 또한 '굳세인 벗'으로서 사랑을 완성하고자 하는 동권의 비전이지만, 거시적으로는 남녀가 평등한 세상을 열망하는 작가적 입장을 내포한다. 동권의 지도자적 현실인식의 이면에는 미래 지향적인 여성적 삶의 각성을 촉구하며 지도자의식이 여성에게도 가능하다는 작가의 계몽의식이 놓여 있다. 이러한 맥락에서 진취적인 동지애를 추구하는 남녀 간의 사랑 또한 현실의 첨예한 계급의식의 비판과 병치됨으로써 결국 민족적 계몽을 추

---

12 서정자, 『한국근대여성소설 연구』, 국학자료원, 1999, 75면.

구하는 작가의 현실 극복의 비전과 맞닿는다. 특히 "더 뜻있는 상봉"의 의미는 하수도 공사의 부정을 식민지 사회의 모순을 극복하기 위한 현실 개척의 낙관적 전망으로서 항일 투쟁을 읽게 한다. 이는 "서장이 자기 동무들에게는 하대하는 말을 쓰고 중정대리에게는 경어를 사용하는 것이 대단히 비위에 거슬렸다"(49면)는 동권의 반일적인 태도에서도 타당성을 확보한다.

한편, "1931. 12. 13 떠나는 동권"과 같이 편지를 쓴 연월일과 발신인의 성명을 명시한 작가적 편집 기능은 리얼리즘의 형식을 한층 더 구체화한다. 작가적 비전으로서 지도자의식을 리얼리즘의 형식으로 육화시킨 소설의 제목 또한 예사롭지 않은 가치를 창출한다. 동권이의 지도자적 의식은 하수도 공사에 대항한 노동자의 권익을 쟁취하는 것으로 성공적인 성과를 거두었지만, 작가적 전망은 단순히 일인 청부업자와의 투쟁이나 전략에만 초점을 두지 않는다. 서사 현실에서 하수도 공사의 계급투쟁은 성공적이지만 거시적인 작가적 관점의 하수도 공사는 미처 끝나지 않은, 그래서 동권이가 더 큰 뜻을 이루기 위해 떠나야 하는 미래 지향형의 공사인 셈이다. 오염된 물이 흘러가는 하수도의 공간은 어둠의 역사인 식민치하 민족의 현실을 환기시키기에, 민중들의 억울한 삶은 식민치하의 오욕과 수치로 점철된 민족의 삶과 다를 바 없다. 이처럼 노동의 권익을 쟁취하기 위한 투쟁과 지도자의식이 지향하는 관계 시점의 전망은 선형적 시점의 확장으로 독자와 접촉하며 식민치하 민족의식을 창출한다.

2) 동반적 시점과 언약의 관계―「신혼여행」

「신혼여행」(『조선일보』, 1934. 11. 6~21)은 작가적 지도자의식을 구심력으로 동반적 시점을 구축하면서 신혼여행의 여정에 따른 공간의 변화와 현실인식의 각성의 발전을 언약의 관계로 전망한다. '신부-출발-호남선-목포-어촌-새로운 출발' 등으로 소제목을 명시하는 작가적 편집은 복주를 바라보는 준호의 시선과 서술자의 목소리를 선형적으로 연결시켜 현실인식의 부재에서 현실인식의 각성을 이끌어낸다.

> 신부
> "아이그, 어쩌면 저렇게도 예쁘냐?"
> 신부의 뒤에서 부채질을 해 주고 섰던 들러리의 한 처녀가 체경 속으로 보이는 신부의 너울 쓴 얼굴을 보고 부르짖었다. (174면)

신부를 향한 들러리의 감탄을 작품의 첫 문장으로 부각시키는 서술의 공간은 독자의 관심을 낯설게 유도하기 위한 작가적 전략을 내포한다. 결혼식장의 활기찬 분위기는 "부르짖었다", "갸웃하고 서 있다", "몰려왔다", "가져왔다" 등 동사의 잦은 활용으로 신부와 그 주위 사람들의 행동을 실감나게 보여준다. 그럼에도 불구하고 작중인물의 형상화에 있어서는 보여주기보다는 들려주기의 방식이 부각된다. 일례로 신부와 신랑에 대한 예비적 정보 제공은 신랑과 신부의 이름을 한글과 한자를 병행시킴으로써 인물의 성격을 가늠하게 한다. 준호(俊豪)는 "도량이 크고 호탕한 사람"이라면, 복주(馥珠)는 "가까운 거리에 있는 물체를 볼 때 두 눈의 시선이 보는 점을 향하여 모이는 현상"으로 사물을 바라보며 각성하는 이의 정체성을 환기시킨다. 준호에게서 지도자적 역할을, 복주에게서는 각성하는 이의 역할을 한자 표기를 병치시켜 내포한 작가적 입장은 그들의 신분을 "성대의과 사 년생", "R보육학교 졸업반 여학생" 등으로 명시하기도 한다. 또한 "복주가 준호의 팔을 끼고 퇴장할 때는 더욱 유량하고 기운차게 울렸다", "이 두 사람을 부부 되게 하였다는 것을 자랑하는 듯이" 등에서 드러나는 작가적 어법과 '이'의 지시대명사는 작중인물들과 동반하는 작가의 위치를 작중인물의 관계 시점으로 연결시킨다.

송정리를 지나서 기차는 나주 영산포의 들판을 통과하였다. 홍수가 씻어간 뒷자취의 참혹한 현장을 바라보며 복주가 제일이나 보듯 가벼운 한숨을 연거푸 발할 때에 준호는 입가에 미소를 띠고 복주의 뒷모양을 바라보았다. 석양의 시원한 바람이 제법 양기(凉氣)를 띠어 차창으로 들어와 복주의 앞머리카락을 팔팔 날렸다. (187면)

신혼여행의 여정을 호남선으로 선택한 준호의 시점은 작가적 현실경험과 밀접하게 맞닿아 있다. "홍수가 씻어간 뒷자취의 참혹한 현장"을 현실의 풍경으로 배치한 작가의 현실인식은 "송정리", "나주 영산포의 들판"과 같이 신혼여행의 경험을 복주의 현실 각성을 끌어내기 위한 객관적 도구로 활용한다. "양기(凉氣)"와 같이 적치적소에 한자어를 배치한 어법과 더불어 "송정리", "나주 영산포" 등의 구체적 공간 지명은 작가적 위치를 명시함으로써 리얼리티를 강화시킨다. 또한 "들판을 통과하였다", "뒷모양을 바라보았다", "머리카락을 팔팔 날렸다", "넓은 들을 아늑하게 둘러싸고 있었다" 등과 같이 '목적어+과거형 서술어'의 문장구조는 목격하는 현장과 작중인물의 시선을 병치한다. 홍수의 비참한 현실을 바라보며 수해 참상을 복주가 가슴으로 받아들이는 현실인식의 각성은 "참혹한 현장", "복주가 제일이나 보듯", "가벼운 한숨" 등과 같은 방식으로 준호의 시점과 작가적 목소리를 교차시킨 동반적 시점으로 전달한다.

기차 밖 수해를 입은 들판과 기차 안의 정경을 병치시킨 선형적 시점은 "멀리 나지막하게 보이는 하늘에는 불그스름한 덩이구름이 떨기떨기 송이져 있어 짙은 검푸른 색의 물결치는 넓은 들을 아늑하게 둘러싸고 있었다"로 작가적 세계관의 구심점을 드러낸다. 자연의 풍경은 "멀리 나지막하게 보이는 하늘"이 "짙은 검푸른 색의 물결치는 넓은 들"을 "아늑하게 둘러싸고"는 높고 낮음이 조화롭게 어울리는 평화로운 세상이다. "불그스름한 덩이구름" 흩어져 있는 형상이 아니라 "떨기떨기 송이"를 이루며 조화를 이룬다. "짙은 검푸른 색"의 상처 입은 들판마저도 "물결치는" 생명의 운동력에서는 피폐한 식민 치하 현실의 질곡을 극복하는 적극적인 각성을 끌어내기 위한 작가적 비전이 포착된다.

이러한 작가의 이데올로기는 준호의 지도자적 역할 수행에 탄력을 가하며 복주의 현실인식을 점진적으로 유도한다. 목포의 유달산 풍경에서 구체적인 민중의 삶의 현장을 발견하기보다는 단지 풍경을 감상하는 복주에게 준호는 새로운 각성을 촉구한다. "유달산에 움막집 붙은 게 우스워 보이더만 지금 보니깐 불이 반짝반짝한 게 퍽 곱게 보여요"(189면)라는 복주의 시각은 현실인식보다는 풍경의 미/추에만 관심이 집중되어 있기 때문에 준호는 "움막집이 우습게 보입딥까?" 하는 비판을 가한 것이다. "돼지 우리 같은 그 움막 속에서 나마도 살겠다고 발버둥을 치며" 살아가는 민중들의 삶에 대한 보다 진지한 성찰을 이끌어내는 지도자적 역할을 수행한 셈이다. 멀리서 바라보는 민중들의 삶에 대한 성찰은 목포 청년회관에 도착하여 직접적인 역사적 현장을 목도하는 것으로 복주의 적극적인 비판의식을 끌어낸다.

> "자, 이것이 역사 깊고 일 많았던 목포 청년회관이었소"
> 준호는 감개무량한 듯이 말을 시작했다.
> "그러던 게 이제는 이 모양으로 헐어지고 무너져 버린 집이 되어있구려.
> 준호는 회중 전등을 꺼내어 방안을 비추었다. 유리창들은 문틈까지 다 깨

어졌고 지붕으로는 하늘의 별이 보일 만큼 천장이 내려 앉았다. 사방 벽은 다 헐어져 군데군데 썩어진 마루방에 흙무더기가 되어 있고 마른날이건만 천장에서는 흙물이 줄줄 내려와 처참한 낙수 소리를 내고 있었다.

"야아! 사람의 시체 썩은 것을 보기보다도 더 가슴이 아픈 일이다."(191면)

헐어진 목포 청년회관을 둘러보고 준호는 역사 깊고 일 많았던 공간이 폐허가 된 것을 통탄한다. 이에 대한 복주의 현실 각성은 공감의 수준을 넘어 비판적 시각으로 발전된다. 지난날 청년들의 꿈을 키웠던 청년회관이 헐어지고 무너져 버린 실상 앞에 "야아! 사람의 시체 썩은 것을 보기보다도 더 가슴이 아픈 일이다."라며 통탄하는 준호의 태도는 역사적 질곡을 아파하는 작가의 입장에 다름 아니다. 이에 동조하는 복주는 "목포에는 청년들은 없고 사람도 없나요? 청년회관을 이래 버려두개요?"(191면)라고 안타까움을 표시하는 적극적인 문제의식을 제기함으로써 준호의 의식과 맞닿는 비판의식을 보여주게 된다. 한편 목포 시내를 둘러본 후 발동선을 타고 섬으로 떠난 준호와 복주는 섬 주민들의 비극적인 실제 생활을 목도하고는 현실인식을 강화시킨다. 끼니의 연명이 힘들어 게만 삶아 먹고 토사곽란이 나서도 설사 약마저 구할 수 없는 섬 주민들의 처참한 삶은 준호와 복주에게 현실 각성에 머물지 않는 삶의 실천적 의지를 고취시킨다.

요컨대 공간이동에 따른 점층적인 각성을 유도하는 동반 시점의 경로는 기차 안에서 바라본 홍수의 참상과 노파의 이야기를 병치시켜 복주의 일차적인 각성을 끌어낸 다음, 목포에서는 목포의 유달산의 움막집과 목포 청년회관의 폐허를 통해 발전된 각성을 끌어내고, 최종적으로는 섬사람들의 일상을 통해 실천적 삶의 의지를 강화시킨다. 복주의 현실인식을 각성시키는 취지로 기획한 신혼여행에서 준호는 "사람이란 소질과 성격이 웬만하면 지도할 수 있다는 것을 확실히 믿게 된 것을 기뻐하오."(204면)라며 자신의 소회를 드러낸다. 의대를 졸업한 후 가난한 섬에서 병원을 개업하여 가난한 민중들의 건강한 삶을 위해 고군분투하려는 뜻을 밝힌 준호에게 복주는 간호부 노릇과 어린아이의 보모가 되고, 처녀들과 부인들을 위해 야학을 세워 가르치겠다는 의지를 보이는 것으로 동반 시점의 언약을 제시한다. 언약의 전망에는 종속적인 남녀관계가 아닌 동반의 관계에서 진정한 결혼생활이 시작된다는 작가적 입장이 내포되어 있다. 복주의 인식의 변화는 결혼에 대한 여성의 가치관의 전환과도 맞물려 있지만 또한 남성적 가치의 전환을 내포한다. 준호의 지도자적 역할은 가부장적 권위이기보다는 동반자로서 돕는 배필이 되기 위해 평등한 결혼생활을 위한 남성의 가치 전환을 보여주기 때문이다. 진정한 반려로서 복주의 각성을 끌어낸 결혼의 의미는 마지막 소제목 공간인 "새로운 출발"로 명시된다. 결국 신혼여행의 여정은 지도적 역할을 구심력으로 공간이동에 따른 경험적 각성을 발전시키는 선형 시점의 구심력으로 동반자적 언약으로서 결혼의 새로운 가치를 민족적 현실에 대한 각성으로 창출한다.

3. 원형적 관계 시점과 연대적 가치

원형적 관계 시점은 작가적 이데올로기가 원심력의 거리로 파장되는 서술 공간에서 작중인물의 경험을 통해 독자 지향의 가치를 창출한다. 리얼리즘의 형식을 추동시키는 작가적 권위는 직접적인 개입보다는 작중인물의 경험을 확장시켜 보여준 쪽으로 축소되기 때문에 서술 공간은 서술된 시간이 짧아진 반면, 서술하는 시간이 늘어나게 된다. 작중인물의 형상화에서 작가적 개입이 현저하게 줄어드는 한편 풍경의 묘사에서도 작가적 이데올로기의 직접적인 노출보다는 작중인물의 시각이 반영된다. 작중인물의 경험에 대한 작가적 위치는 공간이나 사건을 들려주기보다 작중인물의 대화나 독백을 인용하는 간접적이며 우회적인 방식으로 중립적인 태도를 보여준다. 특정한 경험이나 사건을 초점화[13]하여 서술 공간을 확장하는 원형적 관계 시점에서 독자의 공감을 끌어내는 작중인물의 경험은 지도자의식을 넘어 연대의식으로 확장된다.

1) 현상 시점과 길항의 관계 ―「이발사」

「이발사」(『신동아』, 1935. 2)는 이발소에서 한나절 동안 일어난 경험을 작중인물들의 대화와 객관적인 서술로 현상시키는 시점으로 서술의 공간성이 확보된다. 서술하는 시간이 확장된 서술 공간에서 작가의 이데올로기는 직접적으로 드러나기보다는 "식민지 지배와의 결탁에 그 현실의 악랄함을 묻고 있는 저항문학적 색채를 바탕에 깔고"[14] 연대의식의 가치를 원심적인 거리에서 환기시킨다.

"주인의 그림자가 유리창 밖으로 사라지자 진수는 재빠르게 걸상에 뛰어올라서 두 어깨를 깍지끼어 베개로 하고 반듯이 누어보았다"는 작품의 첫 문장(238면)에서 살펴지듯이 작가적 서술자의 권위는 진수의 행동과 생각을 현상하는 방식으로 제한된다. 진수라는 한글 호칭만을 표기한 중

---

13 어떤 개인적인 시점을 드러내지 않고서는 이야기를 할 수가 없지만 한 인물이 다른 사람이 보고 있는 것, 또는 이미 본 것을 이야기하는 것도 가능하다. S. 리몬―캐넌, 『소설의 시학』, 최상규 역, 문학과지성사, 1994, 110면.
14 서정자, 『한국근대여성소설 연구』, 앞의 책, 99면.

립적인 작가의 태도는 "주인의 그림자가 유리창 밖으로 사라지자"에서 진수의 어법을 모방한 관계 시점으로 "주인"이라는 호칭을 선택하기도 한다. "별스럽게도 춥던, 아니 금년 들어서 제일 가는 첫 추위", "머리는 띵―하게 무거워서 눈꺼풀이 저절로 감겨지면서 하품이 연달아 나왔다" 등과 같이 진수의 의식과 행동이 객관적으로 제시되며, "어젯밤 열두 시가 넘어서 별안간에 해산 기미를 보이는", "지난밤은 눈 한번도 붙여보지 못하고", "아침도 아직 못 먹고 일을 계속한" 등과 같이 시간의 역전 제시도 작중인물의 경험에 따라 그 경과를 나타낸다. 또한 "너무도 피곤한 탓인지", "가눌 수가 없이 휘청거리는 것 같고" 등의 불확정한 추측이 드러나기도 한다.

한편 "흥, 인제는 어젯밤에 생긴 계집애까지 식구가 넷! 하로 종일을 이발소에서 해를 보내도 쌀값도 못 들고 돌아가는 이 가련한 생활을 계속하기에 나는 저렇게 말랐단 말이냐?"(240면)와 같이 소시민적 현실의 궁핍함을 진수의 독백으로 반성한다. "다물린 입! 저 입이 옛날에는 진리를 부르짖던 입이 아니던가?"(240면)의 진수의 독백에는 작가적 현실비판이 우회적 각도에서 파장된다. 가난 때문에 상급학교에도 못 간 진수가 진수의 과거 행적을 독서를 통해 가난의 원인을 알게 된 이력을 전달하는 장면에서도 진수의 경험이 초점화되고 있다. 작중인물의 과거 이력의 반사에서는 "제국주의의 혹독한 탄압", "진수야 너는 언제나 진리와 정의를 위하여 싸워야 할 투사의 몸이라"(248면)라는 표현으로 제국주의를 비판하는 작가적 비판을 항일의식으로 환기시키지만, 이어서 확장되는 서술의 공간에는 보다 우회적인 경험으로 진수의 관계적 접촉을 보여줌으로써 민족적 연대의식을 환기한다.

　　"참 치웁습니다 그려. 우리 설날은 따숩더니 조선 설이 되니께 퍽 칩습니다."

하고 부장은 허주사에게 말하면서 의자에 걸터앉았다. 진수는 마에가께를 가져다가 그의 목과 몸에 두르면

　　"어떻게 깍으랍니까?"

하고 물었다. 올 때마다 상근이가 맡아서 하였기 땜문에 사실 진수에게는 처음이었던 것이다.

　　"그전대로 해주지."

　　그는 뱉는 듯이 말대답을 하였다. 진수는 말없이 이찌부(一分)의 기계를 가져다가 머리를 돌려 깍기 시작하였다.

　　부장의 머리통이란 이야말로 기형적이었다. 머리통은 좁으면서도 뒤통수는 몹시도 툭 내밀어서 장구통 같이 생긴데다가 머리칼은 말총 같이 굵었다.(250면)

　　"참 치웁습니다 그려. 우리 설날은 따숩더니 조선 설이 되니께 퍽 칩습니다"는 일본인 부장의 발언은 조선의 설을 폄하하는 태도를 보여준다. 그리고 일본인의 입을 통해 보여주는 우리 설날/조선 설, 따뜻하다/춥다 등의 대립적 어법은 일본/조선, 제국주의/식민지 길항에 따른 민족적 연대의식을 파장시킨다. 독자 지향의 가치를 작가적 비판의식으로 파장시키는 접촉의 거리에서 일본인 부장을 바라보는 진수의 시각은 곱지 않다. "부장의 머리통이란 이야말로 기형적이었다. 머리통은 좁으면서도 뒤통수는 몹시도 툭 내밀어서 장구통 같이 생긴 데다가 머리칼은 말총 같이 굵었다"는 시선에서 간파되듯이 일본인 부장은 뒤통수마저도 밉상이다. "그전대로 해주지"라는 부장의 말을 무시하고 진수는 기형적인, 장구통 같이 생긴 데다가 머리칼은 말총 같이 굵은 머리통에 어울리게 소신껏 머리카락을 깎는 것으로 제국/식민의 대립구조에 대항하는 민족적 길항의 관계 시점을 추구한다.

　　"나는 댁을 친일은 절대로 없소. 증인이 두 사람이나 있으니 당신 마음대로는 간대로 못할 것이오. 갑시다 자."

　　……

　　"상근이! 나네도 오늘은 염치가 있지? 우리 집이 육십원 오늘밤으로 보내야 하네. 형편은 자네도 알지 않는가?

　　진수는 상근이를 돌아보며 명령하듯이 엄숙하게 말하였다. 타작 마당에서 일꾼들이 우르르 달려왔다.

　　"만석이! 내일 우리 집 장 좀 봐다 주소. 그리고 정월에 우리 집에 놀러오소."
하고 의미 있는 눈으로 만석이를 보았다.

　　"염려 말고 당겨나오시오."
하는 만석이의 분명한 말소리가 뒤에서 들렸다. 학교에서 돌아가는 학생들이 부장의 깎다가 말고 나온 머리통이며 하얗게 분칠한 뒤통수를 바라보고 킥킥거리며 웃고 지나갔다. (254~255면)

　　자신의 머리통 못생긴 것은 탓하지 않고 애꿎은 이발사더러 욕만 하는 일본인 부장의 태도는 순사의 권세이기 전에 일본인이라는 권세로 진수에게 폭언을 한다. 이에 격분한 진수에게 순사는 "네까짓 놈더러 이놈 저놈 못해?"라는 인권 모독의 발언을 하며 주재소로 진수를 끌고 가려고 한다. 이러한 상황에서 진수와 계급적 대립을 보였던 허주사와 상근이마저도 진수의 입장을 안타깝게 여겨 싸움을 말리지만 소용이 없다. 오히려 진수는 "나는 댁을 친일은 절대로 없소. 증인이 두 사람이나 있으니 당신 마음대로는 간대로 못 할 것이오. 갑시다 자." 하고 당당하고 도도한 태도를 보인다. 특히 "나는 댁을 친일은 절대로 없소"라는 진수의 발언에서 파장되는 '친일은 절대 없소' 라는 어감은 독자의 원격적인 가치 창출의 거리에서 작가의 태도[15]와 접촉하게 한다. 계급적 갈등을 드러냈던 허주

15　일제에 동조한 글은 전혀 쓰지 않았고 식민지 현실에 대한 비판의식이 충만한 박화성의 작품에서 항일투쟁의식은 궁극적인 가치 창출로 지향되어 있는 것은 당연하다.

사와 상근이조차도 일본인의 권세 앞에서는 자신의 입장을 대변할 증인 관계로 변화되면서 계급문제보다 항일의식이 더 큰 가치로 부상함을 발견할 수 있다.

급기야 "주재소 문으로 기운차게 걸어 들어"간 진수의 태도는 당당한 항일의식을 고양시키는 동시에 민족연대의식을 환기한다. 진수는 상근이에게 단순한 증인의 관계로만 그치지 않고 그간 밀렸던 임금을 집으로 보내줄 것을 당당하게 요구한다. 타작마당에 있는 만석이에게 진수는 자신의 집을 부탁하며 "의미 있는" 눈짓을 보낸다. "의미 있는"이라는 작가적 접촉이 파악되는 어법과 "염려 말고 당겨나오시오"라는 만석이의 '분명한 말소리'에는 민족의식의 연대를 결탁하는 작가의 가열찬 의지가 투영되어 있다. 학교에서 돌아가는 학생들이 깎다가 말고 나온 머리통이며 하얗게 분칠한 일본인 부장의 뒤통수를 바라보고 킥킥거리며 웃으며 지나가는 모습에서도 민족 길항의 관계 시점이 탐색된다.

이처럼 작중인물의 경험으로 반사되는 원형적인 관계 시점은 일본인에게 인권을 유린당하는 이발사의 경험을 통해 제국주의/식민주의의 대립적 구도에 맞선 유희적 시각으로서 비판의식을 이발소로 '기운차게' 걸어가는 진수의 경험으로 환기시킨다. 허주사와 상근이, 그리고 만석이와 여학생들의 관계 시점 또한 원심적 거리에서 민족적 연합을 환기한다. 가진 자/그렇지 못한 자의 계층적 갈등과 대립의 원형적 관계 시점의 궁극에서는 제국/식민에 대한 작가의 역사적 비판의식으로서 민족적 연대의식을 새롭게 경험할 수 있다.

2) 교환 시점과 연합관계—「호박」

「호박」(『신동아』, 1936. 1)에서는 궁핍한 현실에 협력하여 선을 이루는
교환[16]적 시점으로 민중의 연합적 관계를 보여준다. 이 작품의 가치는
호박이라는 사소한 소재로 민중들이 궁핍한 현실과 지난한 삶을 극복하
는 과정과 그러한 경험을 통해 민족적 연대의식을 환기시키는 데 있다.
작중인물의 대화를 확장시키며 민중들의 삶을 엮어낸 공간에서 독자는
삶의 불확실하고 기이한 단면적 체험으로 다양한 가치를 발견한다.

> "호박 하나 있지?
> 어머니는 딸을 쳐다보았다.
> "저, 저, 인제는 하나도 없어라우.
> "없다니? 아침에 광속에 하나 있는 것을 봤는디 없어?"
> 어머니의 둔이 둥그래졌다.
> "고것은 뒀다가 설에 떡 해 먹⋯⋯"
> "호박 그것 내다가 갉아서 삐어라. 그리고 이것 이따가 건져서 쿵쿵 모사
> 갖고 호박죽 쒀라. 내가 일어서 담가 놓고 나가게⋯⋯"
> 하고 계란 풀어놓은 듯이 노르스름한 좁쌀 씻은 물을 바가지에다가 따랐다.
> "그것 하나만은 애껴 놨다가 설에 떡 해먹자니께는⋯⋯"(396~397면)

작품의 발단에서부터 어머니와 유젼이가 호박에 대한 대화를 나누는
장면이 부각되었듯이 텍스트 전반에 걸쳐 잦은 작중인물들의 대화가 교
차되면서 서술 공간에 탄력적인 긴장과 리듬을 부여한다. 궁핍한 상황이

---

16 "교환은 우연적인 것이지 결코 경제이론적 관찰 대상이 아니다. 교환은 이론적으로
분석될 수 없고, 단지 심리적으로 이해될 수 있을 따름이다"는 힐퍼딩의 언급처럼
텍스트에 드러난 교환관계 시점은 심리적 연대의식을 환기시키기에 적합한 도구이
다. 게오르그 루카치, 앞의 책, 22면 참고.

라는 현실인식은 작가적 입장으로 직접 제시되는 것이 아니라 "쌀 꼴"을
보기 어려운 상황에서 호박의 가치를 부각시키는 대화를 통해 유추된다.
정보 전달을 구체화하는 측면에서도 "하나도 없어라우", "봤는디 없어",
"설에 떡 해먹자니께는", "안즉도 멀었다니께" 등의 작중인물의 입말로
서 사투리가 부각되면서 향토적인 담화의 입체성을 조각한다.

　풍경의 묘사에서도 작가적 이데올로기보다 작중인물의 시각이 부각된
다. 음전이가 윤수와의 추억을 회상하는 공간에서도 시간의 역전 제시는
서술자의 요약으로 보고되지 않고, 마치 쌍둥이처럼 호박이 열린 풍경을
바라보며 윤수와 다정한 대화를 나누었던 단란했던 추억의 장면을 '지
금-여기'로 병치시킨다. 윤수가 가뭄으로 고향에서는 생계가 어려운 형
님네 가족과 함께 함경북도 고무산으로 떠나고 난 후 음전이는 윤수와의
사랑을 떠올릴 수 있는 호박을 간직하였지만, 결국 마지막 남은 호박마저
도 떠나보내게 된다.

> "아머니, 저번 날 외삼촌이 드린 돈 오십전을 나를 주시오. 그러면 이 다음
> 에 내가 외삼촌한테 얻어서 갚아 드리께……."
> "돈을 너 달라고? 아니 뭣하게?"
> 어머니는 눈을 동그랗게 뜨고 입을 벌려서 놀란 표정을 하였다.
> "오빠 읍내 가는데 셔츠 하나 사 달라고 하려고 그래요"
> 말을 하기 시작한 음전이의 말소리는 분명하였다.
> "뭐? 셔츠?"
> 어머니의 놀란 표정은 더 심각해졌다.
> "저 윤수가 셔츠도 없어서 치워 한다니께 하나 사서 부쳐 줄라고"……
> ……
> "나는 더 돈을 주었으니께 너도 나 뭣을 줘야지 않냐?"
> "뭐 드릴 것이 있어야지……."
> 음전이는 당황하여 했다.

　　“네 부담 상자 속에 감춰 둔……”
　　음전이의 가슴은 뜨끔하였다.
　　“그 호박을 나 달란 말이다.”(410~411면)

　음전이는 추운 날씨에 고무산에서 형수는 죽고 조카들을 키우며 고생
할 윤수를 위해 셔츠를 사 보낼 것을 작정하고 어머니에게 오십전을 줄
것을 부탁한다. 사랑하는 이를 위하여 셔츠를 사겠다는 음전이의 솔직한
태도는 당대 현실에 비추어볼 때 긍정적인 여성성을 그려놓았다고 평가
할 수 있다. 어머니는 딸의 요구를 들어준 대가로 음전이에게 감춰둔 호
박을 줄 것을 제안한다. “윤수가 호박을 좋아하니께 뒀다가 윤수 오면 해
주려고 그러지만 내년 사월까지 뒀다가 썩혀 버리느니 오늘 외삼촌 집에
보내라. 윤수한테는 셔츠를 사 보낸께응.”(412면) 어머니의 요구에 응한
대가로서 호박의 사용가치는 윤수에게 셔츠를 사 보내는 현실 극복의 실
천적 가능성을 관계 시점으로 제시하게 된다. 그 전망은 “일제의 탄압 아
래 제대로 성장하지 못한 문학적 여건 속에서 식민지 삶의 현실을 파헤치
고 사회 현실을 비판 고발하는 작가의 저항정신이며 완성된 세계로서가
아닌 사회 발전의 이상적인 변화 가능성을 내포한 현실 자체”[17]의 경험
과 접촉하게 한다.

　이렇듯 호박을 사이에 둔 어머니와 음전이의 거래는 “현실적인 여성
사고의 일면”[18]을 넘어 협력하여 선을 이루며 상호 보완적인 가치를 교
환하는 원형적 관계의 시점의 조화로움을 실현시킨 점에서 특별한 가치
를 내포한다. 음전이는 윤수와의 추억과 사랑의 언약을 간직한 호박을 떠

17　이정순, 앞의 논문, 52면.
18　서정자, 「일제 강점하 한국여류소설연구」, 앞의 논문, 56면.

나보내는 일이 못내 애틋하다. "그러나 자기가 사 보내는 셔츠를 입고 기운 좋게 일하는 윤수의 모양"(412면)을 떠올리며 미래에 대한 희망을 갖는다. 음전이와 윤수의 관계 시점에서 사랑의 증표였던 호박의 가치는 음전이와 어머니의 교환 가치를 통해 윤수의 셔츠와 삼촌 댁의 입덧을 돕기 위한 먹거리로 전환되면서 궁핍한 현실에서도 새로운 희망을 모색하는 연대적 가능성을 탐색하게 한다. 이처럼 현실의 어려움을 잔잔한 인정으로 극복하는 「호박」의 관계 시점은 서술 공간의 리듬과 탄력을 부여하는 형식으로 민중의 경험적 관계 시점을 확산하여 민족적 난관을 극복하는 연대적 가치를 환기시킨다.

4. 맺음말

위에서 살핀 바와 같이 1930년대 박화성 단편소설은 일제 치하 민족의 현실을 바라보는 창조적 여성성을 구심점으로 작중인물들의 경험을 선형적 관계 시점과 원형적 관계 시점으로 발현하는 역동적인 공간을 구축한다. 리얼리즘의 형식을 실현시키는 서술의 공간은 1935년을 기점으로 지도적 관계 시점의 구심력에서 연대적 관계 시점의 원심력으로 추동하는 변화를 들려주기에서 보여주기로 확장시킨다.

상반기 작품에는 작가적 계몽의식을 구심력으로 지도자의식과 각성을 선형적 시점으로 미래 지향적인 전망을 부각시킨다. 「하수도 공사」에서는 편집적 시점과 지도자의식의 비전으로, 「신혼여행」에서는 동반적 시점과 지도자의식의 언약으로 식민 치하에 대응하는 민족의식의 가치를 창출한다. 이에 비해, 후반기 작품에서는 작가적 중립성을 견지하며 민중들의 현실 공간에 내려앉음으로써 작중인물들의 대화가 현저하게 확장되는 공간에서 원형적인 관계 시점의 연대적 가치가 창출된다. 「이발사」에서는 현상적 시점의 일본/조선의 길항이 확산되는 연대적 가치 창출이 모색된다면 「호박」에서는 연계적 시점으로 선행을 이루는 연합적 가치 창출이 돋보인다.

이념에서 경험으로 관계 시점을 끌어낸 서술의 시공간적 변화는 민족적 현실인식이라는 작가적 신념을 통합적 감동으로 끌어내는 작가의 창조적 여성성의 문학적 성취라 할 수 있다. 구심력과 원심력의 관계 시점은 다음과 같이 가치 창출의 경로를 전환시킨다. 첫째, 수직적인 지도자적 경험과 각성의 경험은 수평적인 연합의 경험과 실천적인 연대의식으로 확장된다. 둘째, 식민지 치하 민족의 문제에 대한 전망은 시간적인 변화에 따른 관념적인 비전에서 현실의 어려움을 극복하는 연합적이며 실천적인 경험으로 확장된다. 셋째, 남녀 간의 사랑은 지도적 역할의 남성과 각성적 역할인 여성의 수직적 관계에서 실천적 경험의 수평적 관계로 전환된다. 이처럼 박화성의 작품에 투영된 관계 시점은 계몽에서 체험으로 독자 반응을 전환시키는 형식의 발견이자 적용으로서 작가적 세계관을 통합적으로 드러내는 힘을 갖고 있다.

요컨대 박화성 단편소설의 역동적인 관계 시학은 1935년을 기점으로 지도자적 각성의 선형적 관계 시점에서 민중의 연대의식을 유도하는 원형적 관계 시점으로 전환됨으로써 경험의 긍정적인 가치를 새롭게 창출한다고 할 것이다. 형식적 변화에서 드러난 관계 시점은 주체적인 자아로서 존재론적 의미를 모색하기보다는 타자와의 관계, 즉 우리라는 공동체 속에서 존재론적 의미를 탐색하며 긍정적인 영향력을 끼치는 접촉을 보여준다. 공동체적 선을 추구한 관계 시점은 식민지의 구조적 모순과 문제들을 묘파한 작가의 인식과 독자의 접촉 지점에서 항일의식과 공생공영

의 세계관을 새롭게 발견하게 한다. 결과적으로 식민지 치하 현실을 창조
적 여성성으로 바라본 올곧은 작가적 입장이 투영된 역동적인 관계 시점
이야말로 미래 지향적인 민족의 긍정적 가치를 창출한 박화성 소설의 독
창성이다.

제5부

정미경의 창조적 여성성

「밤이여, 나뉘어라」의 인지론적 연구

「밤이여, 나뉘어라」의 인지론적 연구

1. 머리말

이 글은 인지론적 관점으로 정미경의 「밤이여, 나뉘어라」[1]에 드러난 서사 시학과 존재의식을 해명함으로써 '지금－여기' 포스트모더니즘 문화를 바라보는 작가 정미경의 창조적 여성성을 조명하는 데 목적을 둔다. 정미경은 「밤이여, 나뉘어라」에서 문화의 역동성으로 제공되는 성경에서부터 넬리 작스의 시와 윤이상의 시극, 모차르트와 살리에르의 삶, 그리고 뭉크의 〈절규〉나 〈마돈나〉 회화 등의 상호텍스트성을 통하여 포스트모던 문화의 존재본적 가치를 남색할 수 있는 길을 열어놓있다.

소설 텍스트에 내재된 문화의 역동성[2]이야말로 '지금－여기' 우리의 삶을 성찰할 수 있게 하는 좋은 기회가 될 수 있다. 21세기 포스트모던 문

---

1 이 글은 이상문학상을 수상한 바 있는 정미경의 「밤이여, 나뉘어라」를 텍스트(정미경, 「밤이여, 나뉘어라」, 『제30회 이상문학상 작품집』, 2006)로 삼는다. 본문 인용 면수는 괄호 안에 표기한다.
2 우한용, 『문학교육과 문화론』, 서울대 출판부, 2001, 21, 36면.

화를 고려할 때, 「밤이여, 나뉘어라」의 서사 시학은 확실한 삶의 목표를 추구하기보다는 삶을 소비하는 우리의 존재의식을 반성하고 미래 지향적 삶을 정립할 수 있는 다양한 의미를 생성한다. 그 점에서 독자는 지성인다운 삶의 정체성과 더불어 건전한 시민의식을 함양할 수 있을 것이다.

이러한 관점에서 살펴볼 때, 「밤이여, 나뉘어라」에서 드러난 인지론적 구성은 인생의 참다운 의미를 진지하게 응시할 수 있는 문학 감상의 역동적 소통을 가능하게 한다. 정미경은 소설 텍스트의 서사미학으로 내장된 여로, 절규, 백야 등의 인지 구성을 통하여 전달되는 인생 여정의 성찰이라는 보편적 의미 생성의 경로로 21세기 한국소설이 세계와 소통[3]할 수 있는 가능성을 열어 놓았다. 즉, 그의 소설 텍스트에서는 성경에서 시작하여 넬리 작스의 시와 윤이상의 시극, 모차르트와 살리에르의 삶, 그리고 뭉크의 〈절규〉나 〈마돈나〉 회화 등으로 드러나는 인생의 빛과 어둠의 의미를 통하여 개인 삶의 목표와 그것을 추구하는 진정성을 성찰할 수 있는 상호텍스트성과 맞물린 문화의 역동성으로서 문학의 효과를 내장하고 있는 것이다.

그러므로 「밤이여, 나뉘어라」의 서사 시학을 인지론적 방법으로 조명하는 작업은 문화의 역동성을 통하여 21세기 우리들의 삶과 소통하는 일이 될 것이다. 인지론적 시각을 문학 이해에 활용하는 방법은 '심미적 반응이나 정서체험을 지향하는'[4] 문학 감상을 활성화하는 점에서도 의의를 갖는다. "학습자의 텍스트 이해와 수용은 학습자와 텍스트의 대화적 소통

---

3 다양한 문화의 역동성은 한국문학을 가르치고 배우는 외국인들에게도 한국문화를 공감하는 문학의 보편성을 제공할 수 있을 것이다. 김봉군, 『현대 문학의 쟁점 과제와 문학 교육』, 새문사, 2004, 374면 참조.
4 신헌재, 「감성소통을 위한 문학교육의 방향」, 『학습자중심교과교육연구』, 학습자중심교과교육학회, 2008, 2면.

을 통해 이루어진다"5)는 관점에서 보더라도 인지론적 접근방법은 독자로 하여금 텍스트에 대한 적극적인 이해와 수용을 바탕으로 문화의 역동성과 소통하며 인생의 진정한 가치를 발견하게끔 유도하는 길이 된다. 독자와 텍스트의 대화적 소통은 작가의 세계관과 소통하는 길이자 포스트모던 문화와 맞닿는 우리들의 삶과 소통하는 길이기도 하다. 자연적인 삶과 고백하는 이야기 사이 몸의 경험에 대한 인지론적 이해는 다문화와 개인주의로 표방되는 포스트모던 존재의식에 대한 반성을 독자 중심의 신체적 경험과 상상력에 뿌리를 둔 비판적인 사고로 확장할 수 있을 것이다.

여로와 절규 그리고 백야 등 텍스트의 인지 구성은 현시대 실존의 의미를 역동적인 문화작용으로 반성할 수 있는 의미 생성의 경로이다. 따라서 텍스트의 궁극적인 정보 제공의 의미는 천지창조의 질서로서 밤과 낮, 넬리 작스와 윤이상, 모차르트와 살리에르, 그리고 뭉크의 비극적 삶이 승화시킨 예술의 가치를 바라보는 독자의 은유적 시각에 의하여 달라질 수밖에 없다. 레이코프와 존슨에 의하면 '은유(mataphor)'란 우리에게 익숙하고 구체적인 '근원영역(source domain)'의 체험을 바탕으로 낯설고 추상적인 '목표영역(target domain)'을 개념화하는 인지기제로 구체적인 삶의 경험을 '사상(寫像)'하는, 달리 표현하면 맵핑하는 과정이다.6) 개념적 은

---

5 문학교육의 본질이 학습자의 경험세계를 성찰하게 하고 이러한 사색을 통해 삶을 바라보는 자신의 관점을 가져 무엇이 소중하고 가치 있는 것인지 깨닫게 하는 데 있다면, 문학 텍스트에 대한 비평적 객관성과 수용자의 체험적 반응이라는 요소의 결합은 매우 중요한 균형감각의 요건이 될 것이다. 최근 우리는 구성주의와 수용미학의 이념이 반영된 문학교육 방향을 경험하고 있다. 유성호, 「현대문학교육의 방향」, 『국어교육』 123호, 한국어교육학회, 2007, 165, 176면.

6 개념적 은유는 구조적 은유, 지향적 은유, 존재론적 은유로 분류된다. 구조적 은유 (structural mataphors)란 한 개념이 다른 개념의 관점에서 은유적으로 구조화되는 경우

유는 근원영역과 목표영역 간에 본질적이거나 필연적인 유사성보다는 두 영역 간에 유사성을 부여할 수 있는 독자의 창조적 인지능력의 계발과 밀접한 관련이 있다.

실제로 은유의 기제가 아니면 '시간, 이론, 마음'과 같이 추상적인 개념은 표현이 불가능할 뿐 아니라 생생하게 전달할 수 없으며, '감정'과 같이 복합적이고 강렬한 개념을 제대로 포착해낼 수 없다.[7] 따라서 텍스트의 의미 생성과정이 여로와 〈절규〉 그리고 백야 등의 속성으로 맵핑되는 개념적 은유를 해명하는 작업은 독자로 하여금 성경, 넬리 작스의 시, 윤이상의 음악시극, 〈절규〉와 〈마돈나〉 그림 등의 상호텍스트성과도 적극적으로 소통하며 자신의 삶을 성찰하며 사회적 관계성을 건전하게 확보할 수 있는 교육적 효과를 수확할 수 있다.

요컨대 「밤이여, 나뉘어라」에 드러난 인지 구성에 따른 의미 생성의 경로는 기존의 소설 형식과도 변별성을 보여주는 문화적 역동성으로서 상호텍스트성을 읽게 하는 동시에 독자의 기대지평에 있어서도 시사점을 제공한다. 이에 따라 여로, 〈절규〉, 백야 등의 인지 경로를 밤의 은유로 수렴하여 파악하는 작업은 장르 교섭에 따른 소설 연구의 새로운 방법적

이다. 지향적 은유(orientational mataphors)는 상호 관련 속에서 개념들의 전체 체계를 조직하는 은유적 개념으로 공간적 지향성과 관련을 보여준다. 존재론적 은유(ontological mataphors)는 물리적 대상에 대한 경험을 사건, 활동, 정서, 생각 등을 개체 또는 물질로 간주하는 방식이다. G. 레이코프 & 존슨, 『삶으로서의 은유』, 노양진 · 나익주 역, 박이정, 2006, 21~27, 392면.

7 이러한 측면에서 창조적 인지능력은 다음 몇 가지의 전달 효과를 갖는다. 첫째, 글자 그대로의 용법으로 표현하기 불가능한 대상을 표현한다. 둘째, 표현의 생생함을 제공한다. 셋째, 복잡한 개념에 대해서 간결성을 제공한다. 임지룡, 『말하는 몸』, 한국문학사, 2007, 25면.

자리매김과 포스트모던 문화를 반성하는 차원에서 의미를 갖는다. 구성주의 시각의 교육적 측면에서도 다양한 글쓰기와 역할극으로 문화교육의 담론을 재창출할 수도 있을 것이다. 우선적으로 이 글에서는 텍스트의 의미 생성의 경로로서 밤의 은유를 여로, 〈절규〉, 백야 등으로 파악함으로써 학습자 중심의 시각으로 포스트모더니즘 문화를 반성할 수 있는 문학교육의 담론을 생산하는 데 집중한다.

2. 여로에 대한 종말적 인지 구성과 허무

여로의 인지경로는 독자로 하여금 인생의 환멸이라는 목표영역을 이해하게끔 근원영역을 구체적인 여행의 경험으로 설정하여 실존의 비극이라는 의미를 여행과 하루의 끝이라는 종말적 시간의 허무로 전달하게 된다. 근원영역으로 구조화된 여로의 과정은 출생에서 죽음에 이르는 인생에 대한 성찰을 처음과 끝이 드러나는 여정의 경로로 맵핑함으로써 유한한 인간의 한계로서 삶의 환멸을 인식케 한다. 텍스트의 정보 제공에 있어 주축을 이루는 'P'를 찾아가는 여로는 여행자의 시각으로 '나'의 내면의식의 변화를 보여주게 된다. 이처럼 텍스트에 내재된 "인생은 여행이다", "인생은 하루다" 등의 구조적 은유는 우리 경험 내부의 체계적인 상관관계에 그 근거를 두는 부각과 은폐의 차이[8]로 존재의 허무를 보여주게 된다.

종말을 향한 여로의 이동은 화자 '나'의 시각으로 그려내는 내면의식의 지도로 읽혀진다. 'P'를 만나기 위한 여행은 곧 '나'의 허무한 실존을 확인하는 여행이 된 셈이다. 'P'를 보는 '나'의 고백적 시각에는 모차르

---

8 G. 레이코프 & 존슨, 앞의 책, 21~37면; G. 레이코프·M. 터너, 『시와 인지』, 이기우·양병우 옮김, 한국문화사, 1996, 1~82면.

트를 향한 살리에르의 욕망이 발견된다. 아침이 오기 전에 세 번이나 부인한 베드로처럼 'P'를 부인한 '나'의 내면의식은 죽음을 부인한 삶의 허무와 맞닿는다. 빛을 부각시키고 어둠을 은폐시키는 존재의식은 결국 삶이 끝나는 지점에서 굳게 닫힌 문으로 맞게 될 인생의 환멸을 각성하게 하는 효과를 갖는다.

영화감독인 '나'의 여행은 영화 시사회가 함부르크에서 열리는 것을 기회로 노르웨이 오슬로에 있는 옛 친구 'P'를 찾아가는 것에서 시작된다. 'P'의 집에서 이틀을 머물며 알코올의존자가 된 'P'의 실상을 확인한 후 'P'와의 만남을 부인하는 것으로 여행은 끝이 난다. 여로와 겹쳐지는 '나'의 고백적 시각은 'P'의 천재적인 삶의 추락이 밝혀지는 과정을 통하여 삶의 허무를 부인하는 존재의 환멸을 극적으로 보여준다.

> 부우우우.
> 뱃고동 소리는 미세한 입자로 흩어지며 아침 안개와 섞인다. 습기를 머금어 비릿해진 그 소리가 살갗으로 스민다. 들숨을 쉴 때마다 속이 울렁거린다 …(중략)… 몸은, 여전히 배 위에 실린 듯 느리게 흔들리는 감각을 털지 못한다. 먼 곳에서 지진이 일어난 듯 바닥이 울렁거리는 느낌의 진원지는 다름 아닌 내 가슴속일 것이다. (10~11면)

인용문은 텍스트의 시작 부분이다. 'P'를 찾아가는 여행으로 시작하는 텍스트의 정보 전달은 'P'를 부인하는 여행의 끝으로 마무리된다. 독일 북부 키일에서 시작된 여행지의 풍경은 '나'의 감각으로 내면의식을 반영한다. "먼 곳에서 지진이 일어난 듯 바닥이 울렁거리는 느낌의 진원지는 다름 아닌 내 가슴속" 욕망이다. "여행지의 기차역이나 항구 주위의 식당은 예테보리나 상해나 순천이나, 비슷하"듯이 인간의 욕망 또한 "불안정한 위장 속으로 무언가를 구겨 넣어야 하는, 존재의 동물성이 슬프게 느껴지는 공간”으로 인지된다. 그것은 “따스함도 아늑함도 없는” 무정(無情)의 감각이다. “여전히 배 위에 실린 듯 느리게 흔들리는 감각을 털지 못”하는 몸의 감각은 아침 안개와 살을 섞고 습기를 머금어 비릿해진 “뱃고동 소리”로 ‘나’의 욕망을 전달한다.

이처럼 ‘P’를 찾아가는 여행은 아침 안개와 살을 섞고 습기를 머금어 비릿해진 뱃고동 소리와 촉감으로 맵핑됨으로써 감각적인 욕망을 드러낸다. ‘나’의 속을 울렁거리게 만든 여정의 욕망은 ‘P’를 바라보며 살아왔던 ‘나’의 욕망으로 겹쳐진다. “사실을 말하자면, 함부르크까지 온 것부터가 P를 한번 만나고 싶다는 생각에서 시작된 여행이었다.”(12면) 의대를 졸업한 뒤 영화감독으로 변신한 ‘나’는 헤어진 지 10여 년이 된 ‘P’를 만나는 여행의 시간을 과거의 기억과 현실의 경험으로 오버랩한다. “P는 내 인생의 내비게이션이었고, 보이긴 하지만 거리를 좁힐 수 없는 무지개였다”(20면)는 화자의 고백에는 ‘P’의 모습을 욕망하는 것으로 자신의 삶을 소비하였던 모방하는 존재의식이 드러난다.

> 급박한 순간일수록 P는 냉정해졌고 칼끝 같은 그 긴장의 순간을 매번 즐기는 것처럼 보였다. 수술실에서 노교수들이 뒷마무리를 맡기는 유일한 레지였다. 진정한 아름다움은 내면에서 나오는 것이라면 십이지장 성형은 왜 안 하는지 모르겠다는 P에게, 당시 상영하던 영화에서 따온 별명을 붙여준 선 나였다. 코리언 퀼트, 라고. (16면)

외과 의사로서 탁월한 실력을 발휘한 ‘P’에게 ‘나’는 “코리언 퀼트”(16면)라는 별명을 붙여준다. 의과대학을 졸업한 ‘나’가 의사의 길을 포기하고 영화감독으로 명성을 얻기까지는 학창시절 “명랑 포르노”로 회자되었던 ‘P’의 소설을 탐닉한 ‘나’의 욕망이 작용한 것이다. “감출 수 없는 생의 에너지가 정오의 분수처럼 뿜어져 나오던 그 문장들……. 내 기억 속에서 'P'의 그 시리즈는, 점점 더 불온하게, 슬프도록 그것만큼의 환(幻)을 내게 주지 못했고, 인간이 가진 짐승의 속성을 그것만큼 슬프고도 아름답게 표현한 것을 보지 못했다."(29면) 이처럼 'P'의 천재성이 발현된 소설을 통하여 '나'는 인생의 환상을 품었다. 'P'의 소설 내용을 세세하게 기억하며 나의 환상을 재현하는 '나'의 영화는 'P'의 소설을 "뛰어넘고 싶었던 내 욕망의 자식들"에 불과하다. 요컨대 '나'는 'P'에 대한 욕망으로 자신의 삶을 소비한 것이다.

'P'에 대한 '나'의 환상에는 인간의 진정성에 대한 통찰보다는 성공을 향해 가는 우월한 삶의 이미지를 바라보는 감각적 시각이 압도한다. "외과수술 시 그의 바느질은 도무지 흠잡을 데 없는 수준을 지나, 환자가 원한다면 오장육부 어느 곳에라도 데이지꽃이나 장미꽃을 수놓아 줄 수 있을 정도였다"(16면)는 과거 'P'를 회상하는 부분에서도 '나'의 목소리는 의학을 전공하였던 중년 남성의 목소리와는 사뭇 다르다. 이러한 감각적 표현은 작가의 독창적 문체의 효과라기보다는 오히려 작중인물의 성격을 작가의 감수성으로 압도하는 한계가 될 수도 있다.

그러나 담화의 심층적 의미를 고려할 때, 화자의 감각적 시각은 인생의 진정한 목적에서 멀어진 삶의 욕망을 반성하기 위한 작가의 전략적인 현실 폭로로 볼 수 있다. 이러한 관점으로 파악하자면, '나'의 감각적 시각은 'P'의 행복이나 성공을 집이나 차로 평가하는 교환가치로서 욕망을 가시화한다.

차는? 하며 두리번거리자, 바로 앞에 세워진, 잘못 말린 바가지 엎어 놓은 것 같은 시트로엥의 문을 연다.
"너, 여전하구나. 이건 뭐야. 최신 유행의 그래피티야?"

> P는 예의 자신만만한 미소를 살짝 짓는다. 포르세를 사도 색깔별로 살 수
> 있는 녀석이, 군데군데 칠이 벗겨져 설치예술처럼 보이는 경차라니. 모든 걸
> 다 가져본 자의, 제겐 너무 쉬운 생에 대한 희롱일까. 그래도 좀 심하다. 조수
> 석 바닥엔 동전도 빠질 만한 구멍이 몇 뚫려 도로가 다 보일 지경이다. (13면)

‘P’를 바라보는 ‘나’의 시각은 ‘P’를 만난 처음부터 ‘P’의 차에 대한 깊은 관심을 드러내는 것으로 ‘P’의 존재 자체보다는 ‘P’가 소유한 대상에 대한 관심에 초점이 맞춰진다. 이렇듯 ‘나’의 시각은 인간의 근원적인 가치를 성찰하기보다는 ‘P’가 소유한 차나, 집, 기타의 환경, 배경에 무게를 두고 있다. ‘P’와 10여 년 만에 만났어도 ‘나’는 그의 차, 그의 집 정원에는 세밀한 관심을 갖지만 그의 가정에 아이가 있는지 없는지 따위의 관심은 드러내지 않는다.

‘P’의 차에 대한 ‘나’의 잦은 관심은 ‘P’의 아내마저도 ‘P’의 소유물로 평가하는 물화된 세계관으로 이어진다. “M이 돌아오고 있다. P야말로 왜 저런 차를 타는 걸까. 유머를 즐기는 P가 제 눈부신 일상에 던지는 경쾌한 농담인가. P가 가진 것 중 가장 귀한 것이, 그가 소유한 것 중 가장 하찮아 보이는 낡은 시트로엥에 담겨 다가오는 걸 보자 나는 그만 울고 싶어진다.” ‘P’가 소유한 대상에 대한 관심은 물질적인 것에 한정되지 않고 ‘P’의 아내에게로 확대된다. 아내마저도 ‘P’가 소유한 가치로 비리본 것이다. 이는 화자의 반페미니스트적인 사고와도 맞물려 있다. 뿐만 아니라 “‘나’를 슬프게 하는 것은 M이 타고 오는 초라한 차”라는 점에서 진정한 삶의 가치보다는 물질적 가치로 인간의 행복과 불행을 가르는 허구적인 존재의식과도 맞닿는다.

한편, ‘P’의 손질되지 않은 정원을 바라보는 ‘나’의 시각에서도 ‘P’의 성공과 좌절에 따라 그의 삶을 평가하는 내면의식의 변화가 살펴진다. 똑

같은 정원이지만 그것은 'P'의 삶을 성공으로 바라보느냐, 실패로 바라보느냐에 따라서 상반된 풍경이 된다. 'P'의 성공을 바라보는 '나'의 시각은 손질되지 않은 'P'의 정원조차도 "초현실주의 화풍의 그림 같은 풍경", "황량하면서 또 지독하게 아름다운 뜰"로 보이지만 알코올의존자로 추락한 'P'의 비극적 삶을 목격한 후의 그 풍경은 황량하게 얼어붙은 풍경으로 그려진다.

이러한 맥락에서 "아름다움 것은 아름다운 대로 추한 것은 추한 그대로, P의 아우라 아래서는 모든 것이 경외를 본질로 하는 오만한 존재감을 획득하"(22면)게 만드는 것은 'P'의 삶에서 나오는 자연스런 빛이 아니라 '나'가 'P'를 바라보며 조작한 환상이다. '나'의 욕망이 만든 'P'의 아우라를 신처럼 추앙하고 그의 모든 것들을 경외로 여겨왔지만, 'P'의 정체를 확인한 후 "황량한 아름다움의 극치로 보였던 뜰은 하루 만에 빛을 잃었다." 'P'의 인간적 한계를 목격한 '나'에게 'P'의 아우라는 더 이상 선망이 되지 못한다. '나'는 우상화하였던 'P'의 진정한 모습과 대면하기를 회피한다.

> "나는, 그런 사람 모릅니다. 다시는, 잠을 깨우지 말아주세요."
> 내 목소리는, 느리고 냉정하다. 아침이 오기 전에 그를 세 번이나 부인하기는 싫어, 전화를 끊은 후, 수화기를 내려놓는다. 오슬로에서의 사흘을 나는 내 인생에서 지워버리기로 한다. 오슬로에는 오지 말았어야 했다. P는, 내 안의 불꽃이었다. 그가 사라지면, 나 역시 불의 그림자처럼 희미하게 사그라지고 말 것을 나는 알고 있다. P를 모른다 한 것은, P를 잃지 않기 위해서다. (48면)

영화감독으로서 명성과 성공을 'P'에게 보여주고자 하는 '나'의 욕망은 결국 추락한 'P'의 삶을 외면하는 것으로 자신의 환멸을 부인한다. 천재이지만 아웃사이더의 삶을 살아야 하였던 'P'의 이율배반적 모습을 거부한 것이다. 텍스트의 끝에서 'P'에 대한 부인으로 인생의 환멸을 보여주는 '나'의 내면의식은 결코 인생을 구원할 능력이 결국 인간에게는 없다는 실존적 허무를 보여준다. 인간은 그 누구도 죽음 이후 굳게 닫힌 문을 열어줄 수 있는 구원자가 될 수 없는 것이다. 여행자로서의 실존인식은 텍스트의 소실점으로 사라진 넬리 작스의 시와 교통하며 인생의 끝에서 맞게 될 죽음의 의미를 깨우치게 한다.

텍스트의 끝에서 "나는 P를 만나지 못한 지 오래되었다"고 고백하는 '나'의 존재의식은 'P'의 실존적 고뇌를 끝까지 외면할 뿐만 아니라 'P'의 참 모습, 즉 자신의 삶에 대한 실망을 받아들이지 않는 환멸로서 '낭만적 거짓'[9]을 폭로하게 된다. 그것은 인생의 허무를 '소설적 진실'[10]로 깨우치는 반성의 효과를 갖는다. 그렇다면 '나'의 여행으로 성찰되는 실존적 허무를 극복할 수 있는 진정한 삶의 가치는 독자의 시각에 따라 달라질 수밖에 없다. 소설적 진실을 탐색하는 과정에서 독자는 삶의 목적을 발견하는 삶의 진정성을 성찰하는 태도로 작가의 재창조성을 발휘할 수도 있을 것이다.

---

9 실망은 삼각형의 욕망이 지닌 부조리의 부인할 수 없는 증거이나. 르네 지라르의 욕망의 관점에서 살펴보면 'P'에 대한 실망마저도 부인하는 '나'의 태도는 'P'를 부인하는 공간에 또 다른 'P'에 대한 욕망을 되풀이 될 수밖에 없는 욕망의 변모로 인생의 허무를 보게 한다. 르네 지라르, 『낭만적 거짓과 소설적 진실』, 김치수·송의경 옮김, 한길사, 2001, 145면 참조.

10 소설이 진리를 발견한다든지 진리에 대한 논의를 위해 존재하는 것은 아니다. 그러나 이성적 존재로서 인간의 조건에 대한 깨달음을 가능하게 하는 일을 우리는 '소설적 진실(眞實)'이라는 용어를 사용한다. 소설적 진실 가운데 하나로 인간의 인간에 대한 깨달음을 설정할 수 있을 터이고, 이를 위해 소설은 존재한다고 해도 좋다. 우한용, 『한국 근대문학교육사 연구』, 서울대 출판부, 2009, 150면.

3. 절규에 대한 다층적 인지 구성과 소외

절규의 인지경로는 자아와 세계의 갈등을 안과 밖, 즉 자아와 세계 간
의 공간 지향의 다층적 차이로 소통할 수 없는 존재의 고독으로서 소외의
의미를 전달한다. 절규의 은유는 존재의 소외라는 목표영역을 이해하게
끔 하는데, 작중인물들의 욕망과 갈등의 불협화음이라는 근원영역을 뭉
크의 〈절규〉 시리즈의 차이로 맵핑하는 과정을 통해 우리가 살아가는 세
계를 절규의 폐쇄된 공간으로 보게 한다. 소통되지 않는 삶의 실존적 고
독은 '나'와 'P' 그리고 'M'의 관계에서 파생하는 다층적인 절규의 계기
성을 자아와 세계 간의 불협화음으로 전달한다. 절규의 다층적 차이야말
로 세계와 자아 간의 단절뿐만 아니라 자신의 내부와도 단절되는 부조리
한 삶의 소외를 강조하는 효과를 거둔다.

불협화음을 이루는 절규의 다층적 차이는 〈절규〉 시리즈를 병치하고
〈마돈나〉와 천사의 이미지를 대조하는 효과의 차이로 전달될 뿐 아니라
〈절규〉와 〈마돈나〉의 그림이 사라진 공간의 불확정성으로 전달된다. 소
통되지 않는 존재의 불협화음은 뭉크의 〈절규〉 시리즈로 맵핑되어 절규
의 다층적 차이로 세계와 단절된 실존적 고독으로서 소외를 부각시킨다.
뭉크의 〈절규〉 속 남자는 자신의 귀를 막아 자신에게조차 들리지 않는 소
리를 질러대지만, 행인은 그것을 무심히 바라보고 지나간다. '나'의 시점
으로 바라보는 작중인물들의 고통의 차이로 드러난 절규의 포즈 또한 끝
내 소통되지도 성찰되지도 않은 고독한 현대인의 실존을 부각시킨다.

하얗게 칠해진 채 관람객을 위한 나무 의자 하나 없는 그 방은 온통 〈절규〉
의 방이었다. …(중략)… 큰 교실만 한 그 방엔 모두 〈절규〉 시리즈로 채워져
있다. 단색 판화, 혹은 채색 판화, 조금씩 색채의 톤이 다른 회화작품, 연필

스케치, 큰 〈절규〉, 작은 〈절규〉, 그리다 만 〈절규〉, 무채색의 〈절규〉, 붉은 〈절규〉, 검은 〈절규〉, 희미한, 손바닥만 한, 고막을 찢을 듯한. 〈절규〉. …(중략)… 한순간, 나 역시 그림 속의 그 사람처럼 입을 벌리고 귀를 막고 싶다. 그 방은, 너무 날카로워 인간의 귀에는 들이지 않는 고음역의 절규로 가득 차 있는 듯하다. (36면)

뭉크의 〈절규〉 방은 각양각색의 차이를 보여주는 절규의 포즈로 꽉 차 있다. 그 공간이 소통이 단절된 세상을 맵핑한다면, 절규의 각기 다른 차이는 각을 세우는 현실의 불협화음으로서 소외를 맵핑한다. "단색 판화, 혹은 채색 판화, 조금씩 색채의 톤이 다른 회화작품, 연필 스케치, 큰 〈절규〉, 작은 〈절규〉, 그리다 만 〈절규〉, 무채색의 〈절규〉, 붉은 〈절규〉, 검은 〈절규〉, 희미한, 손바닥만 한, 고막을 찢을 듯한. 〈절규〉" 등으로 셀 수 없이 이어지는 절규는 현존재의 수만큼이나 많은 고독의 차이로서 소외의식을 환기한다. 그 누구도 타인의 절규를 이해하지 못할 뿐만 아니라 자신의 절규와도 소통하지 않는다.

'M'과 같이 찾았던 뭉크의 박물관에서 〈절규〉와 〈마돈나〉의 그림이 도난당한 빈자리는 작중인물의 절규가 들어설 수 있듯이 독자들의 절규가 독자의 수만큼 놓일 수 있는 불확정한 절규의 공간으로 열린 것이다. 뭉크의 '절규'가 시리즈로 그려진 것과 같은 이유로, 소통이 단절된 작중인물들의 불협화음은 인간 본질의 비극적 고독을 다층적으로 보여준다. 삼각형의 욕망으로 전달되는 작중인물 간의 불협화음은 천사와 마돈나 이미지의 차이로 맵핑됨으로써 소통될 수 없는 존재의 고독으로서 소외를 재현한다.

텍스트의 표층에서는 세 가지 층위로 작중인물의 실존적 고백이 자리하지만, 그 심층에서는 현존재의 실존만큼이나 각기 다른 무수한 소외의 차이가 들어설 수 있다. 절규의 포즈로 전달되는 작중인물들의 욕망에도 차이가 드러난다. 먼저 '나'의 절규는 인생의 내비게이션으로 삼았던 'P'의 존재에 대한 '나'의 허무한 욕망과 겹쳐진다. "세상 모든 사람에겐 아니지만, 누군가에겐 정오의 공작처럼 보이고 싶은 순간이 있는데." 'P' 앞에서 인정받고 싶었던 '나'의 욕망은 번번히 거절당한다. '나'의 좌절된 욕망은 'P'의 좌절된 욕망과 소통하기를 거부한다. "P를 만나지 못한 지 오래되었다, 고."(48면) 'P'를 부인하는 '나'의 절규는 자신의 어둠과도 소통을 거부한 것이다. "나는 내 목소리가 들리지 않도록 손바닥으로 귀를 감싸며 혼자 중얼거린다." 자신의 목소리까지 들리지 않도록 귀를 감싸며 중얼거리는 '나'는 여행의 끝에서 'P'를 부인하는 것으로 자신의 삶의 의미와도 소통하지 못한 인생의 허무로서 소외를 절규한다.

다음으로 'P'의 절규는 좌절과 절망을 딛고 일어서야 할 절대적 가치가 없는 삶의 미망에 뿌리를 두고 있다. 천재로 평가받은 'P'의 삶은 오히려 아웃사이더로서 절망이 컸을 테고, 그것에 대한 자기 보상은 사랑의 미망으로 쾌락을 추구하는 것이다. 'P'의 절규는 "소파 위에 비스듬이 드러누운 채 입을 동그랗게 벌리고 귀를 손바닥으로 막고는 끝도 없이 주절거린"(41~42면) 모습으로 포착된다. "마돈나 맞아. 감은 눈을 뜨면, 눈빛이 노래져. 저 여자, 내겐 천사야. 천사 하고는 섹스를 할 수 없잖아."라는 'P'의 절규에는 성적 욕망에 탐닉하는 삶의 미망으로서 소외가 부각된다. 'P'가 그의 아내 'M'에게서 천사와 마돈나를 원하지만 그것을 동시에 거부하는 것은 도달할 수 없는 사랑의 미망을 추구하는 인간의 고독으로서 소외를 보여준다. 'P'는 아내의 어떤 모습에서도 만족을 얻지 못한다. 여성을 향한 욕망은 단지 천사와 마돈나의 간극을 오갈 뿐, 여성으로서 아내의 절규를 보지 못하고 보려고도 하지 않는다. 아내는 천사와 같기에 아내와는 섹스를 할 수 없다는 ‘P’의 절규에는 제어할 수 없는 욕망을 승화시킬 인생의 가치가 없는 삶의 허무가 자리한다.

　마지막으로 ‘M’의 절규는 자신의 진정한 삶의 가치보다는 남성의 대립적 욕망의 효과로 살아가는 실존의 고독으로서 소외의식과 겹쳐진다. 남성의 대립적 욕망은 아내에게서 천사와 마돈나를 동시에 원한다. ‘M’의 절규는 헌신하는 아내의 역할은 있지만 자신의 삶이 없다. ‘M’의 절규는 소극적이어서 ‘나’의 남성적 시각으로 포착될 뿐이다. ‘나’의 시각으로 포착되는 ‘M’의 절규는 “더 이상 날 숨 막히게 하지도, 스스로 빛을 발하지도 못하는 팔”로 “제 입에서 나온 절규가 제 귀에 들리지 않도록 귀를 틀어막아야만”(44~45면) 하는 포즈다.

> “가끔 여기 와서 시간을 보낼 때가 있어. ……이 남자, 뭉크. 그림을 보면, 일찌감치 자살이라도 한 줄 알았는데, 팔십이 될 때까지 살았더라구.”
> “배신감이야?”
> M은 희미하게 웃는다.
> “위로 같은 거지. 가족력인 폐결핵에 대한 공포, 이상성격자였던 아버지에 대한 두려움. 끊임없었던 정신병력에도 불구하고, 그토록 오래 살다니. 가혹한 현실이 오히려 그를 붙들어주었다고 생각하면, 위로가 돼.”(37면)

　“정말 견딜 수 없을 땐, 차를 달려서 〈절규〉의 방에 가서 서 있다 오고” 하는 것으로 되풀이되는 ‘M’의 절규는 뭉크의 삶으로 위로를 얻는다. 이처럼 ‘M’은 가혹한 현실을 〈절규〉 시리즈로 남긴 뭉크의 삶에서 위로를 받지만 자신의 절규를 승화하지는 않는다. 역시 자신과도 소통하지 않는 고독과 슬픔을 뭉크의 〈절규〉로 위안하는 반복의 삶을 살아갈 뿐이다. “세상 모든 절규에는 가짜가 없지만 뭉크의 〈절규〉가 완성된 회화작품으로 남는 것은 세 개 정도 꼽을 수 있”듯이, 세상의 그 많은 절규가 완성된 가치로 남을 수 있는 것은 흔치 않다. 대부분의 절규는 불협화음으로 사라지지만, 그 고통과 고독을 승화시킨 삶의 의미는 시공간을 초월하는 삶의 희망으로 소통할 수 있다.

이처럼 절규의 다층적인 의미 생성의 경로는 '나'와 'P' 그리고 'M'의 각기 다른 절규로 세계와 소통되지 않는 실존적 소외를 응시하게끔 한다. 'P'를 향한 끊임없는 환멸로 남겨진 '나'의 삶의 절규와 일찍이 인생의 허무를 경험하고 열정의 소멸에 도전하는 'P'의 망상으로 남겨진 절규 그리고 남성의 욕망에서 소외된 삶을 살아가는 'M'의 절규. 이처럼 세 가지 차이로 부각되는 절규의 심층적 의미는 뭉크, 윤이상, 넬리 작스 그리고 작가 정미경 등의 어둠을 승화시킨 삶과 소통하는 지점에서 밤의 어둠을 수용하는 인생의 가치로 수렴될 수 있다. 이를 통하여 독자는 자신의 절규를 응시하고 그것을 완성된 가치로 승화시키는 삶의 가치를 모색할 수도 있을 것이다. 결국 다층적 소외로 전달되는 절규의 은유는 독자로 하여금 세상을 바라보는 시각의 차이를 인정하는 포용력으로 포스트모던 시대 존재의식을 성찰하는 지혜를 터득함으로써 세상과 단절된 실존적 고독을 수용할 수 있는 삶의 희망으로서 주체적인 삶을 바라보게 할 수 있을 것이다.

4. 백야에 대한 복합적 인지 구성과 불안

백야의 인지 경로는 포스트모던 문화를 향유하는 존재의 불안을 빛과 어둠이 분리되지 않아, 그림자가 생기지 않는 복합적인 혼돈의 풍경으로 맵핑하고 있다. 백야의 풍경으로 반사되는 실존적 불안은 밤과 낮을 어둠과 빛으로 분리한 천지창조의 질서에 벗어난 부조리한 삶의 공포에 다름이 아니다. 빛과 어둠으로 분리되는 낮과 밤의 분리는 단순한 시간의 단절이 아니라 천지창조의 질서와 대응한다. 빛과 어둠이 분리되지 않은 백야로 드러난 존재론적 은유[11]는 곧 천지창조의 질서에서 벗어난 삶의 허위의식을 보여준다. 빛과 어둠이 섞인 백야의 복합적 속성은 천지창조의 질서와 멀어진 감각의 차이[12]로서 삶의 본질에서 멀어진 허위의식과 맞닿아 있다.

따라서 어둠을 부정하는 존재의 불안을 백야의 풍경으로 끌어들인 존재론적 반성은 절망이 없는 삶을 그림자가 없는 밤으로 인식케 하는 과정에서 포스트모던 문화의 병폐를 고발하는 효과를 낳는다. 어둠과 빛이 분리되지 못한 백야의 시간은 인생의 어둠과 절망을 수용하지 못한 채 기술문명의 발전에 따른 편리와 쾌락만을 추구하는 포스트모던 시대 존재의식에 대한 반성[13]을 제공하게 된다.

인생의 진정한 목적이나 타자를 향한 욕망이 존재하지 않는 'P'의 황폐한 삶은 어둠이 없는 백야의 황량한 풍경으로 맵핑된다. 그에게는 욕망의 대상도 인생의 진정한 목표도 없는 오만과 방종이 있을 뿐이다. 심지어 천사와 마돈나의 이미지로 그의 아내 'M'을 바라보는 경우조차도 타자의 욕망은 그의 관심 밖이다. 이루지 못할 꿈과 사랑의 미망으로 삶을 소비하는 'P'의 욕망만이 백야의 황량함 즉 어둠을 드러내지 않는 모조

---

11 존재론적 은유는 물리적 대상이나 물질에 대한 경험으로 추상적인 사건, 활동, 정서 생각 등에 대한 심오한 근거를 제공하는 방식으로 다양한 목적을 충족시킨다. G. 레이코프 & 존슨, 『삶으로서의 은유』, 앞의 책, 21~71면.

12 이러한 감각의 차이가 작가의 자연인식의 독특한 특징을 규정하고, 나아가 인간과 삶에 대한 가치관의 차이를 결정짓는다. 김수이, 『문학연구와 문학교육의 소통』, 청동거울, 2008, 22면.

13 현대세계에서 해결하지 않으면 안 되는 문제점 가운데 하나가 기술문명의 팽배로 인한 인간과 문화의 비인간화이다. 이를 극복할 수 있는 장치로서 문학은 자기 위치를 되찾게 될 것이다. 우한용, 『문학교육과 문화론』, 앞의 책, 397면.

된 빛의 시간으로 반사된다.

"밤이 얼마나 아름다운지 모르지? 백야가 계속되는 동안은, 덧창 없이는 잠들 수가 없어. 밤이 없으면, 잠들지 않고 일하면 썩 훌륭한 인간이 되어 있을 것 같은데, 그게 아니더라. 저 사람에겐, 자기 인생이 끝없는 하얀 밤처럼 느껴졌나 봐. 기억과 욕망이란, 신의 영역이란 걸 너무도 잘 알고 있기에 선택했겠지. 저 사람은, 그림자를 찾고 싶어 하는 거라고 생각해." (45면)

백야로 반사되는 'P'의 삶은 어둠이 없는 성공의 불안을 재현한다. 백야의 혼돈은 인생의 절망이 없다면 희망이 있을 수 없듯이 어둠의 시간이 없다면 진정한 빛이 없다는 삶의 아이러니를 인식하게 한다. "끝내 어두워지지 않는 대기와 점점 요염하도록 노랗게 빛을 발하는 야생화와 얼어붙은 강처럼 보이는 피오르드"(32면) 풍경에는 어둠과 빛이 나누어지지 않는, 그래서 그림자가 생기지 않는 'P'의 황량한 삶이 반사된다.

'P'의 성공을 욕망하는 '나'의 기억 속에서 'P'는 그림자가 없는 빛의 삶이었다. 방약무인한 태도로 논문발표를 한 'P', LA의 상류층 환자를 상대하는 병원에서 오리엔탈 익스프레스라 불리며 환자들의 신으로 군림했다던 'P', 천국의 풍경이 이러할까 싶은 스칸디나비아 반도의 한 점, 운자 크레보에 자리 잡은 채, 이제 기억과 욕망을 제어하는 신약을 출시하겠다는 'P'. 그의 욕망의 지향은 안데르센의 이루어지지 않는 꿈이다. 중국 왕에게 스카우트되어 금으로 된 궁전에서 노래를 부르며 살고 싶었던 안데르센의 이루어지지 않은 꿈처럼 "……꿈은, 이루어지지 말아야 하는 거야."(31면)라고 확신하는 'P'의 욕망은 알코올의존자로 자신의 삶을 망가뜨려가며 신약의 개발이라는 미명 아래 신의 영역인 기억과 욕망에 도전하는 것으로 위조된 빛의 세계를 연출한 것이다.

"영화는 삶의 그림자일 뿐이야. 그림자는 잡히지 않기 때문에 그림자다."(31면) 그림자가 없는 삶을 견디지 못한 'P'는 마침내 친절하지도 않고 뻔하지도 않은 신약 개발에 몰입하여 그림자를 잡으려 한다. 기억과 욕망이란 게 신의 영역이란 걸 너무도 잘 알고 있기 때문에 'P'는 그것에 도전하는 이룰 수 없는 꿈으로 자신의 삶을 소비한다. 자신이 이뤄낼 수 없는 꿈인걸 알면서도 그것으로 삶을 탕진하는 'P'의 삶은 어둠의 안식과 위안이 없는 삶 즉 어둠과 빛이 만나 이루는 그림자가 없는 삶의 공포를 보여주게 된다. 이룰 수 없는 꿈에 대한 'P'의 오만은 러브피아에 대한 감각적 시각으로 전달된다.

> "거칠게 요약하면, 이렇게 말할 수 있어. 큐피드의 화살도 갖지 못했던 사랑의 동시성과 동분량, 그리고 지속성, 뇌파에 작용하는 약의 효능에 의해 오직 그 한 알의 약을 나누어 복용한 사람만을 사랑하게 하는 약. 원한다면 방사성 동위원소의 반감기만큼이나 오래 사랑할 수 있는 약. 사랑에서 비극이 원인 뭐라고 생각하냐? 결국 사랑의 비동시성이야. 한 사람은 아직 뜨거운데 한 사람은 오래전에 불에서 내려놓은 냄비처럼 싸늘한 거지……." (16면)

미국 유명 병원의 외과의의 자리를 물리치고 노르웨이에서 신약 개발에 참여한다는 'P'는 신의 영역인 시간과 기억에 대한 도전으로 신약을 개발하겠다고 한다. 인간의 유한성은 시간에 의해 지배되고 시간을 지배힐 수 없기에 시간에 따른 감정의 변화도 인간의 능력 밖이지만, 'P'는 "사랑의 동시성과 동분량, 그리고 지속성, 뇌파에 작용하는 약의 효능"에 대한 꿈으로 신의 영역에 도전하며 자신의 삶을 소비한다. 이루어지지 않을 꿈에 모든 것을 건 'P'에게는 사랑에 대한 어둠을 모조된 빛의 쾌락으로 가리는 미망이 자리한다.

신약에 대한 효용은 오감을 자극하면서 비아그라로 대표되는 성의 쾌락을 탐닉하는 포스트모던 문화의 단면과 더불어 기술 발전의 위기로서 인간성의 상실을 반성한다. 'P'의 감각적인 욕망은 러브피아라는 신약의 이름과 걸맞은 "상대방의 모든 게 사랑스러워지기 시작하"(17면)는 약의 효용에서도 구체적으로 나열된다. "암사슴 같은 눈빛이야 말할 필요도 없지만 껌딱지 같은 가슴도 너무나 앙증맞아 보여서 볼 때마다 깨물어주지 않을 수가 없을 거야"에서는 시각과 촉각의 쾌감이 강조된다. "그녀의 땀을 핥으면서 왜 사람들이 달콤함이라는 단순함에 미혹되어 짠맛이 주는 심오한 미각적 황홀을 놓치는가 안타까워지겠지"에서는 미각의 쾌감이 전달된다. "그녀의 명랑한 방귀 소리는 가장 아름다운 음악이 될 것이고 다섯 가지 영양소가 발효된 그 냄새는…"에서는 청각과 후각의 쾌감이 강조된다. "러브피아"라는 신약의 이름과 효용에서 드러나는 현대 기술발달에 의존한 육체의 쾌락은 마치 해가 지지 않는 북구의 황량한 백야의 풍경처럼 존재의 어둠을 가린 채 위조된 빛으로 가장한 불안한 실존을 인식하게 한다.

백야로 반사되는 포스트모던 문화에는 빛과 어둠이 만들어낸 그림자가 없다. 백야의 은유로 파악되듯이 소설 텍스트의 서사 시학은 "사용가치보다는 교환가치, 교환가치보다는 기호가치가 점점 우세해지는 자본주의 사회의 허상을 보여주되 그에 대한 대안을 독자에게 열어놓은 것으로 정통 리얼리즘 소설과 다른 포스트리얼리즘적 소설의 방향"[14]을 보여준다. 이처럼 백야로 반사되는 빛을 모조하는 시간은 포스트모더니즘 시대 진정한 삶의 가치보다는 쾌락적 감각으로 삶을 소비하는 문화 현상과 연계되어 우리의 존재의식을 반성케 한다. 어둠을 수용하지 않는 욕망은 모조된 빛을 추앙하는 존재의 불안을 위장한다. 밤에도 해가 지지

14 김미현, 『제30회 이상문학상 작품집』, 앞의 책, 310~312면.

않는 어둠이 없는, 백야의 황량함은 'P'의 삶뿐만 아니라 그것을 욕망하는 '나'의 삶 그리고 우리의 삶에 대한 반성으로서 포스트리얼리즘을 제시한다.

이러한 백야의 의미 생성 경로에 따라 독자는 어둠을 부정하는 존재의 불안을 빛의 혼돈 즉 그림자가 없는 밤의 공포로 응시하여 인생의 어둠과 절망을 겸허하게 수용하는 삶의 가치를 모색할 수 있다. 우선적으로 독자는 텍스트의 상호텍스트에서 삶의 회복에 대한 대안을 모색할 수 있다. 텍스트 에피그램의 상호텍스트성은 밤의 은유로서 인생의 어둠을 넬리 작스, 윤이상, 뭉크, 모차르트와 살리에르, 그리고 성서의 천지창조의 질서와 겹겹층층 소통하게 한다. 동시에 문학의 매혹을 영원성으로 지향하는 작가의 사명과도 소통하게 한다.

이처럼 텍스트가 생산된 경로는 첫째 처절한 북구에 망명 중 조국 상실의 심정을 「밤이여, 나뉘어라」의 시로 남긴 유대시인 넬리 작스, 둘째 조국 분단의 아픔을 「밤이여, 나뉘어라」에 곡을 붙여 불멸의 음악시극으로 남긴 윤이상, 셋째 포스트모던 시대 존재의식의 불협화음을 「밤이여, 나뉘어라」의 소설로 재현한 작가 정미경 등의 삶의 의미로 연쇄된다. 윤이상과 넬리 작스의 불운했던 삶의 어둠을 예술로 승화한 가치와 맞닿는 작가의 삶은 "역설적으로 오식 언어 안에서만 영원할 수 있"[15]는 문학에 대한 완강한 믿음을 태초에 천지를 창조한 말씀에 대한 순종으로 수용한 것이다. 이러한 소통의 과정에 대한 이해를 거쳐 독자는 비극적 실존을 응

---

15 "태초에 말씀이 있었다는 선언이 신의 영원성에 대한 선언이듯, 언어 외엔 도구가 없는 문학만이 영원과 겨룰 수 있지 않을까. 문학의 위기와 고사를 말하는 세태 속에서도 문학이 주는 매혹은 영원하리라고 믿으며, 자다 깨인 밤의 노래를 기록하고 싶다." 정미경, 「영원을 꿈꾸는 나의 노래여」, 위의 책, 294면.

시하며 빛과 어둠이 공존하는 천지창조[16]의 질서로서 삶의 조화를 깊이 있게 이해하고 수용할 수 있을 것이다.

5. 맺음말

이 글은 인지론적 시각으로 정미경의 「밤이여, 나뉘어라」에 드러난 여로, 절규, 백야 등의 의미 생성의 과정을 파악함으로써 포스트모던 시대 인간성의 회복을 추구하는 존재론적 성찰을 시도할 수 있는 문학 감상의 방향성을 제시하고자 노력하였다. 문화의 역동성을 재현하는 상호텍스트성으로 제공되는 「밤이여, 나뉘어라」의 서사 시학은 성경에서부터 넬리 작스의 시와 윤이상의 시극, 모차르트와 살리에르의 삶, 그리고 뭉크의 〈절규〉나 〈마돈나〉의 회화 등을 통해 삶의 허무, 소외 그리고 불안을 인식하고 그것들을 극복할 수 있는 삶의 진정한 가치를 '밤'의 은유로 열어놓았다.

「밤이여, 나뉘어라」에 드러난 인지 구성의 원리를 파악하면 여로에 따

---

16 "하나님이 우리에게 밤을 주신 것은 밤이 필요해서이듯, 슬픔이나 고통, 끝내 이루어지지 못한 사랑이나 성취 같은 것들도 꼭 필요해서 우리에게 주신 것이 아닐까 하는 생각이 든 것입니다. 제 안에 있는 것들이지만 제 스스로 어찌해볼 수 없는 기억과 욕망 때문에 상처를 주고받지만, 오히려 그것들이 저희의 삶을 지탱해 주더라는, 그런 얘기를 해보고 싶었습니다." 작가의 창작 동기에서도 드러나듯이 텍스트의 궁극적 지향점인 삶의 회복은 "빛이 하나님이 보시기에 좋았더라 하나님이 빛과 어둠을 나누사 하나님이 빛을 낮이라 부르시고 어둠을 밤이라 부르시니라 저녁이 되고 아침이 되는 이는 첫째 날이라"(창세기3:4~5)는 밤과 낮의 조화가 아름다운 천지창조 질서의 수용이다. 정미경, 「언어의 탄광에서 삶을 캐내며」, 위의 책, 273면 참조.

른 정보 구성은 모방하는 삶의 허무를, 절규에 따른 정보 구성은 소통되지 않는 삶의 소외를, 백야에 따른 정보 구성은 허구적인 삶의 불안을 맵핑하는 인지기제로 인생의 허무와 소외 그리고 불안으로 밤의 의미를 반성함으로써 삶의 절망과 좌절을 수용하여 인생의 의미를 승화할 수 있는 실천적 삶의 가치를 문화의 역동성으로 제공한다. 첫째, 여로의 인지경로에서는 인생의 허무가 구체화된다. "인생은 여행이다", "인생은 하루다"라는 구조적 은유가 내재된 여로의 고백에는 삶의 의미로서 어둠을 응시하지 못한 허구적 삶의 환멸이 전달된다. 'P'를 만나기 위한 여행은 곧 '나'의 허무한 실존을 확인하는 여행이다. 여로의 끝에서 'P'를 부인하는 '나'의 고백은 실존적 죽음을 부인하듯 'P'의 고통과 좌절을 외면한 허구의식을 삶의 환멸로 인식하게끔 한다.

둘째, 절규의 다층적인 인지경로에서는 자아와 세계의 갈등을 안과 밖, 즉 자아와 세계 간의 차이로 소통할 수 없는 존재의 소외가 강조된다. '나'와 'P' 그리고 'M'의 관계에서 드러난 불협화음은 절규하는 삶의 계기성을 세계와 자아 간의 단절뿐만 아니라 자신의 내면과도 소통하지 못한 실존의 고독으로서 소외로 전달한다. 실존적 존재의 고독에 연원을 둔 절규의 차이는 뭉크의 〈절규〉 시리즈의 각기 다른 그림 또는 절규와 〈마돈나〉의 그림이 놓인 공간의 차이로 병치된다. 뭉크의 〈절규〉 시리즈와 〈마돈나〉의 그림은 각기 다른 소외의 시간을 승화시켜 세상과의 소통을 추구한 작가들의 삶의 흔적인 셈이다. 〈절규〉와 〈마돈나〉의 그림이 사라진 공간에는 소외를 승화시켜 세계와의 소통을 꾀할 수 있는 삶의 진정한 의미가 독자 불확정성으로 자리할 수 있다.

셋째, 백야의 반사적 인지경로에서는 인생의 절망과 좌절을 외면한 채 감각적 행복만을 추구하는 허구의식으로 존재의 불안이 전달된다. 그림자가 없는 백야의 풍경으로 재현되는 실존적 불안은 밤과 낮을 어둠과 빛으로 분리한 천지창조의 질서에 벗어난 부조리한 삶의 공포다. 낮과 밤의 분리는 단순한 시간의 단절이 아니라 천지창조의 질서에 순응하는 삶의 질서다. 이 점에서 백야로 반사되는 존재의식은 인생의 어둠과 절망을 회피하며 쾌락을 추구하는 허황한 삶에 대한 반성을 어둠의 절망을 통하여 빛의 희망을 볼 수 있는 삶의 질서를 천지창조의 의미로 제공한다.

이러한 텍스트의 의미 생성과정은 독자로 하여금 여로와 절규 그리고 백야의 구체적 경험으로 환기되는 허무, 소외, 불안 등의 실존의식을 통하여 자기 자신을 성찰하는 동시에 21세기 다문화시대 건전한 시민의식을 견지하게끔 하는 문화사회의 가치를 다음과 같이 제공할 수 있다. 첫째, 인생 여로의 종말적 의미로서 삶의 진정성을 환기함으로써 독자는 삶의 목적과 방향성을 모색할 수 있다. 둘째, 절규의 다층적 의미로서 인생의 절망에 대한 정보를 제공함으로써 독자는 실존적 소외를 극복할 수 있는 삶의 회복을 주체적인 시각으로 각성할 수 있다. 셋째, 어둠과 빛이 나뉘지 못한 백야의 복합적 의미를 제공함으로써 독자는 천지창조의 질서로서 어둠을 수용하는 인생의 조화를 성찰할 수 있다.

이처럼 「밤이여, 나뉘어라」에서 살펴지는 여로, 절규, 백야 등의 인지론적 구성에 따른 의미 생성과정을 해명함으로써 독자는 존재의 허무, 고독 그리고 불안을 인식하는 거리에서 삶의 회복과 실천적 삶의 가치를 반성할 수 있다. 성경에서 회화, 음악과의 교섭을 통한 문화의 역동성으로 진정한 삶의 가치에 대한 정보를 제공하는 서사 시학은 밤의 어둠을 승화하는 참다운 인생의 가치에 대한 반성을 꾀한 점에서 세계와의 소통을 추구하는 한국문학의 새로운 방향성을 읽게 한다. 상호텍스트성으로 인지되는 밤의 의미로서 서사의 은유는 개인의 어둠에서 남북 분단의 어둠 그리고 인류의 어둠으로 열려진 실존의 비극을 수용하여 승화하는 과정으로 삶의 진정성과 세계 평화를 회복하는 길을 세계와 소통할 수 있는 문화의 역동성으로 열어두었다. 이를 통하여 독자는 21세기 포스트모던 문화를 반성하는 작가 정미경의 창조적 여성성과 소통할 수 있다.

제6부
전경린의 창조적 여성성

「천사는 여기 머문다」에 나타난 기호 읽기

「천사는 여기 머문다」에 나타난 기호 읽기

1. 머리말

이 글은 전경린의 소설 「천사는 여기 머문다」를 텍스트[1]로 삼아 여성성의 의미 효과를 기호학적 방법으로 읽는 궁극에서 작가 전경린의 창조적 여성성을 구명하고자 한다. '정념' 혹은 '귀기'의 문학으로 평가받아온 여성 작가 전경린의 소설세계는 '생의 심연에 어른대는 창작의 욕망'[2]으로 여성성을 천착한 작가의 세계관을 반영한다.[3] 이에 따라 전경린의 소설

---

1 텍스트는 『제31회 이상문학상 작품집』(문학사상사, 2007)에 수록된 「천사는 여기 머문다」로 삼는다. 본문 인용은 괄호 안 면수로 표기한다.

2 전경린, 「생의 심연에 어른대는 창작의 욕망」, 위의 책, 307면.

3 전경린은 1995년 『동아일보』 신춘문예에 「사막의 달」로 문단에 등단한 후 중편 「염소를 모는 여자」로 제29회 한국일보 문학상을 수상한 바 있다. 소설집으로는 단편집 『염소를 모는 여자』(1996), 『바닷가 마지막 집』(1998), 『물의 정거장』(2003)을 포함하여 장편소설 『아무 곳에도 없는 여자』(1997), 『내 생애 하루뿐인 특별한 날』(1999), 『열정의 습관』(2002), 『황진이』(2004), 『언젠가 내가 돌아오면』(2006) 등을 발표, 우리

연구는 세계와 살을 섞는 여성성을 경험함으로써 비로소 깊은 이해에 도달할 수 있다. 그동안 전경린 소설의 연구는 몇몇 논문과 단평[4] 등이 주류를 이루며 연구의 수위를 높여왔다. 그렇지만 방법론적 접근에서는 소설 기법을 파악하거나 페미니즘 또는 성적 윤리를 적용하는 방식으로 제한된 감이 없지 않다. 그러므로 본 논의는 기호학적 방법론[5]을 원용함으로써 전경린 소설 연구의 지평을 넓히고자 한다.

「천사는 여기 머문다」는 전경린의 소설 중에서도 여성성이 가장 밀도 있게 형상화된 수작으로 평가할 수 있다. 텍스트의 골격을 이루는 '천사'의 의미작용은 각기 다른 남성의 시각을 대비적으로 배치시켜 역동적인 여성성의 의미를 문학적으로 형상화하였다. 텍스트에 드러난 관계성의 차이는 여성성의 의미를 역동적으로 해독할 수 있는 길을 열어놓았다. 그 심층에서 작동하는 의미작용은 남성의 욕망 내지는 세계관과 관계를 맺

시대를 대표하는 작가로 부상하였다. 김종욱, 「자기에게 돌아오는 머나먼 모험」, 위의 책, 332~333면 참조.

4 앞선 연구를 개괄하면 다음과 같다. 김혜연, 「환상의 껍질을 넘어서」, 『지역문학연구』 제2호, 경남부산지역문학회, 1998, 169~179면; 김무숙, 「전경린의 『내 생에 꼭 하루뿐인 특별한 날』에 나타난 불륜과 이혼에 관한 고찰」, 『새얼어문논집』 14권, 새얼어문학회, 2001; 박기범, 「전경린의 「염소를 모는 여자」론:일상의 탈주를 통한 여성의 길 찾기」, 『청람어문교육』 제26호, 청람어문교육학회, 2003, 357~373면; 김화선, 「동화와 페미니즘의 만남:전경린의 『여자는 어디에서 오는가』를 중심으로 살펴본 여성성의 의미」, 『여성문학연구』 통권8호, 한국여성문학학회, 2002. 12, 261~282면; 정경운, 「여성의 "몸"을 보는 두 개의 서사:문자와 영상－전경린의 『내 생에 꼭 하루뿐일 특별한 날』과 변영주의 『밀애』를 중심으로」, 『현대문학이론연구』 26권, 현대문학이론학회, 2005.

5 기호학의 대상은 의미이다. 물론 의미한다는 것은 순전히 지적인 행위로 환원될 수 없으며 단순한 인지작용에 속하지도 않는다. 의미는 존재의 가능성, 신체, 살을 참여시키는 그 무엇이다. 즉 의미는 세계에 대한 우리의 경험과 우리가 사물 그 자체와 맺는 교섭을 반영한다. 김성도, 『구조에서 감성으로』, 고려대 출판부, 2003, 1면.

는 여성성의 징후[6]이다.

　파리 기호학파에 의하면 기호는 껍데기에 불과하다. 기호의 그 순수한 외관을 넘어서 존재하는 기호의 고유한 속성들과 작동들은 기호 속에 또는 그 기저에 깔려 있는 체계에 의해서 조절된다는 것이다. 기호의 역동성에 대한 그들의 관심은 그레마스의 이론을 발전시킨 '작용(action)의 기호학'에 대한 이론화로 나타난다. 기호학의 대상은 기호가 아니라고 보는 그들의 조준점은 기호를 소멸시키고 기호를 통합하는 관계망을 기술하는 데 있다.[7] 요컨대 기호는 체계의 효과에 불과하다는 것이 파리 기호학파의 시각이다.

　이에 따라 본 논의는 그레마스와 파리 기호학파[8]의 이론을 원용함으로써 전경린 소설에 드러난 여성성의 의미를 텍스트의 체계 효과로 본다. 궁극적으로는 여성성의 의미 효과가 '어떻게' 파장되는가를 밝힘으로써 텍스트의 의미가 '왜' 존재하는가[9]를 경험하게 될 것이다. 이와 같은 기호학적 접근 방식은 "우리의 삶과 세계를 해석하고 그 결과를 열린 소통의 장으로 이끄는 비판적이고 진보적인 실천"[10]으로 21세기 한국소설의 생산적인 대화를 끌어낼 수 있을 것으로 기대한다.

6　징후와 맞닥뜨린 여성성의 사유는 자기에게 주어진 형태인 의식 내재성을 초과해 있는 것, 즉 의식되지 않는 경험인 어두운 전조에 의해 규정되는 '강요'를 겪는 것이다. 서동욱, 「공명효과－들뢰즈의 문학론」, 『철학사상』, 서울대 철학사상연구소, 2008, 136면 참조.

7　김성도, 앞의 책, 9~10면.

8　박인철, 『파리 학파의 기호학』, 민음사, 2003 참조.

9　윤성노, 「'존재론적 도식' 개발」, 『기호학 연구』, 한국기호학회, 2008, 276면.

10　박상진, 『에코 기호학 비판』, 열린책들, 2003, 250면.

2. 담화구조작용과 의미층위의 효과

「천사는 여기 머문다」에 함축된 여성성의 의미는 담화의 추상적인 구조작용에서 구상적인 의미 효과가 파장되는 과정으로 읽힌다. 텍스트에 드러난 여성성의 의미는 담화의 구조작용에서 파장된 체계의 효과에 다름이 아니다. 텍스트를 이루는 여성성의 기호는 다양한 동위소(isotopie), 즉 다양한 의미 층위[11]의 관계망으로 연결되어 있다.

텍스트는 '자지시화 현상(自指示化 現想, auto-référentialisation)'을 통해 자기 자신을 해석할 수 있는 도구를 자체 내에 확보한다.[12] 주지하다시피 파리 기호학파는 그레마스의 도식을 정태적이고 안정된 형태가 아닌 동학적이고 끊임없는 긴장 속에 놓여 있는 역동적인 체계로 해석함으로써 자연 언어의 지시가 우리로 하여금 사실 그 자체에 도달하게 해주는 것은 아니고, 단지 사실이라는 '의미 효과', 혹은 '지시의 환상'을 만들어낼 뿐이라고 밝힌다.[13] 이러한 맥락에서 텍스트에 드러난 기호는 여성성의 의미를 복합적인 의미 효과 내지는 지시의 환상으로 경험하게 한다.

---

11 서사텍스트를 관류하는 몇 개의 의미의 흐름은 적어도 그들 안에서의 일관적인 형태와 작용을 전제로 한다. 그레마스는 이를 동위소(isotopie)라 했지만, 송효섭은 평이하게 의미 층위라는 용어로 대체한다. 본 논의에서는 소설 담화 분석의 일정한 의미론적 반복에 따른 다각적인 의미 경로를 효율적으로 전달하는 측면에서 의미 층위를 사용한다. 송효섭, 『설화의 기호학』, 민음사, 1999, 208면.

12 박인철, 앞의 책, 488면.

13 사실적인 담화와 허구적인 담화는 공통적으로 언표하는 것(le dire)과 언표된 것(le dit)의 내재적인 자질인 진리 판단을 통해서 정의될 수밖에 없을 것이다. *Dictionnaire*, 312면. 박인철, 위의 책, 486면(각주 59)에서 재인용.

텍스트 내의 메타 언어인 '천사'는 남성의 각기 다른 성적 환상이 투시(seeing-in)[14]된 의미의 껍질로서 여성성의 지시 효과를 다각적인 의미 작용으로 보여준다. 남성이 여성을 바라보는 세계관의 차이로 경험되는 '천사'의 의미 효과는 대비적인 방향에서 지시된다. 텍스트에 표면화된 여성성의 파롤[15]로서 '천사'의 의미작용은 공간성과 존재성의 의미 층위와 결합한다.

대비적인 남성의 시각을 반영하는 기호의 불일치로 드러나는 여성성의 의미작용은 엄밀한 기호작용(semiosis)인 서사통사론[16]에 의해 포착된다. 텍스트에 드러난 '천사'의 주체 층위, '여기'의 공간 층위, '머문다'의 행위 층위 등의 다양한 의미망은 여성에게 가해지는 폭력을 존재론적 화해로 아우르는 여성성의 가치로 통합되기 때문이다. 그 심층에는 웅녀가 머물렀던 동굴이미지의 흔적을 여성성의 존재론적 욕망[17]으로 발견할 수도 있다.

이와 같이 텍스트에 함축된 기호작용은 첫째 여성을 '천사'로 바라보는 대립적 남성의 욕망으로서 연기자의 의미 층위, 둘째 남성의 정체성을 반영하는 대립적 공간으로서 결혼의 의미 층위, 셋째 대립적인 성의 결합에 따른 상징적인 현존성의 의미 층위 등으로 작동된다. 우선적으로

---

14 투시란 캔버스 위에 그려진 것을 외시적으로 의식하는 단계를 지나서 더 깊은 수준으로 이행하는 일이다. 김경용, 『기호학의 즐거움』, 민음사, 2001, 123면.

15 롤랑 바르트에 따르면, 신화는 하나의 파롤이다. 신화는 의미작용의 한 양식이고 하나의 형식이다. 박인철, 앞의 책, 264면.

16 안 에노, 『서사, 일반 기호학』, 홍정표 옮김, 문학과지성사, 2003, 119면.

17 '구원'과 '윤리'는 곧 인간의 욕망을 넘어서 인간이 구축한 두 개의 문화적 패러 다임인 것이다. 설화에서 이들은 욕망을 넘어서 드러날 수도 있지만, 욕망의 뒤에 숨겨져 있을 수도 있다. 송효섭, 앞의 책, 262면.

텍스트의 기호로서 '천사' 계열축의 의미작용은 연기자 층위의 초점화의 이동과 이를 통합하는 텍스트 층위의 작가 시점으로 지시된다. 다음으로 '여기' 계열축의 의미발생으로서 공간은 남성의 각기 다른 세계관에 연접한 여성성의 의미 효과로 파악된다. 마지막으로 '머문다' 계열축의 의미 생성은 자연도상의 상징적인 의미 효과로 여성의 현존성을 내포한다.

요컨대, 「천사는 여기 머문다」에서 드러나는 여성성의 의미 효과는 텍스트 내적 지시작용으로서 구상적인 기호의 집적과 조응한다. 그러므로 본 논의는 추상적 구조작용에 따른 구상적 의미 효과로서 전경린의 소설에 나타난 복합적인 여성성을 다각적인 의미 층위에서 조명하게 될 것이다.

3. 초점의 이동과 연기자의 의미작용

텍스트의 연기자[18] 층위에서는 '나'라는 여성에게서 '천사'를 바라보는 각기 다른 남성의 시각이 대비된다. '천사'를 바라보는 초점화의 이동은 대비적인 남성들의 시각을 통하여 여성성의 의미를 복합적인 관계망으로 지시한다. '천사'의 의미 효과는 남성의 욕망과 그것의 차이를 경험

---

18 그레마스는 인물이라는 용어보다는 '연기자(acteur)'라는 용어를 사용한다. 연기자는 실제 만남에서 구상적인 의미를 부여받은 개별적인 인물이나 사물, 나아가서 추상적인 관념까지도 지칭한다. 그리고 그는 구상적인 의미가 충당되지 않고 순수하게 설화적 역할(기능과 행동 영역)만으로 정의된 자를 '행동자(actant)'라고 부른다. 행동자는 연기자에 대해 일종의 상위 언어적인 지위를 갖고 있다. 행동자는 연기자들의 부류이다. 박인철, 앞의 책, 155면.

하는 여성의 교호작용 즉 신체의 이중감각(allochirie)으로 살의 의미[19]를 체현하는 방식으로 여성성을 보게 한다.

연기자 층위에서 '천사'를 서술하는 텍스트의 매개자 '나'[20]와 여성에게 '천사'를 바라보는 남성들의 시각은 동일하지 않을 뿐더러 극단의 차이를 드러낸다. 또한, '나'를 천사로 바라보는 '천사'의 초점화는 서술 매개자로서 '나'의 시점과 초점자로서 남성의 시각, 그리고 보여지는 초점화 대상으로서 '나'의 감정, 인식, 지각 등에 의해 형성되는 불일치한 욕망의 긴장관계를 반영한다.[21]

한편 텍스트 층위에서 표제로 제시된 '천사'의 초점화는 작가의 총체적 시각을 독자 반응으로 수렴한다. 연기자 층위에서 '나'는 '천사'를 바라보는 남성들의 시각을 전달하는 서술 주체이면서도 남성들이 바라보는 '천사'의 역할로서 여성이기도 하다. '천사'를 서술하는 매개자는 '나'이지만, '천사'를 보는 관점은 초점화 대상으로서 '나'를 보는 모경과 하인리히의 시선에 따라 달라지기 때문이다.

텍스트에서 '천사'를 규정하는 시선은 세 가지로 구분된다. (1) '모경'

---

19 우리는 신체의 이중감각이 야기시키는 재엇갈림, "보는 것과 보이는 것의 이상한 교착"을 통해서 하나의 전체처럼 느껴지는 일종의 동일성을 획득할 수 있는데, 바로 이것을 메를로퐁티는 '신체'나 '살'로 칭했던 것이다. 장문정, 『메를로 퐁띠의 살의 기호학』, 한국학술정보, 2003, 177~178면.

20 '나'는 곧 정신과 육체의 통합체로서의 '몸(身)'이다. 공동체의 상호주관적 시선에 드러난 '몸'을 통하여 '나'는 밖으로 드러나고 공동체의 구성원들에게 읽혀지게 된다. 이승환, 「'몸'의 기호학적 고찰」, 『삶과 기호』, 한국기호학회 엮음, 문학과지성사, 1997, 72면.

21 매개자와 시점 간의 불일치를 정리할 수 있는 용어가 바로 초점화이다. 스티븐 코핸·린다 샤이어스 저, 『이야기 하기의 이론―소설과 영화의 문화 기호학』, 임병권 역, 한나래, 1997, 138면.

이 섹스 열락 가운데서 '나'를 천사로 바라보는 시각, (2) 하인리히가 '나'에게 섹스리스의 결혼을 제안한 시각, (3) 표제에 제시된 '천사'로 여성성을 수렴하는 작가의 시각 등이다. 요컨대 (1)과 (2)는 텍스트 내적 시각으로서 연기자 층위의 여성성을 (3)은 텍스트 외적 시각으로 작가 층위의 시각과 맞닿는 여성성의 의미를 내포한다. 물론 이러한 차이에 대한 해석은 독자 반응에 따라 각을 달리 할 수 있다.

그레마스의 기능 모델[22]을 적용하여 텍스트의 담화구조를 파악하면 다음과 같다. (1)과 (2)에서는 '천사'가 대상이다. 행동자로서 발령자 역할은 모경과 하인리히로 나누어진다. 발령자의 역할로서 각기 다른 남성의 욕망은 원조자와 대립자로 기능한다. 이들은 '천사'라는 역할을 '나'에게 요구한다. 명령을 수락하는 수령자는 여성이다. 주체는 '나'이며, 대상은 '천사'이다. 대상으로서 '천사'는 남성과 '나'에게 여성성의 가치를 제공한다. 남성의 각기 다른 욕망은 '나'에게 주어진 '천사' 역할의 수행에 있어 원조자와 대립자의 위치를 자리바꿈하기도 한다.

'천사'라는 연기자 층위의 의미 효과는 다음과 같이 구분된다. 첫째,

---

22 표1)

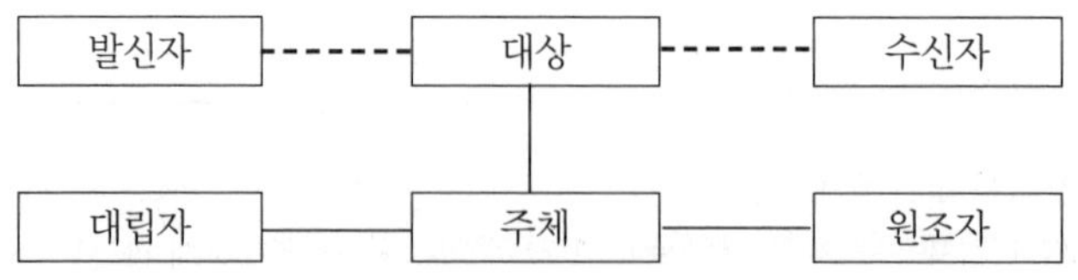

김성도, 「구조에서 감성으로」, 앞의 책, 208면. 그레마스는 서사를 발화체라고 부르며, 행동자가 두 항일 때는 첫 번째 행동자를 주체, 두 번째 행동자를 대상이라 하였고, 행동자가 세 항일 때는 첫 번째 행동자를 발신자, 두 번째 행동자를 대상, 세 번째 행동자를 수신자라고 하였다. 여기에 욕망의 흐름을 방해하느냐 지원하느냐에 따라 방해자와 대립자를 추가한다.

‘나’는 유부남인 모경을 유혹하여 결혼을 하고 모경에게서 ‘천사’라는 역할을 부여받는다. 모경은 섹스의 열락 가운데서 ‘나’를 ‘천사’로 본다. 각주의 표1)을 적용하면 발신자인 모경은 ‘천사’라는 대상으로 ‘나’를 바라보는 방식으로 여성성의 의미를 부여한다. ‘천사’의 역할 수행에 있어 ‘나’는 섹스의 도움을 받는 동시에 섹스 폭력이라는 대립을 받는다. 모경과 결혼하여 ‘나’의 성적 욕망은 채워졌지만, 섹스의 폭력은 ‘나’를 견딜 수 없는 고통으로 내몰기 때문이다. 그 의미 효과는 텍스트 표층에서 다음과 같이 구체화된다.

> 네 얼굴에 천사가 떠오르고 있어……열락의 한가운데서 모경은 속삭였다. 오직 둘만 바라보는 생활이 삼 년 동안 계속되자 두셋밖에 없던 친구도 멀어지고 가족과도 소원해졌으며 세상도 아득해졌다. 둘 다 수면 장애에 시달렸고 하루 세끼를 다 먹고 밤참까지 먹어도 야위어갔다. (32면)

모경이 ‘나’를 ‘천사’로 본 상황은 “섹스의 열락 한가운데서”이다. “말이 통하지 않는다는 생각이 들수록, 윤리관과 가치관과 욕망이 다르다는 것을 깨달으면 깨달을수록, 어긋나는 것을 느끼면 느낄수록 그는 더욱더 섹스에 기댔다.” 오로지 모경은 ‘나’에게서 자신의 성적 욕망을 투사한 ‘천사’를 보기를 원한다. ‘나’에게 가해지는 성적 폭력으로 인하여 ‘나’와 모경의 결혼은 파경을 맞게 된다. “이혼 사유는 피로였다. 산더미만 한 피로, 무덤같은 피로, 증오 같고, 원한 같고, 뼈저린 후회 같고 타버린 재 같은 피로……”(32~33면) 이처럼 남성과 여성의 성적 욕망의 불일치가 만들어 낸 ‘천사’의 폭력성은 ‘나’의 욕망과 ‘나’를 바라보는 ‘그’의 욕망의 차이를 함축한다.

둘째, ‘나’는 백색 결혼을 제안받는 것으로 독인에 살고 있는 하인리히에게서 '천사'라는 역할을 부여받게 된다. '나'는 모경을 떠나 언니가 살고 있는 독일로 와서 하인리히를 소개받는다. 그는 '나'에게 섹스가 없는 결혼생활을 조건으로 청혼한다. 이러한 상황에 표1)을 적용하면 '나'는 하인리히가 부여한 '천사'의 임무로서 섹스가 없는 결혼을 수행해야 한다. 그것은 하인리히가 '나'에게 발령한 여성성의 역할이다. 여기에서 '천사'의 과업은 섹스가 없는 결혼생활이라는 도움을 받아 수행될 수 있지만, 섹스를 금지시키는 결혼으로 자연적인 성의 욕망을 방해받게 된다.

> 직장생활 같은 결혼일 거야, 라고 했던 언니의 말이 아무래도 마음에 들었다. 섹스 없이, 서로 다른 언어를 사용하면서 깊은 마음을 제 속에 간직한 채, 아이도 만들지 않고, 친척도 없이, 나로 인해 아무도 상처받는 사람도 없고, 더 이상 아무 것도 이루려는 것 없이 함께 살아가는 일은 그리 어려울 것 같지 않았다. (41면)

'나'에게 하인리히는 섹스 없는 결혼을 신중하게 제안하는 것으로 섹스에 탐닉한 모경과는 대비적인 결혼의 욕망을 보여준다. 하인리히는 '나'에게서 '천사'의 백색 이미지를 바라는 것이다. 언니는 "조용하고 착하고 욕심이 없어서 어느 땐 사람 같지 않"(13면)은 '천사' 이미지로 하인리히에게 '나'를 소개하였다. 하인리히는 이인희라는 '나'의 이름을 언니에게서 전해 듣고 자신의 이름과 비슷하여 가슴이 뚫렸다고 고백한다. 백색의 천사이미지로 '나'에게 매료된 하인리히는 살을 섞는 고통이 없는, 달리 표현하면 직장생활과 같은 결혼을 제안한다.

셋째, 텍스트 표제에서 드러나는 '천사'의 의미 효과는 세계의 부조리에 대한 작가의 비판적 시각과 더불어 세계와의 화해를 모색하는 창조적인 여성성의 시각을 아우른다. 물론 그것을 선택하고 해명할 수 있는 권

한은 독자의 몫이다. 여기에서 독자는 자연성으로서 여성성을 상정할 수 있다. 자연 또는 신이 발령한 '천사'의 역할은 담화의 주제로서 여성성의 의미를 함축한다. 즉, 신이 부여한 '천사'의 역할을 수행하여야 하는 '나'에게 섹스가 없는 결혼과 섹스 폭력의 결혼은 대립자와 원조자의 기능으로 자리바꿈이 가능하다. '나'는 섹스 폭력의 결혼에서 벗어나기 위하여 한국을 떠나 독일에서 하인리히를 만난다. 그에게서 백색 결혼의 제안을 받고 "그리 어려울 것 같지 않"은 결혼의 안락함을 생각한 '나'는 바늘에 찔린 손가락에서 흘린 '피'의 고통으로 모경과의 결혼의 의미를 '빛'으로 응시한다. 결혼반지에서 쏟아져 주위를 밝히는 '빛'은 '나'에게 '천사'의 의미를 새롭게 발견하게 한 것이다.

물론 연기자 층위에서 '나'는 작가에 의해 창조된 허구의 인물이다. 그렇지만 텍스트 층위에서 '나'의 발화는 작가의 세계관을 추적할 수 있는 근거를 제공한다. 서술자로서 '나'의 발화에는 작가의 미적 객관성[23]이 반영되기 때문이다. 작가는 연기자 층위의 인물들에 대하여 당연히 미학적 거리를 유지하되, 통합적인 텍스트 층위에서는 서술자로서 '나'의 발화를 주제적 차원으로 수렴한다. 이러한 맥락에서 작가적 시각은 남성과 다른 차이로서 여성성의 가치를 신이 부여한 자연의 생명력으로 수용함으로써 세세와의 내걸을 넘어 화해를 도모한 것으로 볼 수 있다.

텍스트의 심층적 의미구조로서 '천사'는 기호 사각형을 이루는 의미 실질의 분절로 의미 효과를 산출한다. 성(sexualité)이라는 범주는 /남성/

---

23 미적 객관성은 인식적이고 윤리적인 가치들이 더 이상 주인공과 그의 삶 전체를 완결하는 요소로 기능할 수 없는 것임을 포괄적으로 시사한다. 미하일 바흐친, 「미적 활동에서의 작가와 주인공」, 『말의 미학』, 김희숙 · 박종소 옮김, 길, 2006, 38~39면 참조.

과 /여성/으로 분절된다. 의미소로서 /남성/과 /여성/을 어휘화하면 '남자'와 '여자'로 표현된다. 마찬가지로 /남성/의 모순항인 /비남성/, /여성/의 모순항인 /비여성/은 '여성이 보는 남성', '남성이 보는 여성'으로 표현될 수 있다. /남성/과 /여성/이 결합된 복합항으로 신화적 인물인 '헤르마프로디토스'를 얻는다면 /비남성/과 /비여성/의 복합항은 '천사'로 어휘화할 수 있다.[24]

성의 범주를 구성하는 어휘로서 '천사'는 /비남성/과 /비여성/의 효과를 복합적인 여성성의 의미로 지시한다. 즉 '천사'는 여성성 자체이기보다는 여성을 바라보는 남성의 욕망이 투사된 여성성의 지시적 환상이다. '나'에게서 모경이 섹스의 열락 가운데 '천사'를 본다면, 하인리히는 섹스리스의 백색 이미지로 '천사'를 본다. 대립적인 남성의 욕망으로 비춰지는 여성에 대한 폭력적 시선으로서 '천사'의 의미는 담화의 마지막 장면에서 세계와의 대결을 넘어선 자연적인 생명력으로 여성성의 가치를 구체화한다.

하늘에서 거대한 쇠공들이 굴러다니는 듯 드르르드르르 소리가 들리더니 꽈쾅, 하고 천둥이 쳐 다시 바늘에 손가락을 찔렸다. 블라우스 위로 핏방울이 번졌다……. 나는 팔을 활짝 벌린 채 빛의 출처를 찾아 두리번거렸다. 밖엔 폭우가 쏟아지고 빛이 들어올 데라곤 어디에도 없었다. 다만 나의 정면에 있는 장식장 위에 모경이 준 반지가 놓여 있었다. 빛 방울들은 반지로부터 스스로 발광하듯 와글와글 흘러나오고 있었다. 내 몸을 뚫고 방 안 가득 보이지 않는 광파가 흐르는 것이 느껴졌다. 나는 어둠을 더듬어 침대로 갓 누워 이불을 턱까지 끌어올렸다. 내 손에서 떠난 빛 방울들은 벽과 천장으로 가서 희미하게 어리더니 하나, 둘 꺼져 갔다. 귓속에 빗물이 가득 차는 듯했다. (42~43면)

---

24 박인철, 앞의 책, 345면 참조.

텍스트 말미에서는 여성성의 의미가 상징적으로 환기된다. 밖에는 자연의 발령으로서 비가 오고, ‘나’에게 삶의 의미는 ‘피’의 고통과 ‘빛’의 구원으로 각성된다. “귓속에 빗물이 가득 차는 듯”한 여성성의 경험은 빗물의 자연성과 상통한다. ‘천사’의 의미작용에 있어 모경과 하인리히는 발신자의 역할이라는 측면에서는 등가적 의미를 제공한다. 또한 이들은 발신자로 기능하지만 연기자 층위에서는 원조자이자 대립자이다. 모경과의 관계에서 여성성은 하인리히를 통하여 반성되고 하인리히와의 관계성은 모경과의 기억을 통하여 반성되기 때문이다.

이러한 과정에서 ‘천사’의 지시적 환상은 남성과의 관계망으로 연결된 복합적 경험으로 여성성의 의미를 보여준다. 연기자 층위에서 ‘천사’의 의미는 여성의 정체성이나 본질을 드러내주기는커녕 ‘사랑’이라는 이름에 감춰져 있는 폭력의 이중성이라는 문제를 화자의 양면적이고 복잡 미묘한 심리를 통해[25] 고발하는 효과를 낳는다. 그렇지만 담화의 심층적 의미와 텍스트 표제에 함축된 ‘천사’의 메타적 의미는 여성에게 가해지는 남성적 폭력의 시각을 고발하는 데 그치지 않고 양성의 차이라는 자연의 조화로 세계와의 화해를 꾀하는 창조적인 여성성의 가치를 봉합한다. 결과적으로 ‘천사’의 복합적인 의미작용은 여성에게 가해지는 폭력으로서 남성의 내비적인 시선을 극화하는 차이를 통하여 양성의 다름을 자연의 조화로 바라보는 독자 수용의 각을 넓힌다.

---

25 임철우, 「‘사랑’이란 이름에 감춰진 폭력의 이중성」, 『제31회 이상문학상 작품집』, 앞의 책, 300면.

4. 대립적 공간과 연접성의 의미발생

'여기'의 계열축으로서 대립적 공간은 여성을 바라보는 각기 다른 두 남성의 세계관의 차이로 여성성의 의미를 발생한다. 하인리히에게 백색 결혼을 제안받은 '나'의 기억은 모경과의 관계성을 '여기'로 호환한다. '여기'의 공간성은 지금이라는 현재와 과거에 현재였던 시간에 대한 의식적인 흐름을 반영한다. '여기'로 통합되는 공간적 차이에는 관계의 고통이라는 동질성이 발견된다.

> 이곳은 독일 서부의 작은 마을 S다. S는 비수기의 관광지처럼 한적하다 … (중략)… 토질이 기름져 들판의 꽃들도 송이가 굵고 색이 선명하고 꽃잎이 탐스럽다. 마을의 외곽엔 거대한 풍력발전 기기들이 음험한 감시망처럼 빙 둘러서 있다. 풍력기기들은 바람이 없을 때조차 끊임없이 돌아가고 저녁이 되면 무언가와 교신하듯 붉은 불빛을 규칙적으로 깜박인다. 그 불빛은 생의 과거로부터 오는 경보등 같고, 비밀스러운 죄의식을 자극하는 감시자 같고 너무 오래 울어 붉어진 누군가의 눈빛 같다. (11면)

텍스트 모두(冒頭)에서 '이곳'으로 제시된 장소 지표는 '여기'의 공간 층위로 드러나는 '나'의 존재의식으로서 여성성을 반영한다. 독일 서부의 작은 마을 'S'의 풍경은 온갖 야생화가 화려하고 탐스럽게 피어난 광활한 들판이 펼쳐지고 그 외곽엔 거대한 풍력발전 기기들이 음험한 감시망처럼 빙 둘러서 있다. '여기'로 환기되는 모경과의 결혼은 이국의 풍경을 바라보는 '나'의 대칭적인 기억을 통해 여성성의 의미를 발생한다. 한국의 서울과 독일의 'S'시로 표지되는 공간의 차이는 과거 기억과 현재 풍경의 대칭적인 경험을 '여기'의 공간성으로 함축하고 있다. '서울'의 영문 이니셜이 'S'로 표기될 수 있는 것 또한 두 공간의 동질성을 암시한다.

‘이곳’은 세계의 폭력과 동일한 모경의 섹스 폭력의 시선이 ‘나’의 내면의식을 지배하는 감시망의 공간이기도 하다. “음험한 감시망”은 ‘나’를 구속하고 감시하는 모경의 시선이다. 그 의미를 사회적으로 확대하면 ‘나’에게 가해지는 타인의 시선이자 관습의 폭력이다. “너무 오래 울어 붉어진 누군가의 눈빛”은 “상처받은 자신의 아픔”을 보여준 데 비하여, “비밀스러운 죄의식을 자극하는 감시자”는 사회적인 관습의 폭력을 드러낸다. “경보등”, “감시자” 등으로 드러나는 ‘나’의 내면의식은 타자들의 시선, 즉 사회적 관습에서 자유로울 수 없는 삶의 구속을 내포한다.

“음험한 감시망”은 ‘나’를 바라보는 모경의 시선으로 구체화된다. “감시망을 벗어나 연락이 끊기면 폭력을 행사했다. 모경의 인식 속에서 ‘나’는, 아무 남자나 유혹하는 요부이며 남편을 스무 번도 더 속일 부정한 아내이며 피가 뜨겁고 달아서 밤낮 없이 쩔쩔매는 여자였다. 나는 그를 사랑했고 어쩌면 최소한 그에게만은, 그런 여자가 맞는지도 몰랐다.”(31면) ‘나’와 모경과의 결혼은 처녀인 ‘나’가 유부남인 모경을 유혹하는 데서 출발한 불륜의 결과다. 금기를 위반한 결과인 결혼생활 내내 ‘나’를 향하여 불을 밝히는 모경의 감시망은 성적인 탐닉과 의심 그리고 폭력으로 점철된다. ‘나’는 고통을 못 참고 이혼을 하지만 모경과의 만남이 다시 이어지면서 성석 의심과 폭력이 되풀이된다. 결국 ‘나’는 감시망 같은 모경의 시선에서 벗어나기 위하여 독일로 건너왔다. 그렇지만 ‘나’의 의식은 모경에게서 벗어날 수가 없다.

한국과 독일을 대비시킨 공간적 배치는 과거의 기억을 현재의 풍경에 반영함으로써 두 남성들의 결혼에 대한 시각의 차이를 구체화한다. 모경과의 결혼이 유부남과 금기된 섹스의 위반에서 시작되었다면, 하인리히와의 결혼은 결혼으로 승인되는 섹스를 금지하는 위반을 결과하게 된다.

전자는 결혼에 있어 자연적인 성의 욕망이 과잉된 공간성의 열기라면, 후자는 결혼에 있어 자연적인 성의 욕망을 소거시킨 공간성의 냉기로 극단적인 결혼의 차이를 구조화하여 보여준다.

이러한 공간에 따른 기온의 차이는 두 남성의 성격과 욕망의 차이를 '폭염'과 '서늘함'의 비정상적 감각으로 부각시킨다. 서울의 기온은 "6월인데도 폭염"이며 "이상고온"이지만, 독일의 기온은 서늘하다. 날카로운 반사 빛, 그악스러운 하오의 태양, 손바닥을 뚫는 듯 날카로운 빗줄기, 불붙는 털 담요처럼 숨 막히게 무더운 공기, 이상고온 등으로 표현된 폭염은 '나'를 향한 모경의 열정이다.

반면에 "매일 오후 두세 시쯤에 꼭 비가 샤워시키듯 뿌리고 지나가는" 규칙성, "비가 지나가면 꽃들이 더욱 탐스러워지고 무성한 나뭇잎들은 더 푸르게 반짝거리는" 정경 등으로 표현된 서늘한 기온의 의미는 '나'를 향한 하인리히의 절제된 감정을 부각시킨다. 철학자적 사색과 과학자적인 명쾌함을 겸비한 하인리히는 모경의 무모한 열정이나 위험한 일탈과는 정반대되는 객관적인 거리로 인위적인 관계의 안정을 추구한다.

한국에서의 폭염의 열기가 모경의 뜨거운 욕망이라면, 독일의 서늘한 비는 하인리히의 냉철한 이성과 상응한다. 남성들의 세계관적 차이를 내포하는 대립적 공간성은 '여기'의 복합적 경험으로 여성성의 의미를 발생시킨다. 공간의 대립과 연접하는 여성성의 의미는 자연적인 성의 결합에 있어 과잉과 금욕이라는 욕망의 차이로 조응된다. 그것들은 어떤 희생을 요구한다는 점에서 동일성을 확보한다. 모경과의 결혼의 대가가 섹스의 의심과 폭력을 수반한 것이었다면, 하인리히가 제안한 백색 결혼의 대가는 섹스의 욕망을 거세하는 것이다.

한편 결혼 공간과 연접한 여성성의 소멸 또한 대비적이다. 모경과의 관계가 어머니의 늙음과 죽음의 시간으로 여성성의 소멸을 연상시키는 반면에, 하인리히의 관계는 도살장 짐승의 죽음과 소시지 가공 공장의 시간으로 여성성의 소멸을 연상시킨다. 어머니의 늙고 병든 몸은 고궁의 시간으로 상징된다. "어떤 영원의 표상처럼 완벽한 균형미와 내구력"으로 드러나는 고궁의 외관은 여성성의 자연적 소멸의 가치를 표상한다.

이에 비하여 독일 'S' 시에 연접한 여성성의 소멸은 짐승이 죽어가는 도살장과 그 죽음을 가공하는 공장의 시간으로 상징된다. "그곳엔 엄청나게 큰 푸줏간이 있어. 소와 돼지를 잡는 도살장 말이야…… 그 바로 곁 공장에서 소시지 가공을 하기도 하지."(36면) 도살장과 소시지 가공 공장은 여성성의 소멸을 죽어가는 동물의 고통으로 환기한다. 그것은 "도살장으로 실려가는 듯한 격렬한 돼지 울음소리가 들려오기도 했다. 그런 때면 나는 씹고 있던 스테이크 조각을 꼭꼭 끝까지 씹기 위해 안간힘을 다해 노력"(37면)하는 비극적 고통으로 감지된다.

공간의 대립으로서 결혼의 차이와 여성의 정체성은 텍스트의 말미에 제시된 옷의 상징에서도 살펴진다. 하인리히와의 백색 결혼이 흰 블라우스라면 모경과의 결혼은 "몸판이 앞뒤가 붙어 입을 수도 벗을 수도 없는" 자기 피로 물든 흰 블라우스이다. 바느질을 하다 몸판의 앞뒤가 붙어버리고 피로 물든 블라우스[26]는 결국 지상의 삶과 등가라 할 수 있는 '여기'의 공간성과 조응된다.

'서울'과 'S' 시는 다름의 공간이지만 동시에 여성성의 생성과 소멸이

---

26 피로 물든 흰 블라우스의 의미는 "진정으로 결혼의 기쁨을 누리려면 결혼에 담긴 희생적인 요소를 수용할 필요가 있다"는 관계성의 희생과 상통한다. 로버트 A. 존슨, 『신화로 읽는 여성성 She』, 고혜경 역, 동연, 2006, 30면 참조.

라는 고통이 '여기'의 경험으로 통합되는 동질성의 공간이기도 하다. 두 공간은 양성이 공존하는 지상의 고통과 경험이라는 가치로 말미암아 '여기'의 가치를 충족시킨다. 모경과의 관계성으로 드러난 고통은 '나'의 손가락이 바늘에 찔린 피 흘림의 아픔으로 그려진다. 반면에 하인리히와의 관계성에서 드러난 고통은 도살장에서 죽어나가는 동물들의 결렬한 울음소리로 존재론적 고독을 환기시킨다. 이처럼 '여기'의 공간성으로 봉합되는 여성성의 의미 효과는 독자로 하여금 피 흘리는 고통과 울부짖는 고독이라는 공간적 차이를 함축한 극단적인 관계성으로 여성성의 생성과 소멸의 가치를 깨닫게 한다.

5. 자연적 도상과 구상체의 의미

'머무른다' 층위의 의미 효과는 '나'의 인식과 지각을 통한 경험적인 행위와 정념으로, 여성성의 현존을 자연적 구상체로 제시한다. 구상적인 것[27]으로서 여성성의 의미 생성은 '물'로 도출된다. '물'의 자연성은 남성의 세계관적 차이를 '신화의 중개'[28]로 무화시키는 우주적 생명으로서 여성성의 가치를 창출한다. 물이 고이는 '나'의 귓속은 자궁의 생명력과 동질감을 확보한다. 그 심층에서는 사람이 되기 위하여 곰이 머무른

27 구상적인 것은 자연세계의 사물과 대응되기 때문에 도상성(圖像性, iconicité)을 확보한다. 구상적인 것은 주제적인 것을 나타내기 위한 구실의 역할을 한다. 박인철, 앞의 책, 391~394면.

28 신화와 의식의 연접은 핵심적이다. 신화의 중개를 통해서 비로소 신화적 시간은 세계의 시간과 인간의 시간에 있어 공통적 뿌리로 계시되기 때문이다. 김성도, 『로고스에서 뮈토스까지』, 한길사, 1999, 400면.

동굴이미지, 즉 웅녀설화의 환상이 웅숭그린다. 텍스트 최초로 제시된 감시받는 대상으로서 여성의 경험은 텍스트의 마지막에서 "귓속에 빗물이 가득 차는" 몸의 자연적 반응으로 전환되는 지점에서 여성성의 의미를 새롭게 생성한다. 여성성의 이접상태가 '물'이 고이는 연접상태로 변형되는 자연적인 성의 '설화 프로그램'[29]은 다음과 같다.

$$PN[S1 \rightarrow \{(S2 \cup O) \rightarrow (S2 \cap O)\}]$$

(여기서 S1과 S2는 화자, O는 여성성으로서 물)

여성성을 실현하는 데 있어서 자연은 발령자의 역할을 하고, 화자 '나'는 수령자의 역할을 한다. 전달 대상으로서 '물'은 주체가 욕망하는 여성성의 가치이다. 자연의 분유로서 '물'은 수령자에게 여성성의 가치를 전하더라도 자연성의 가치는 전혀 손상되지 않는다. 여성성의 회복으로서 '물'은 자연의 발령에 따르는 순응에 다름이 아니다. '물'은 여성 개별적으로 획득할 수 있는 능력이라기보다는 자연적인 생명력에 의해 생성된다. '물'이 없는 상태를 '물'의 존재성으로 바꾸는 것이 여성성의 생성과정이며 자연적인 결혼의 의미이다. 자연적인 결혼은 다음과 같은 정식으로 표지될 수 있다.

---

29 설화프로그램(programme narratif, 이하 PN으로 약칭)은 주체와 대상의 상태와 이 상태에 가해지는 변형의 연쇄라고 할 수 있다. 설화프로그램을 구성하는 상태와 변형의 연쇄는 논리적으로 이루어지며, 이 때문에 우리는 상태와 변형의 연쇄를 '프로그램'이라고 부르는 것이다. 이접적 발화체 $S \cup O$, 연접적 발화체=$S1 \cap O$, $S1 \rightarrow O1$은 변형으로 표지한다. 박인철, 앞의 책, 188~189면 각주 54) 참조.

$$PN[S3 \rightarrow \{(S1 \cup O) \rightarrow (S1 \cap O)\}]$$

(여기서 S3는 결혼, S1는 '나', O는 "피" 또는 "빛")

결혼은 '나'에게 '피' 또는 '빛'을 발견하는 조정자 역할뿐만 아니라, 심판자이자 발령자 역할을 한다. 결혼은 '피' 또는 '빛'과 이접한 상태에서 '피' 또는 '빛'과 연접한 상태로 이행하는 의미다. 모경과의 결혼은 '피' 또는 '빛'의 연접하지만, 하인리히가 제안한 결혼은 '피' 또는 '빛'과 이접한다. 모경과의 결혼은 '물-피-빛'의 순환성을 표출하는 반면 하인리히와의 결혼은 인위적인 백색 이미지를 고착한다. 모경의 욕망은 "불붙는 털"의 폭염으로 표지되지만, 하인리히의 감각은 인위적인 백색 이미지의 고착성을 반사한다. 각기 다른 결혼의 범주를 도표로 옮기면 다음과 같다.

표2)

설화계층	결혼의 층위	성적 이접	성적 연접
의미계층	주제적 층위	금지된 욕망	과도한 욕망
	구상적 층위	−섹스	+섹스
		−피	+피
		−빛	+빛
		−물	+물
	가치론적 층위	계약적 관계	폭력적 관계

표2)에서 살펴지는 설화계층은 성적인 이접과 연접으로 각기 다른 결혼의 프로그램을 이행한다. 즉, 하인리히가 제안한 섹스 없는 결혼은 성적인 이접상태라면, 모경과의 결혼은 성적인 연접상태이다. 전자와 후자의 의미계층은 주제적 층위, 구상적 층위, 가치론적 층위에서 각기 다른

대립적 자질을 보여준다. 주제적 층위에서는 /금지된 성적 욕망/과 /과도한 성적 욕망/으로, 구상적 층위에서는 /−섹스/와 /+섹스/, /−피/와 /+피/, /−빛/과 /+빛/, /−물/과 /+물/ 등으로, 가치론적 층위에서는 /계약적 관계/와 /폭력적 관계/로 대립된다.

　텍스트 표면으로 드러난 '머무른다'의 구상체로서 '물'은 자연적 결혼의 의미를 구체화한다. "빗물이 가득 차는 듯"한 '귓속'의 의미 효과는 "남자가 내 딛는 특유의 단정한 걸음걸이는 이상한 그리움과 공포와 슬픔을 불러일으키며 내 마음에 사무쳤다. 먼 자궁으로부터 통증이 느껴졌다"(19면)는 기억과 조응한다. 모경의 모습에서 "먼 자궁으로부터 통증이 느껴"진 경험이 "빗물이 가득 차는" 귓속의 감각으로 변형된 것이다. 또한 천둥과 번개를 동반하는 '빗물'처럼 여성성의 생명력으로서 '물'은 '피'의 고통과 '빛'의 구원을 수반한다. '빗물'이 분유하는 천상의 생명력은 '물'로 지상에 머무르는 여성의 현존성을 읽게 한다. 그것은 여성성의 중심을 회복[30]하는 길이자 우주의 조화를 추구하는 길이다.

　백색 결혼에 대응한 여성성은 '나'의 몸이 지각하는 뜨거운 빗물 맛을 닮은 카밀렌 차의 향기로 인지된다. "카밀렌 차의 향은 어쩐지 낯설지 않았다. 한 모금 마셔보니 비의 맛이 났다. 이렇게 뜨거운 빗물 맛이라니." 섹스 없는 결혼을 원하는 하인리히와의 관계는 뜨거운 빗물 맛 같은 카밀렌 차의 향기 즉 인위적 감각으로 지각된다. "네가 거기에 동의하기만 한다면, 너의 섹스 권리는 인정하겠대. 말하자면 자기와 안 하는 대신, 가정에 무리만 없는 선이라면 애인을 가져도 상관하지 않겠다는 뜻이야."(33면) 하인리히의 백색 결혼의 제안은 자연적 결혼의 의미를 변질시킨다.

30　'중심을 회복한다'는 것은 위대한 여성적 예술이다. 로버트 A. 존슨, 앞의 책, 83면.

모경과의 결혼반지에서 나오는 '빛'은 '소나기', '햇빛' 그리고 '폭우'와 '천둥'으로 여성성을 환기시킨다. 이에 비해 하인리히가 제안하는 백색 결혼은 인공적 비디오 장면에서 발견한 어머니의 장례식에서 새끼줄을 두른 흰 무명 천을 머리에 쓰고 흰 무명 치마저고리를 입었던 '백색 이미지'로 여성성의 의미를 고착시킨다.

이처럼 '머무른다'의 기호작용은 결혼의 의미 효과를 여성의 현존성으로 파장한다. 여성성과 물의 연접이 여성성의 생성인 반면에 여성성과 물의 이접은 여성성의 소멸이다. /+물/의 경험은 '나'의 귀에 물이 고이는 시간이다. /−물/의 경험은 고궁에서 늙은 어머니가 오줌을 참지 못하고 싸는 시간이다. 물의 의미자질인 /순환성/은 여성성의 생성과 소멸을 함축한다. 여성성의 생성이 물이 고이는 자궁의 시간이라면, 여성성의 소멸은 오줌을 쏟는 늙은 어머니의 시간이다.

'나'는 진정한 결혼의 의미를 '피'와 '빛'의 경험으로 반추함으로써 '물'의 여성성을 회복한다. '피'의 고통과 '빛'의 구원으로 새롭게 물의 생명력을 회복하는 여성성의 의미가 '머무른다'는 행위로 도출된 것이다. '빗물'이 고이는 '귓속'의 의미는 텍스트 내적으로는 '자궁'으로, 텍스트 외적으로는 웅녀가 여성이 되기 위하여 머무른 '동굴'의 의미로 파장되면서 지상에 머무르는 여성성의 의미를 강화한다. 물론 그것은 과거로의 퇴행이 아니다. 과거를 통과한 새로운 여성성의 회복이다.

이처럼 각기 다른 여성성의 의미로 환기되는 '머무른다'의 의미 효과는 주제적인 것과 관련된 '도상적 구상체'[31]의 상징적 의미를 도출한다.

---

31 도상적 구상체는 우리에게 최적의 지시의 환상, 혹은 바르트가 말한 '사실 효과(effet du réel)'를 빚어내는 구상체이다. 박인철, 앞의 책, 402면.

자연적인 성적 결합으로서 결혼은 '물'의 여성성과 '불'의 남성성의 결합
에 따른 '피'와 '빛'의 경험이다. '물'의 의미작용은 /붉다/와 /뜨겁다/의
의미자질을 내포한 '불'과 결합하는 '피'의 과정을 통하여 '빛'을 보게
한다. 여성성의 '물'과 남성성의 '불'은 상극이다. 그것들의 자연적 속성
은 양성의 다름과 조화를 보여주기에 충분하다. 텍스트에 표면화된 '물'
의 상징적 의미는 기호 속에 또는 그 기저에 깔려 있는 체계에 의해서 조
절되기 때문에 여성성의 의미는 갈등을 넘어선 화해로서 우주적 생명력
의 가치를 생성한다.

　이는 '하나의 통합적인 육체'로 여성성을 찬미한 아메리칸 인디언 여
성 시인인 조이 할조의 여성주의와도 통한다. '에로틱하다 함은 살아 있
음'을 뜻한다. 이런 인식과 체험은 '몸-영-마음-정서-혼'의 완전한
합일에서 오는 것이다. 그것들이 통합된 하나로 될 때, 내부세계와 외부
세계 양쪽에서 이들의 진정한 관계가 체험되는 것이다. 육체는 악한 것이
아니라 아름다운 것이기에 '사랑 만들기(lovemaking)'란 육체를 가지고 신
을 찬미하는 일이다.[32]

6. 맺음말

　이 글은 전경린의 소설 「천사는 여기 머문다」에 나타난 여성성의 다양
한 의미 효과를 조명하는 방법으로 전경린의 창조적 여성성을 해명하였
다. 텍스트의 복합적인 의미작용으로서 여성성의 징후는 진리의 객관적

---

32 김경용, 「분노의 초극을 위한 정치 시」, 「기호학의 즐거움」, 앞의 책, 89면.

인 분석이 아닌 감성과 정서의 복합적인 경험으로 읽혀진다. 파리 기호학파의 시각에 따라 본 논의는 역동적인 체계 효과로서 동학적이고 끊임없는 긴장 속에 놓여 있는 여성성의 의미를 다음과 같이 경험하였다.

첫째, '천사' 계열의 의미 효과는 남성의 시각에 따른 여성성의 경험과 텍스트 층위의 메타적인 여성성의 의미로 작용한다. '천사'는 여성을 바라보는 남성의 욕망 즉, 섹스가 있는 결혼과 섹스가 없는 결혼의 대립에 따라 그 의미가 달라진다. 이것은 여성성의 의미가 개별적이 아니라 남성과의 관계에 의하여 존재성을 확보하는 역동적인 경험이라는 것을 반증한다.

둘째, '여기' 계열의 공간적 의미 효과는 남성의 대립적인 세계관에 따른 여성성의 발생과 소멸을 보게 한다. 한국과 독일로 대칭되는 공간의 차이는 자연적인 성과 비자연적인 성의 변별력을 여성성이 소멸하는 공간의 차이로 연접시킨다. 텍스트의 공간성은 여성성의 발생이라는 의미뿐만 아니라 여성성이 소멸하는 가치와도 상관성을 갖는다.

셋째, '머문다' 계열의 의미 효과는 '나'의 행동과 정념의 구상체로서 존재론적 가치를 자연적인 도상으로 상징함으로써 통합적인 주제를 생성한다. '머문다'의 현재적 표지는 지상에 머무는 여성의 현존성을 '물'의 자연적 상징으로 구체화한다. '물'로 상징화된 여성성의 의미는 '불'의 상징성으로 남성성의 의미를 환기하는 자연적 차이를 통하여 우주적 생명력의 가치를 보게 한다.

궁극적으로 전경린의 창조적 여성성은 여성성의 의미를 대비적인 남성과의 관계와 공간 그리고 현존성의 체계 효과로 제시하였다. 여성에게 가해지는 남성들의 세계관적 폭력을 첨예한 각도에서 폭로하는 비판적 분노에 그치지 않는 작가의 창조적 상상력은 궁극적으로 여성성의 의미를

'물'의 자연적 상징으로 꾀함으로써 세계와의 화해를 모색하는 우주적 생명력의 조화를 보여준 것이다. 작가 전경린의 창조적 여성성에 기반을 둔 여성성에 대한 사유의 깊이가 마련한 무수한 기호의 숲을 지나며 독자는 아름다운 사랑 만들기의 숭고한 가치를 되새김한다.

1. 기본자료

강경애, 『인간문제』, 창작과비평사, 2006.

『동아일보』, 1931. 4. 3.

『동아일보』, 1934. 7. 27.

백신애, 김혜실 편, 『범우비평판 한국문학 14－아름다운 노을 외』, 범우, 2004.

박화성, 『눈보라의 운하』, 여원사, 1964.

박화성, 서정자 편, 『박화성 문학 전집 제16권－단편집 I』 푸른사상, 2004.

연변대학교 조선문학연구소 허경진 · 허휘훈 · 채미화 주편, 『강경애』, 보고사, 2006.

일연, 『삼국유사』 권2 「가락국기」 편, 국학자료원, 2002.

전경린, 「천사는 여기 머문다」, 『제31회 이상문학상 작품집』, 문학사상사, 2007.

정미경, 「밤이여, 나뉘어라」, 『제30회 이상문학상 작품집』, 문학사상사, 2006.

「남과 북이 함께 복원한 강경애 문학세계」, 『한겨레신문』, 2006. 8. 24.

한용운, 『님의 침묵』, 회동서관, 1926.

허경진 · 허휘훈 · 채미사 주편, 『강경애』, 연변대학교 조선문학연구소, 보고사, 2006.

2. 논문 및 단행본

고미숙 외, 『들뢰즈와 문학기계』, 소명출판, 2002.

고석규, 「1930년대 목포의 문화경관－박화성문학의 이해를 위하여」, 『제1회 박화성 학술대회』, 박화성연구회, 2007.

고아라, 「강경애 소설의 사회교육적 효용 연구」, 연세대 교육대학원 석사논문, 2004.

고창석, 「박화성 소설에 나타난 여성적 공간」, 『박화성 문화 페스티벌』, 박화성연구회, 2008.

권삼조, 「박화성 초기 소설 연구」, 계명대 대학원 석사논문, 1996.

김경용, 『기호학의 즐거움』, 민음사, 2001.

김남석, 「강경애 소설의 남성상 연구-『인간문제』를 중심으로」, 『한국문학이론과 비평』 제38집, 한국문학이론과 비평학회, 2008.

김덕현, 「장소와 장소상실, 그리고 장소 감수성」, 『문학과 장소』, 배달말학회 전국학술대회 발표논문집, 2008.10.

김무숙, 「전경린의 『내 생에 꼭 하루뿐인 특별한 날』에 나타난 불륜과 이혼에 관한 고찰」, 『새얼어문논집』 14권, 새얼어문학회, 2001.

김미현, 「'사이'에 집짓고 살기-백신애론」, 『페미니즘과 소설비평』, 한국여성소설연구회, 1995.

______, 「강경애 소설의 관념성-후기소설의 변화를 중심으로 한 재론」, 『한국근대문학연구』 제2권 제2호, 한국근대문학회, 2001.

김민정, 「강경애 문학에 나타난 지배담론의 영향과 여성적 정체성의 형성에 관한 연구」, 『어문학』 85집, 한국어문학회, 2004.

김봉군, 『현대 문학의 쟁점 과제와 문학 교육』, 새문사, 2004.

김성도, 『로고스에서 뮈토스까지』, 한길사, 1999.

______, 『구조에서 감성으로』, 고려대 출판부, 2003.

김수이, 『문학연구와 문학교육의 소통』, 청동거울, 2008.

김승찬, 「수로탄강설화에 관한 한 관건」, 『어문학』 제33호, 한국어문학회, 1975.

______, 「구지가고」, 『한국상고문학연구』, 제일출판사, 1978.

김양동, 「구지가의 해석에 대한 일고찰」, 『어문논총』 제36호, 경북대 국어국문학과, 2002.

김양선, 「1930년대 장편소설에 나타난 여성문제인식」, 『국제여성연구논총』 2·2, 중앙대 국제여성연구소, 1991.

______, 「강경애의 후기 소설과 체험의 윤리학」, 『여성문학연구』 제11호, 한국여성문학학회, 2004.

김열규·신동욱 편, 『한용운 연구』, 새문사, 1982.

______, 『우리의 전통과 오늘의 문학』, 문예출판사, 1987

김영봉, 「가락국기의 분석과 구지가의 해석」, 『연민학지』 5, 연민학회, 1997.

김우창, 『궁핍한 시대의 시인』, 민음사, 1977.

김운찬, 『현대 기호학과 문화분석』, 열린책들, 2005.

김원희, 「1930년대 박화성 단편소설의 관계시학과 역동성」, 『현대문학이론연구』 제33집, 현대문학이론학회, 2008.

______, 「강경애 『인간문제』의 인지론적 연구」, 『한국문학이론과 비평』 제49집, 한국문학이론과 비평학회, 2010.

______, 「문학 교육을 위한 백신애 소설세계의 인지론적 연구」, 『현대문학이론연구』 제41집, 현대문학이론학회, 2010.

김윤식, 『한국현대문학연작사전』, 일지사, 1979.

김인환 외 편, 『강경애, 시대와 문학』, 랜덤하우스코리아, 2006.

김재홍, 『한용운 문학연구』, 일지사, 1982.

김정웅, 「강경애 소설 작품에서 녀성 형상」, 『강경애, 시대와 문학』, 랜덤하우스, 2004.

김정자, 「소설의 공간기법적 의미분석; 백신애와 강신재를 중심으로」, 『선청어문』 16/17합본, 서울대 사범대학 국어교육과, 1988.

김지영, 「백신애 소설연구」, 『현대소설연구』 제38집, 한국현대소설학회, 2008.

(사)김해여성복지회, 『가야여왕 허황옥을 만나다』, 2007성인지 김해투어&워크숍자료집, 2007.

김혜연, 「환상의 껍질을 넘어서」, 『지역문학연구』 제2호, 경남부산지역문학회, 1998.

김흥규, 『한국문학의 이해』, 민음사, 1986.

김화선, 「동화와 페미니즘의 만남:전경린의 『여자는 어디에서 오는가』를 중심으로 살펴본 여성성의 의미」, 『여성문학연구』 통권8호, 한국여성문학학회, 2002.

박금주, 「한국 근대 여성소설의 타자적 여성성 연구」, 한남대 대학원 박사논문, 2002.

박기범, 「전경린의 「염소를 모는 여자」론:일상의 탈주를 통한 여성의 길 찾기」, 『청람어문교육』 제26호, 청람어문교육학회, 2003.

박상진, 『에코 기호학 비판』, 열린책들, 2003.

박성창, 「문학텍스트와 외국어 교육」, 『한국어 교육과 문학』, 제6회 한국어 교육 국제학술회의, 서울대 국어교육연구소, 2004.

박인철, 『파리 학파의 기호학』, 민음사, 2003.

박찬기 외, 『수용미학』, 고려원, 1992.

박철희, 「님의 침묵」, 김용직 · 박철희 편, 『한국현대시 작품론』, 문장, 1986.

______, 「한용운 시 작품의 정체」, 김열규 · 신동욱 편, 『한용운 연구』, 새문사, 1982.

박혜경, 「강경애의 작품에 나타난 여성인식의 문제」, 『민족문학사연구』 23권, 민족문
        학사학회 민족문학사연구소, 2003.

백　철, 「여류작가의 수준」, 『신문학사조사』, 민중서관, 1952

변신원, 「박화성 소설 연구」, 연세대 대학원 박사논문, 1996.

변화영, 「박화성 소설을 통해 본 목포의 식민지 근대성」, 『한국문학이론과 비평』 30집,
        한국문학이론과 비평학회, 2006.

서동욱, 「공명효과―들뢰즈의 문학론」, 『철학사상』, 서울대 철학사상연구소, 2008.

서정자, 「박화성론」, 숙명여대 대학원 석사논문, 1980.

______, 「아름다운 노을고」, 『청파문학』 14집, 숙명여대 출판국, 1984

______, 「일제 강점하 한국여류소설연구」, 숙명여대 대학원 박사논문, 1987.

______, 「페미니스트 성장소설과 자기 발견의 체험」, 『한국여성학』 7, 한국여성학회,
        1990.

______, 『한국근대여성소설 연구』, 국학자료원, 1999.

______, 『한국 여성소설과 비평』, 푸른사상, 2001.

______, 「체험의 소설화, 강경애의 글쓰기 방식」, 『여성문학연구』 13호, 한국여성문학
        회, 2005.

서정범, 「고전문학에 대한 정신분석학적 시론」, 『현대문학』 75호, 1961.

서준섭, 「한용운의 상상세계와 수의 비밀」, 김열규 · 신동욱 편, 『한용운 연구』, 새문
        사, 1982.

석영중, 『러시아 현대시학』, 민음사, 1996.

설중환, 「「구지가」의 〈수〉에 대한 연구」, 『우리어문연구』 제39집, 우리어문학회, 2011.

성기옥, 「구지가의 작품적 성격과 그 해석 (2)」, 『배달말』 12, 배달말학회, 1987.

송명희, 「한국 여성문학의 방향성」, 『여성과 문학』 1호, 한국여성문학연구회, 1988.

______, 「문학적 양성성을 추구한 여성교양소설」, 『문학과 성의 이데올로기』, 새미,
        1994.

______, 「강경애의 『인간문제』에 대한 여성비평적 연구」, 『비평문학』 제11호, 한국비
        평문학회, 1997.

______, 「강경애 문학의 간도와 디아스포라」, 『한국문학이론과 비평』 제38집, 한국문
        학이론과 비평학회, 2008.

______, 『타자의 서사학』, 푸른사상, 2004.

한국문학과 창조적 여성성

••••

278

송지현, 「강경애 소설에 나타난 여성의식 연구」, 『한국언어문학』 제28집, 한국언어문학회, 1990.

______, 「1930년대 한국소설에 있어서의 여성자아 정립양상 연구」, 전남대 대학원 박사논문, 1991.

송효섭, 『문화 기호학』, 민음사, 1997.

______, 『설화의 기호학』, 민음사, 1999.

신주철, 『한국어 교육에서 한국문학 교육의 이론과 실제』, 커뮤니케이션북스, 2006.

신춘자, 「「환귀」에 나타난 기독교 의식연구」, 『한국문예비평연구』 1권, 양문각, 1997.

신헌재, 「감성소통을 위한 문학교육의 방향」, 『학습자중심교과교육연구』, 2008.

심진경, 「강경애 장편소설연구」, 서강대 대학원 석사논문, 1992.

안선진, 「강경애의 「소금」」, 『경상어문』 제13집, 경상대 경상어문학회, 2007.

안숙원, 「백신애의 반미학과 페미니즘」, 『여성문학연구』 제4호, 태학사, 2000.

양영길, 「님의 침묵의 구조 연구」, 『국어교육논총』 5권, 제주대 교육대학원, 1991.

여홍상 엮음, 「시공성의 개념」, 『실천문학』 가을호, 실천문학, 1997.

오문석, 「문학교육의 위기와 문학교육이론의 성장」, 『인문학연구』 제40집, 조선대 인문학연구원, 2010.

우미영, 「여성의 광기와 무의식의 욕망」, 『여성문학연구』 제4호, 태학사, 2000.

우한용, 『문학교육과 문화론』, 서울대 출판부, 2001.

______, 『한국 근대문학교육사 연구』, 서울대 출판부, 2009.

유성호, 「현대문학교육의 방향」, 『국어교육』 123호, 한국어교육학회, 2007.

윤성노, 「'존재론적 도식' 개발」, 『기호학 연구』, 한국기호학회, 2008.

윤옥희, 「1930년대 여성 작가 소설 연구」, 성균관대 대학원 박사논문, 1996.

윤인진, 『코리안 디아스포라』, 고려대 출판부, 2003.

이규희, 「강경애론」, 이화여대 대학원 석사논문, 1974.

이미순, 「백신애 문학의 수사학적 연구」, 『개신어문연구 22』, 개신어문학회, 2004.

이보영 · 진상범 · 문석우, 『성장소설이란 무엇인가』, 청혜원, 1999.

이상경, 「강경애 연구」, 서울대 대학원 석사논문, 1984.

______, 『강경애 – 문학에서의 성과 계급』, 건국대 출판부, 1997.

이승아, 「1930년대 여성작가의 공간의식 연구」, 이화여대 대학원 석사논문, 2000.

이승환, 「'몸'의 기호학적 고찰」, 한국기호학회 엮음, 『삶과 기호』, 문학과지성사, 1997.

이어령, 『詩 다시 읽기』, 문학사상사, 1995.

———, 『중앙일보』 2006년 신년에세이, 「디지로그 시대가 온다」, 2006.

———, 『디지로그』, 생각의 나무, 2006.

이재선, 『한국현대소설사』, 홍성사, 1976

———, 『한국소설사』, 홍성사, 1981.

———, 「인간문제:경향소설의 한 모형」, 『현대소설의 서사시학』, 학연사, 2002.

이정순, 「박화성 소설의 경향성 연구」, 『어문논총』 제17호, 전남대 국어국문학과연구
　　　소, 2006.8.

임지룡, 『말하는 몸』, 한국문학사, 2007.

장문정, 『메를로 뽕띠의 살의 기호학』, 한국학술정보, 2003.

정경운, 「여성의 "몸"을 보는 두 개의 서사:문자와 영상－전경린의 『내 생에 꼭 하루뿐
　　　일 특별한 날』과 변영주의 『밀애』를 중심으로」, 『현대문학이론연구』 26권, 현대
　　　문학이론학회, 2005.

정병욱, 「한국시가문학사상」, 『한국문화사대계』 5, 고려대 민족문화연구소, 1967.

정미옥, 「강경애의 『인간문제』로 읽는 근대성의 경험－여성노동문제」, 『문예미학』 제
　　　11호, 문예미학회, 2005.

정영자, 「박화성 소설 연구」, 『수련어문논집』 12권, 수련어문학회, 1985.

_____, 「백신애 소설연구」, 『수련어문논집』 15집, 수련어문학회, 1988.

정재찬, 『문학교육의 사회학을 위하여』, 역락, 2003.

정현숙, 「균열과 통합의 여성 서사—강경애의 「소금」론」, 『한국문학이론과 비평』 제38
　　　집, 한국문학이론과 비평학회, 2008.

조숙희, 「이별과 만남의 변증법」, 『백록어문』 제7집, 제주대 국어교육과 국어교육학
　　　회, 1990.

조정래, 「〈지하촌〉의 세계와 〈사하촌〉의 세계」, 『국제어문』 제9 · 10합집, 국제어문학
　　　회, 1989.

조주현, 「미친년 넋두리」, 『또하나의 문화』 제9호, 평민사, 1992.

조태영, 「한국 난생신화와 한국문학의 원형－아리랑의 기원 및 근원적 성격과 관련하
　　　여」, 『한신인문학연구』 제2집, 한신인문학연구소, 2001.

주요한, 「애의 기도, 기도의 애」, 『한용운 사상연구』, 민족사, 1980.

차봉희 편저, 『수용미학』, 문학과지성사, 1985.

차원현, 「식민지 시대 노동소설의 이념지향성과 현실 인식의 문제」, 『외국문학』 29, 열
　　음사, 1991.
최시한, 「근대 소설의 형성과 ‘공간’」, 『현대문학이론연구』 제32집, 현대문학이론학
　　회, 2007.
최혜실, 「백신애 문학에 나타난 이중적 타자성」, 『현대소설연구』 제24호, 한국현대소
　　설학회, 2004.
태혜숙, 『한국의 탈식민 페미니즘과 지식생산』, 문학과학사, 2004.
하정일, 「강경애문학의 탈식민성과 프로문학」, 『강경애, 시대와 문학』, 랜덤하우스코
　　리아, 2006.
한국기호학회 엮음, 『삶과 기호』, 문학과지성사, 1997.
한국소설학회 편, 『공간의 시학』, 예림, 2002.
한명환, 『백신애 문학 연구의 향방과 전망』, 『순천향 인문과학논총』 23집, 순천향대 인
　　문과학연구소, 2009.
황패강, 「구지가고」, 『국어국문학』 29호, 국어국문학회, 1965.
허　탁, 「만해시의 기호학적 연구」, 부산대 대학원 박사논문, 1991.

3. 번역서

Bakhtin, Mikhal, 『프랑수아 라블레의 작품과 중세 및 르네상스의 민주문화』, 이덕형 ·
　　최건영 역, 아카넷, 2001.
G. 레이코프 & 존슨, 『삶으로서의 은유』, 노양진 · 나익주 역, 박이정, 2006.
　　＿＿＿＿＿＿＿＿, 『몸의 철학』, 임지룡 외 역, 박이정, 2001.
G. 레이코프 · M. 터너, 『인지의미론』, 이기우 옮김, 한국문화사, 1994.
　　＿＿＿＿＿＿＿＿, 『시와 인지』, 이기우 · 양병우 옮김, 한국문화사, 1996.
M. H. Abrams, 『문학용어사전』, 최상규 역, 예림기획, 1997.
S. 랜서, 『시점의 시학』, 김형민 역, 좋은날, 1998.
S. 리몬—캐넌, 『소설의 시학』, 최상규 역, 문학과지성사, 1994.
가스통 바슐라르, 『공간의 시학』, 곽광수 옮김, 민음사, 1990.
　　＿＿＿＿＿＿＿, 『불의 시학의 단편들』, 안보욱 역, 문학동네, 2004.
게오르그 루카치, 『소설의 이론』, 심성완 역, 심설당, 1985.

드레피스 라비노우, 『미셸 푸코; 구조주의와 해석학을 넘어서』, 서우석 역, 나남출판, 1994.

로버트 A. 존슨, 『신화로 읽는 여성성 She』, 고혜경 역, 동연, 2006.

르네 지라르, 『낭만적 거짓과 소설적 진실』, 김치수 · 송의경 옮김, 한길사, 2001.

리몬-캐넌, 『소설의 시학』, 최상규 역, 문학과지성사, 1994.

미셸 루트번스타인 · 로버트 루트번스타인, 『생각의 탄생』, 박종성 옮김, 창작과비평사, 2007.

미하일 바흐친, 『말의 미학』, 김희숙 · 박종소 옮김, 2006.

스티븐 코핸 · 린다 사이어스 저, 『이야기하기의 이론-소설과 영화의 문화 기호학』, 임병권 역, 한나래, 1997.

슬라보예 지젝, 『환상의 돌림병』, 김종주 옮김, 인간사랑, 2002.

안 에노, 『서사, 일반 기호학』, 홍정표 옮김, 문학과지성사, 2003.

알랭 바디우, 『들뢰즈-존재의 함성』, 박정태 옮김, 이학사, 2001.

에드워드 렐프, 『장소와 장소상실』, 김덕현 · 김현주 · 심승희 역, 논형, 2005.

이-푸 투안, 『공간과 장소』, 구동회 · 심승희 역, 대윤출판사, 2007.

졸탄 쾨벡세스, 『은유와 문화의 만남』, 김동환 옮김, 연세대 출판부, 2009.

질 들뢰즈, 『차이와 반복』, 김상환 역, 민음사, 2004.

질 들뢰즈 · 펠릭스 가타리, 『천개의 고원』, 김재인 역, 새물결, 2001.

토니 마이어스, 『누가 슬라보예 지젝을 미워하는가』, 박정수 옮김, 앨피, 2003.

펠릭스 가타리, 『기계적 무의식』, 윤수종 옮김, 푸른숲, 2003.

폴 리쾨르, 『시간과 이야기 2』, 김한식 · 이경래 옮김, 문학과지성사, 2000.

프랭크 커머드, 『종말의식과 인간적 시간』, 조초희 옮김, 문학과지성사, 1993.

한국문학과 창조적 여성성

인쇄 2013년 11월 25일 | 발행 2013년 11월 28일

지은이 · 김원희
펴낸이 · 한봉숙
펴낸곳 · 푸른사상사
주간 · 맹문재 | 편집 · 지순이 | 교정 · 김재호, 김소영

등록   제2-2876호
주소   서울시 중구 충무로 29(초동) 아시아미디어타워 502호
대표전화   02) 2268-8706~7 | 팩시밀리 02) 2268-8708
이메일   prun21c@hanmail.net
홈페이지   www.prun21c.com

ⓒ 김원희, 2013

ISBN 979-11-308-0034-9 93810
 값 18,000원

    이 도서의 국립중앙도서관 출판시도서목록(CIP)은 서지정보유통지원시스템 홈페이지
    (http://seoji.nl.go.kr)와 국가자료공동목록시스템(http://www.nl.go.kr/kolisnet)에서 이용하실 수
    있습니다.(CIP제어번호: CIP2013020626)